明
室
Lucida

照亮阅读的人

The Marsh Arabs

沼地　阿拉伯人

Wilfred Thesiger

[英]威尔弗雷德·塞西杰　著
蔡　飞　译

献给我的母亲
对于她的支持和理解
我亏欠太多

目录

导读 001
主要人物表 015
前言 017

第一章　沼地一瞥 021
第二章　重返沼地边缘 028
第三章　打野猪 039
第四章　抵达加巴卜 051
第五章　初识马丹人 061
第六章　萨达姆的客房 069
第七章　布穆盖法特：沼地村庄 078
第八章　穿越中部沼泽 092
第九章　沼地的中心 104
第十章　历史背景 111
第十一章　赢得认可 120
第十二章　与法图斯人在一起 130

第十三章	沼地中的世仇	138
第十四章	重返加巴卜	145
第十五章	法利赫·本·马吉德	156
第十六章	法利赫之死	167
第十七章	哀悼仪式	177
第十八章	东部沼泽	184
第十九章	苏丹人和苏艾德人	196
第二十章	阿马拉的家	206
第二十一章	1954：洪水之年	218
第二十二章	1955：干旱之年	231
第二十三章	伯贝拉人和穆迪夫	239
第二十四章	阿马拉的世仇	249
第二十五章	我在沼地的最后一年	256

词汇表	264
译名对照表	267

导读

乔恩·李·安德森[1]

    1950年10月,威尔弗雷德·塞西杰第一次探访伊拉克的南部沼泽区。这位探险家正值不惑之年,对冒险的追求远未停息。其时他已经完成了对撒哈拉沙漠艰苦卓绝的深度探险,在阿比西尼亚[2]最远端留下了足迹,在达尔富尔[3]猎杀过捕食中的狮子,还在二战中英勇抗击德、意侵略者。在贝都因人[4]的陪伴下,他用几年时间穿越了"空白之地"——阿拉伯半岛东南部无人涉足的广袤沙漠,接下来又开始寻找新的荒野。"我的探险生涯持续多年,"他写道,"如今已经没有什么我尚未涉足的地方了,起码在吸引我的国家里没有。我想

---

[1] 乔恩·李·安德森(1957—),美国作家、调查记者、战地通讯员,著有《切·格瓦拉传》等。——本书脚注均为译者注

[2] 阿比西尼亚,埃塞俄比亚的旧称。

[3] 达尔富尔,苏丹西部地区。

[4] 贝都因人,又称贝都人,以氏族部落为基本单位在沙漠旷野过游牧生活的阿拉伯人。

在我选择的民族中安顿下来。"

塞西杰被伊拉克吸引。在那里,美索不达米亚的古老大地仍深深吸引着不畏艰险的西方人前来追随弗蕾娅·斯塔克[1],以及先其而至的 T. E. 劳伦斯[2]和格特鲁德·贝尔[3]的足迹。

  我从伊拉克境内的库尔德斯坦地区出发,一路南行。当初之所以来到库尔德斯坦,是希望再次找到南阿拉伯半岛沙漠曾带给我的宁静。在那里,我和贝都人一起生活了五年,与他们一起穿越了一万英里从未有车轮碾压过的地区。这个地方出现车辆是作为现代化先锋的地震勘探队前来寻找石油以后的事情了。

他无比留恋那些跟随游牧民族骑马跨越"既原始又美丽"的库尔德高山的时光,曾以赞美的笔触描述淳朴的部落成员:"库尔德人仍穿着华丽的部落服饰……佩带着匕首和左轮手枪,胸前沉甸甸地交叉挂着精心装饰的子弹带。"但他从未满足于此。"旅行受到的限制太多,那感觉就像在苏格兰高地的鹿林中悄悄接近猎物……我整整晚了五十年。"

一直以来,塞西杰都以沉痛的心情面对周遭世界的变迁。他渴望生活在 19 世纪,像当时勇敢的探险家一样投入无尽

---

[1] 弗蕾娅·斯塔克(1893—1993),英国作家、探险家。
[2] T. E. 劳伦斯(1888—1935),英国军官,在 1916 至 1918 年的阿拉伯起义中担任英国联络官。
[3] 格特鲁德·贝尔(1868—1926),英国作家、探险家、行政官员。

的探索。他的传记作者亚历山大·梅特兰曾在《威尔弗雷德·塞西杰：伟大探险家的一生》（2006）中写道：

> 塞西杰有一个无法实现的梦想，即留住童年时代在阿比西尼亚度过的田园般的生活。他以消极的态度面对变化。对于他钦佩的部落民族，变化是一种威胁。对他自己这样的"怀旧、落伍、惧怕未来"的传统主义者与浪漫主义者来说，也未尝不是如此。这种保守的价值观是命中注定的，塞西杰也知道这一点……他是数不胜数的陆路探险家、旅行家中的"最后"一员，是维多利亚黄金时代的逃难者，对此他怀有一种咄咄逼人的骄傲。

塞西杰曾在伊顿公学和牛津大学接受教育，但更重要的是他出生于1910年的阿比西尼亚。阿比西尼亚的首都亚的斯亚贝巴当时还是个偏远村落，而塞西杰的父亲负责的英国公使馆也不过是一片茅草屋。塞西杰六岁时，阿比西尼亚帝国军队击败了米卡埃尔尼格斯[1]领导的叛军，凯旋的盛况让他终生难忘。曾在2002年采访过塞西杰的《卫报》记者乔纳森·格兰西指出，战争的胜利标志着一个时代的终结："那完全是一场肉搏战，是非洲最后的传统战士间的伟大激战，造成了约两万六千人的死亡。"凯旋的队伍给年幼的塞西杰留下了不可磨灭的印象，他在后来写道：

---

[1] 米卡埃尔（1850—1918），原名穆罕默德·阿里，阿比西尼亚帝国贵族、军队指挥官。"尼格斯"是授予地区统治者的头衔。

那一天永远植入了我的脑海，我此后的一生都在追寻那种原始的奇观、张扬的野性、斑斓的色彩和跳动的鼓点。我对那历史悠久的习俗和仪式产生了不可磨灭的崇敬之情，以至于长大后，我对西方世界在其他土地上进行的改革深恶痛绝，对现代世界的千篇一律也厌倦至极。

对一个喜欢到处游历的老伊顿人来说，五十年代恐怕意味着中东黄金年代的结束。大英帝国在没落中苦苦挣扎。印度离去了，巴勒斯坦也是如此。但在顺从的哈希姆王朝[1]统治下的伊拉克仍处于英国日益缩小的势力范围内。广泛的反西方情绪还要过几年才会伴随着激进的阿拉伯民族主义吞噬这一地区——同样尚未出现的还有商用喷气式飞机、大众旅游和伊斯兰原教旨主义。阿拉伯石油生产国已经开始崛起，但即将改变它们的空前的能源财富爆发还未发生。世界人口也没有达到后来的规模。战后人口激增确实开始了，但在1957年，巴格达只有九十万居民，整个伊拉克也仅有八百万人，伊拉克腹地仍存在尚未开发之地。

在八年的大部分时光中，塞西杰在伊拉克沼地享受着他渴望中的宁静。那里被众多历史学家看作伊甸园的原址和大洪水的发源地，是人类五千年文明的摇篮。塞西杰写道，那是"自成一派"的世界，底格里斯河和幼发拉底河在汇合为

---

[1] 哈希姆王朝，1921至1958年英国扶植汉志哈希姆家族在伊拉克建立的王朝。

阿拉伯河以前形成了这六千平方英里的沼泽，然后经过巴士拉流入阿拉伯湾。现代沼地居民的祖先苏美尔人曾以一种精妙的灌溉系统治理河水。1258年，美索不达米亚遭到成吉思汗的孙子旭烈兀的破坏，灌溉系统毁于一旦。

沼泽区遍布芦苇，沼地居民——被称为马丹人——就用这种像竹子的植物在岛上建造大大的拱形房屋。河水注入沼地的三角洲上长满柽柳，鲤鱼和其他几十种鱼类在水中大量繁殖。当地还有野猪、狼、水獭、鬣狗以及百余种鸟，其中有许多是在沼地过冬的迁徙性水禽。马丹人种植水稻、捕食鱼类、饲养水牛。他们在涂有沥青的独木舟上利用撑杆前行。酋长则拥有一种更大、更漂亮的木船——塔拉达。

沼地之外的阿拉伯人害怕并回避那些喜欢互相起奇怪昵称（比如"鬣狗""小老鼠""小狗"等）的马丹人，但这只会激发塞西杰更强烈的好奇。"即使是在伊拉克的英国人也讨厌他们，"他写道，"我想这是第一次世界大战留下的后遗症，因为沼地人当时在芦苇的掩护下不分敌我地杀人和抢掠。"尽管受到社会排斥，这个部落仍深深吸引着塞西杰：

> 而我知之甚少的沼地居民吸引着我。他们乐观、友好，脸上的神情让我感到愉悦。他们的生活方式独一无二，几乎未受外界影响，而且沼泽区本身也非常美丽。谢天谢地，这里没有丝毫乏味的现代化气息。而在沼泽区以外，现代化披着二手的欧洲制服，像疫病一样在整个伊拉克蔓延。

沼地阿拉伯人为塞西杰提供了难得的机会，使他有幸成为"第一个"了解他们的欧洲人。"近年来，大批从巴士拉和巴格达来的欧洲人赶到沼泽区进行猎鸭活动，但他们顶多来到沼地边缘和富有的酋长待在一起。"他不屑地写道，"我恐怕是第一个既有意愿又有机会与马丹人生活在一起，并成为他们中一员的人。"

对塞西杰来说，沼地无疑是一处世外桃源：

第一次探访沼泽区的画面将永远铭记我心：火光映照的脸庞，欢鸣的雁群，飞扑争食的野鸭，黑暗中小伙子的歌声，一条条顺流而下的独木舟，燃烧芦苇的青烟中绯红的夕阳，愈走愈深的狭窄水道，独木舟中手拿三齿鱼叉的赤裸男子，一座座水上芦苇棚屋，还有仿佛是从沼泽中孕育而出的湿淋淋的黝黑水牛。星光洒在暗如夜空的水面上，蛙鸣不绝于耳，独木舟在夜色中向家驶去。这是一处不知引擎为何物的静谧世界，时光在其中平静地流淌着。

那次探访之后，塞西杰在1951至1957年间（除1957年因撰写《阿拉伯之沙》未能成行）多次重游故地，最长一次待了七个月。在沼泽区中，塞西杰乘坐自己的塔拉达——来自一位热情酋长的礼物——穿梭于村落之间，与他同行的是几个自愿陪伴他的十几岁小伙。他们一起捕猎野猪、水鸟，一起参加婚礼、葬礼。塞西杰发现自己无论走到哪里都经常需要承担临时医生的职责，他会尽最大努力用他随身携带的医药箱帮忙救治伤病，包括野猪和狗造成的伤口、枪伤等。他曾截除过手指，也曾摘除过眼球。

但人们最常请他做的是包皮环切术。他的传记作者亚历山大·梅特兰写道："塞西杰到伊拉克之前从未操作过包皮环切术，虽然他在医院和部落中旁观过手术过程。"可是塞西杰掌握了诀窍，他在沼泽区的那些年实施了六千多次手术。"塞西杰干净利落的手法和基本无痛的本事迅速传遍伊拉克沼泽区，"梅特兰断言，"在那些从未接受过外人拜访的沼地部落里，包皮环切术成了塞西杰的名片和邀请函，成为他被部落接纳的独特手段。"

塞西杰和他口中的"划舟小伙"总是受到热烈欢迎。人们把他们当作贵宾，请他们吃饭，邀他们住在主人的拱形芦苇屋穆迪夫（客房）。塞西杰习惯将他的见闻记在笔记上或写在给母亲凯瑟琳及几个密友的长信中。他还拍摄了大量杰出的黑白照片，其中有很多收录在《沼地阿拉伯人》里。

塞西杰擅长打猎，曾猎杀过几百头野猪。野猪经常破坏沼地阿拉伯人的农田，偶尔也攻击人类。部落成员不仅感激他的高超狩猎技巧，还视他为勇敢的猎人。打野猪给了他充分的运动，但他最终厌倦了这项活动，也越来越对伊拉克人猎杀一切进入射程范围的生物的嗜好感到不安。他观察到"在整个沼泽区内，野鸭和大雁的数量在逐年减少"。伊拉克最后一头狮子在三十年前被捕杀，而在沼泽区外，仅存的羚羊也即将因捕猎而灭绝。据塞西杰回忆，他在 1951 年看到的野鸭

"多到让我想起成灾的蝗虫,但我在1958年离开时再没看到过这样的景象。当时伊拉克每年进口一百万发子弹,而大部分人每开一枪至少能打中一只"。

随着时间的流逝,一些小事改变了塞西杰结识的那些沼地阿拉伯人的命运。有个男孩被野猪攻击后落下了终身残疾。另一个男孩在父亲被屈打成招后发了疯。第一个把塞西杰当作朋友并送给他塔拉达的酋长法利赫在一次意外中不幸中弹身亡。塞西杰最喜欢的划舟小伙阿马拉在婚后卷入世仇纠纷,塞西杰试图调解,但不是很成功。

也有大事件,如1954年淹没了村庄和农田的洪水,紧随而至的1955年大旱,巴士拉新油田的开采,以及财富涌入伊拉克后引起大批沼地及周边居民的迁出。塞西杰观察到:

> 在巴格达,整个地区都被推倒重建,到处在兴建桥梁和道路。临时工需求巨大,夸张的报酬在部落中流传……除了能带上汽车或火车的东西,船只、水牛、粮食等都被变卖了,因为他们不再打算回来了。

然而,一旦进入城市,沼地阿拉伯人就不可避免地成了贫民区居民。塞西杰只能徒劳地为他们的命运感到悲哀,带着伤感之情赞美着沼泽区曾经的生活方式。

这种迁徙意义何在?如果一个人留下来种植水稻,他收获的粮食不光够缴纳地租以及提供全家一年的口粮……他还可以养牛供奶，养鸡供肉。燃料、建筑材料和动物饲料，一切都能无偿获取。湖泽里水草丰美，鱼鸟成群。

哈希姆王朝于1958年7月在血雨腥风中覆灭。国王费萨尔二世、王室家族，以及伊拉克首相努里·赛义德在伊拉克民族主义军官发起的叛乱中遇害。英国大使馆遭到暴徒攻击。这场被称为"七一四革命"的事件就发生在塞西杰最后一次拜访沼地马丹人的三周后，此后他再没重返阿拉伯沼泽区。

在随后的年月里，伊拉克成了萨达姆·侯赛因独裁统治的牺牲品。他发动了1980至1988年的两伊战争，又因1990年入侵科威特引发了1991年的海湾战争。他在对外作战的同时肃清内部敌人——不管是真实存在的还是莫须有的，造成本国成千上万人死亡。2003年，英美联合武装干预，推翻了萨达姆的独裁统治，占领伊拉克，使之从此陷入一系列暴乱和派系内战之中。

伊拉克不再是塞西杰了解的伊拉克，沼泽区也不再是曾经的沼泽区。塞西杰可能不会预见伊拉克成为杀戮战场的命运，但他在1964年撰写《沼地阿拉伯人》时曾预料到沼泽区即将面临的厄运："很快沼泽可能就会被排干，到那时一种存在了几千年的生活方式将会消失。"

塞西杰尚在沼泽区时，英国工程师就开始设计排干方案了，但真正的破坏要到四十年后才显现出来。计划的初衷是开凿更多运河以将含盐量过高或受污染的水排掉，扩大耕地面积。工程进展得十分缓慢，在八十年代还一度暂缓。因为当时伊朗军队反复越界进入伊拉克并侵略沼泽区，使沼泽区成了战场。很多什叶派[1]沼地阿拉伯人在战争中与伊朗什叶派作战，他们为调动装甲部队修了许多堤道。偏远的沼泽区在战后成了大批伊拉克逃兵的避难所。

1991年2月28日，海湾战争结束当天，巴士拉发生了什叶派起义，几百名复兴党[2]官员、警察和线人被杀。加入起义的还有几千名巴德尔旅[3]成员。南部的什叶派和北部的库尔德人在英美同盟国的鼓动下联合起来反对萨达姆。他们以为会在叛变中获得支持，但遭英美两国背弃。三月，伊拉克军队炮轰了什叶派圣地卡尔巴拉，沼地阿拉伯人在六月进行了反击，但遭残酷镇压，村庄被炮火夷为平地。人权组织报道称镇压者在沼泽区使用了凝固汽油弹和化学毒剂。沼地湖泊受到污染，大量水鸟和动物死亡，成片的芦苇变成灰烬，人们被送往北部军营，很多人被处死。

数以万计的什叶派成员被杀，其他成员被捕后失踪。在接下来的几年里，什叶派利用沼泽地区的掩护保持着小规模叛乱活动，但并没有支撑太久。1992年，萨达姆·侯赛因下令快速修建一条大水渠以排干沼泽区。六个月后，水渠修成，并被命名为萨达姆河。截至1994年，沼泽区百分之九十的区域被毁，绝大部分沼地居民或被杀，或逃往伊朗，或搬去巴

---

[1] 什叶派，伊斯兰教第二大教派。
[2] 复兴党，全称阿拉伯复兴社会党，在伊拉克和叙利亚具有很大的影响力。
[3] 巴德尔旅，由伊朗进入伊拉克的难民组成的民兵组织。

士拉贫民区和伊拉克其他城市。滋养了众多禽类和水牛的原始沼泽如今满目疮痍，变成了巨大的荒漠。

2002年11月，我获得官方许可进入沼泽区。这里已是伊拉克的敏感话题，几乎成了禁忌，但我强调自己的兴趣在于这里美丽的自然环境和历史意义。在巴士拉，政府派来一名穆卡巴拉特工与我同行。穆卡巴拉是让人谈虎色变的伊拉克秘密警察组织。我被告知，只有在有他陪伴的情况下，我才被允许离开那个城市。

我的"护卫"将陪我一同去往巴士拉北部。他是一个贝都人，皮肤黝黑、肌肉发达，让我管他叫莱昂。我们驱车两小时到达麦地那村后，他告诉我这就是我被"批准"的目的地。每个桥头堡都有持机关枪的士兵把守。地貌支离破碎、荒芜凄凉，沙漠盐渍化严重，上面零星点缀着几棵椰枣树或香蒲，偶有一片死水聚成的湿地。

麦地那共有几十座土房，该地最高首领的兄弟拉沙什酋长和其他几名男子在穆迪夫招待我们。地板上铺着波斯地毯，四周放着基里姆[1]坐垫，芦苇椽子下挂着吊灯，中间的火炉上放着一些铜制咖啡壶。穆迪夫前后都是敞开的，看起来能容下二百人。这美妙绝伦的建筑正是塞西杰在《沼地阿拉伯人》中带着虔诚心境记录和拍摄下来的样子。

虽然我对环境无比赞叹，但和酋长的交流并不顺利。他

---

[1] 基里姆，一种带有几何花纹的平织地毯，通常认为起源于土耳其。

是一个长着大鼻子的魁梧男人，穿着迪什达沙长袍，戴着红白格卡菲耶头巾。当我称他为"酋长"并表示很高兴见到伊拉克沼地阿拉伯人的首领时，本来盘腿而坐的他从我对面站了起来，大步流星地走到穆迪夫门口，指着拱门上的萨达姆像激动地说："这才是酋长，萨达姆·侯赛因才是阿拉伯人的莱斯（首领），而且也没有什么沼泽了！"

我决定不予理会，继续问他沼泽消失后生活的变化。"过去和现在的差别很大，"拉沙什酋长说，"过去，我们没有学校和医院。现在每个镇都有一所学校。过去，人们都住在河上，到处是沼泽。因为这里有很多石油，非常多，于是政府排干了沼泽。"他指着远处，告诉我那边有油井。我告诉他，我听说沼泽不是因为开采石油，而是因为冲突被排干的。他听罢眯起了眼睛，看了看莱昂和翻译艾哈迈德，并对他们用阿拉伯语说了些什么，接着对我笑着说："你说得不对。现在的生活比过去强多了，我可以清楚地告诉你。"

我试着换一种方式提问："人们为沼泽的消失感到高兴吗？"酋长指了指穆迪夫中面无表情地看着我的其他人，说："看看这些人，不论沼泽有没有消失，他们都既健康又快乐，不要担心。过去人们只有小船，现在他们有汽车，他们可以造砖、种田、开出租车。"

我问拉沙什酋长，是否还有过去那种船能让我看一看，他摇了摇头。"人人都有汽车，汽车比船好。"他顿了一下，紧紧盯着我，然后说，"美国过去不也是这样吗？我们都在改变。也许未来十年，这里"——他朝上指着美丽的芦苇结构——

"将不再是芦苇，而是玻璃，就像美国一样！在美国，人们也来自荒野，但现在他们有了大房子、大汽车。我们也会有。"

离开麦地那时已近黄昏。拉沙什酋长在告别时说："总统给我们通了电、修了路，我希望他将来能带来更多礼物。我相信他带来的任何东西都是好的。什叶派是和萨达姆·侯赛因在一起的。萨达姆·侯赛因是什叶派的曾祖父。我们只有一个领袖，那就是萨达姆·侯赛因。"

几个月后的 2003 年 3 月，伊拉克战争开始了。萨达姆和他的亲信在四月中旬逃走，巴格达和其他城市惨遭洗劫，美英军队开始占领伊拉克。成千上万名在伊朗的什叶派难民涌回祖国。伊拉克军队解散，之前无所不能的复兴党被取缔。

几周内，反抗占领军的游击战成为常态。但接下来事态进一步恶化，恐怖爆炸事件频繁发生。到 2007 年，美英及其同盟陷入棘手的冲突中，完全看不到缓和的迹象。

在伊拉克民不聊生之际，沼泽区开始复苏。2003 年 4 月，萨达姆·侯赛因一逃离巴格达，沼地部落成员就开始用铁铲和挖掘机在萨达姆的工程师修建的土坝上挖凿起来。清水涌了进来，浇灌在贫瘠的土地上。一年以后，大概五分之一的沼泽得到了恢复。伊拉克政府组织了一个国际专家团队来复原沼泽，但他们就恢复比例产生了分歧。有的专家认为能恢复百分之八十，有的认为最多三分之一。植物在一些区域重新开始生长，但其他地区仍然荒芜。一些流离失所的沼地阿拉伯人回来重建他们的村庄，但更多的人没有回来。

我再次来到麦地那，和拉沙什酋长一起坐在他的穆迪夫中。这一次，我的"护卫"是一名巴德尔旅成员，这个什叶派民兵组织在萨达姆倒台前一直在伊朗境外暗中运作。酋长热情欢迎了我，告诉我他记得我。我发现那幅萨达姆像已经不见了。当我向酋长提及他如何赞美被驱逐的独裁者，又如何称赞排干沼泽的计划时，他笑着解释那不过是不得已而为之。他明确告诉我，他是萨达姆·侯赛因公开宣布的敌人，是巴德尔旅多年来的秘密成员。我的陪同者点头证实了这一点。

那天在下雨，穆迪夫门外，麦地那外沙漠地貌上的积水闪动着水银一般的光泽。

我带着期望想到，或许有一天，当我举目四望时，也能看到塞西杰第一次来到此地时目睹的景象：

> 走出房屋，走进黎明，我的目光掠过辽阔水域，看见一片遥远陆地在旭日中的剪影。一瞬间，我以为我看到了胡费兹——那个传说中只要看上一眼就会令人心醉神迷的岛屿。回过神来，我意识到那其实是一大片芦苇。此时，一条狭长、乌黑、一头高高翘起的独木舟停在了我的身边——酋长的战船正等着载我漫游沼泽。

2007 年

主要人物表

马吉德·哈利法　穆罕默德部落酋长，住在迈杰尔河河畔
法利赫·本·马吉德　马吉德的儿子，住在瓦迪耶河河畔
阿布德·瓦希德　法利赫的儿子
哈拉夫　法利赫的弟弟
穆罕默德·哈利法　马吉德的兄弟，住在迈杰尔河河畔
阿巴斯　穆罕默德的儿子
哈穆德·哈利法　马吉德的兄弟，住在迈杰尔河河畔
哈塔卜　哈穆德的儿子，住在瓦迪耶河河畔
达伊尔　法利赫的随从和船夫
阿布德·里达　法利赫的咖啡师
萨达姆·本·塔拉勒　马吉德在加巴卜的代表
沙汗　费莱贾特部落的加利特（首领），住在布穆盖法特村
贾西姆·法里斯　法图斯部落阿瓦迪亚村的酋长
法利赫　贾西姆的儿子
达乌德　贾西姆的侄子
哈希姆　达乌德的父亲，因谋杀被判十年监禁，在阿马拉监狱服刑

玛兹亚德　伊萨部落酋长

阿卜杜拉　马吉德的叔叔，马吉德在塞加尔的代表

塔希尔　阿卜杜拉的儿子

阿马拉　我的划舟小伙之一，住在路法亚

萨拜提　我的划舟小伙之一，住在路法亚

亚辛　我的划舟小伙之一，住在布穆盖法特

哈桑　我的划舟小伙之一，住在布穆盖法特

苏格卜　阿马拉的父亲

娜嘉　阿马拉的母亲

雷希克　阿马拉的弟弟，种植水稻

希莱卜　阿马拉的弟弟，养殖水牛

哈桑　阿马拉的弟弟，上学接受教育

拉德西　阿马拉的弟弟，尚年幼

玛塔拉　阿马拉的妹妹

拉齐姆　萨拜提的父亲

巴达伊　阿马拉的表亲，游牧的费莱贾特人

拉德哈维　游牧的费莱贾特人，与巴达伊交恶

哈桑　拉德哈维的儿子，与巴达伊交恶

哈拉夫　拉德哈维的儿子，被巴达伊杀死

前言

除了1957年，我在1951年底至1958年6月间断续生活在伊拉克南部的沼泽区，最长的一次持续了七个月。虽然我不停地游走，但因为只能在限定范围内旅行，所以此书算不上一本游记。而且，因为我不是某领域的专家，更不是人类学家，因此这本书也不是详细的沼地居民考察报告。我在沼泽区生活多年，只因为我享受这种生活。我像沼地居民中的一员一样，与他们一起生活了多年，在不知不觉中熟悉了他们的生活方式。于是，我想借助回忆以及当时的日记，重现沼泽区的风土人情。伊拉克近年政局动荡，沼泽区已禁止对外开放。很快沼泽可能就会被排干，到那时一种存在了几千年的生活方式将会消失。

沼泽区面积约六千平方英里，分布在巴士拉以北的古尔奈附近，底格里斯河和幼发拉底河在在这里汇合成阿拉伯河的源头。沼泽区包括以加萨卜（学名 *Phragmites communis*

为典型植被的永久性沼泽；以香蒲（学名 Typha angustata）为典型植被，在秋冬两季干涸的季节性沼泽；以及只在洪水期蓄水，洪水退去后长满莎草（学名 Scirpus brachyceras）的临时性沼泽。为方便起见，沼泽区可划分为：底格里斯河以东的东部沼泽，底格里斯河以西、幼发拉底河以北的中部沼泽，幼发拉底河以南、阿拉伯河以西的南部沼泽。还有一些永久性沼泽分布在舍特拉以南的盖拉夫河附近。盖拉夫河是底格里斯河在库特[1]的分支，朝西南流向纳西里耶[2]。阿马拉东北方向的平原上还分布着一些季节性沼泽，以波斯境内的山麓为发源地的提卜河和杜阿里杰河引发的洪水在这片区域分流。还有小片季节性沼泽分布于底格里斯河以西、阿马拉以北十五英里处，属于达拉杰部落区域。每年洪峰期，广袤的沙漠被一片片水域覆盖，成为沼泽。沼泽规模视洪水泛滥程度而定，最壮观时可延伸超过二百英里，从巴士拉郊区直抵库特。而随着洪水退去，大部分沼泽又恢复为沙漠。

每年春天，波斯与土耳其高山上融化的积雪都会引发底格里斯河和幼发拉底河泛滥，而正是这两条河的恣意流淌使沼泽区千百年来得以存续。东部和中部沼泽的水源是底格里斯河，巴格达百分之八十的废水也流入这两片区域。幼发拉底河从纳西里耶南部的众多运河分流而出，先汇入萨纳夫湖，再从距巴士拉北部几英里的加尔马特阿里运河注入阿拉伯河。苏格舒尤赫和古尔奈之间的古河道仍被看作幼发拉底河的一

1　库特，伊拉克东部城市，瓦西特省省会，位于底格里斯河北岸。
2　纳西里耶，伊拉克南部城市。

部分，但实际上，其中流淌的河水来自右岸的底格里斯河。以前人们一直认为底格里斯河和幼发拉底河是分别流入波斯湾的，它们带来的泥沙使海岸线不断南移。而根据 G. M. 利斯博士和 N. L. 福尔肯博士在1952年首度提出的理论，因为不断积累的淤泥造成了地面沉降，所以海岸线自《圣经》时代以来几乎没有改变。底格里斯河每年的洪峰出现在五月，幼发拉底河的出现在六月。从六月开始，两条河的水量均开始下降，并在九月和十月到达最低点。到了十一月，水位线会提高一点，并在整个冬天不断上升，冬春季节也易突发短期洪水。

也许因为中部沼泽是我的始发站，所以我对那里最为熟悉。甚至可以说，我视之如家。多年来，我拜访了几乎所有大大小小的定居点，有的更是前往了不止一次。我有了当地人送的独木舟，而为我划独木舟的小伙子也来自那里。我先被那些小伙子接受，然后被其他部落成员接受。独木舟小伙们一直陪伴我在沼泽区旅行，他们的村庄就是我每次探险归来的落脚点。我在东部沼泽也游历了大部分地区，但对那里的居民没有那么熟悉。虽然他们欢迎我带来的医疗帮助，但我始终是陌生人。而对于南部沼泽，我的见闻就更少了。

十分感谢在佛罗伦萨的几个月里，为我的写作提供帮助和建议的约翰·弗尼，感谢他不厌其烦地阅读我的草稿，还做出了许多改进。感谢瓦尔·弗伦奇·布莱克和乔治·韦布提供的宝贵意见和耐心校对。感谢激励我写这本书的格雷厄姆·沃森，以及他给予我的信心和建议。还要感谢绘制了地图的 K. C. 乔丹、细心洗印照片并为本书提供印刷底版的怀特霍尔街的詹姆斯·辛克莱公司、英国自然历史博物馆的工作人员，以及所有为我提供信息的朋友。[1]

1　本书未收录原书地图和照片。——中文版编者注

第一章

沼地一瞥

我们终日忍受着马蹄扬起的阵阵尘土,穿越一望无际的平原。和往常一样,这里滴雨不落,植物横七竖八地躺在干裂的大地上。没有灌木丛,也没有石头,我们找不到任何东西作为缓慢前行中用来估测距离的地标。胯下是常见的阿拉伯马鞍,硬得像木板。位置过于靠后的脚蹬使我们不得不俯身向前,压在像牛仔马鞍那样突出的鞍头上。也许美国马鞍就起源于此,先由阿拉伯人引入西班牙,又由西班牙人带到新大陆。

因为我的同伴没有骑马经验,所以我们没有策马飞奔。他叫杜格尔·斯图尔特,是阿马拉的英国副领事。虽然年仅二十九岁,又才华横溢,但他一再强调自己没有别的野心,只想当上斯普利特[1]的领事,然后随心所欲地捕猎野禽。像所

---

[1] 斯普利特,克罗地亚第二大城市。

有伊顿校友一样，我们交换着关于母校的记忆。他不仅是奖学金获得者，而且取得了不少运动奖项，哪怕一条腿受过伤，又因为两次手术而恶化。相比之下，我倒是有两条好腿，但什么荣誉也没有。

那天晚上我们在巴尊部落中露营。饱餐了丰盛的米饭和羊肉后，我们睡在酋长的客用帐篷里。帐篷由十一根柱子支撑，除了异常宽敞之外，与周围其他的黑羊毛棚子没什么区别。帐篷都朝一侧开口，门口马桩上通常拴着一两匹马。每顶帐篷周围都密密麻麻地挤着羊群，有的甚至钻进帐篷里来。我曾在日落时分看见牧童驱赶羊群，卷起的尘土像给它们笼上了一层金色的光晕。羊叫声和此起彼伏的犬吠是当晚的背景音。

我从伊拉克境内的库尔德斯坦地区[1]出发，一路南行。当初之所以来到库尔德斯坦，是希望再次找到南阿拉伯半岛沙漠曾带给我的宁静。在那里，我和贝都人一起生活了五年，与他们一起穿越了一万英里[2]从未有车轮碾压过的地区。这个地方出现车辆是作为现代化先锋的地震勘探队前来寻找石油以后的事情了。

伊拉克的库尔德斯坦是我向往已久的地方。在那里，我骑马横跨了整个地区，同行的只有一名库尔德随从。那里的景色既原始又美丽。库尔德人仍穿着华丽的部落服饰——颜

---

1 库尔德斯坦，库尔德人分布的地区，包括土耳其东南部、伊拉克东北部、叙利亚东北角、伊朗西北部和亚美尼亚的一部分。

2 1英里约合1.6公里。

第一章 沼地一瞥

色和款式各异的流苏头巾、灯笼裤、短上装和宽腰带，佩带着匕首和左轮手枪，胸前沉甸甸地交叉挂着精心装饰的子弹带。我曾住在层层房屋环抱山腰的阶梯式村庄里，也曾住过牧民在山顶上搭建的黑色帐篷。了无遮蔽的山头上，龙胆生长在青草间，香雪球开满整个夏天。我曾沿湍急的河流穿过橡树林，遇到在灌木丛中掘食的熊；曾俯瞰一群北山羊排着队沿三千英尺[1]高的岩壁前行，张开翅膀的兀鹫就在它们身旁嗖嗖作响地盘旋；也见过库尔德绽放的春天，银莲花缀满山谷，绯红的郁金香遍染山坡；当然还有刚刚摘下的葡萄，或带着太阳的温度，或带着溪水的冰凉。

但我并不想重游故地。旅行受到的限制太多，那感觉就像在苏格兰高地的鹿林中悄悄接近猎物。跨过这条小溪就是土耳其，越过那条分水岭就是波斯，身穿制服的警察守在关口，可我并没有他们要的签证。我整整晚了五十年。如果是半个世纪前，我完全可以向北穿越赖万杜兹[2]，先抵达奥鲁米耶[3]，再抵达凡城[4]，唯一可能挡住我去路的只有强盗和正在交战的部落。但不可否认的是，虽然如今令我心驰神往的沼泽区比伊拉克的库尔德斯坦小得多，那里却自成一派，不属于将我拒之门外的那个世界。而且，因为对阿拉伯人的热爱，我也很难真正喜欢上库尔德人。虽然那里的风光吸引我，但人并

1　1英尺约合0.3米。
2　赖万杜兹，伊拉克边境城市。
3　奥鲁米耶，伊朗城市。
4　凡城，土耳其城市。

没有。语言固然也是障碍之一，但即使我能用库尔德语交流，恐怕也不会喜欢上他们。对我来说，一个地方的人远比景色重要，因此我决定回到阿拉伯人中间。

第二天，我们继续在马背上穿越一成不变的平原，但改向南部沼泽前进。中午时分，我们在几处帐篷前停下，准备填饱肚子，更换马匹。杜格尔换了一匹漂亮但桀骜不驯的灰色种马。我告诉酋长杜格尔无法驾驭这匹马，酋长显然以为我想将马据为己有，于是他说那是专为"领事"准备的马。结果没走多远，杜格尔的脚后跟不小心踢到了马，马便脱缰而奔了。杜格尔为了自救，扔掉缰绳，双手紧握鞍头。其他同行者策马追赶，但我意识到这只会刺激马跑得更远，于是喝止了他们。此时杜格尔的双脚已脱离马镫，摔下来恐怕是迟早的事。地面很硬，我脑海中浮现出可怕的画面。但也许是因为马跑累了，它在两英里后停了下来，杜格尔仍在鞍上。待我们追赶上前，他已经翻身下马，正盯着自己的双手看，原来他的手掌已被饰钉磨破了。"我他妈现在只想走路。"他宣布。无论我们如何保证其他马很驯良，他也不肯再骑。

烈日高悬，曾经洪流奔涌处，此时布满深深的裂痕。杜格尔在酋长没完没了的抗议声中一瘸一拐地走着，恳请我"看在上帝的分上让他闭嘴吧"。太阳落山了，我们仍没看到任何我们准备前往的沼泽或村庄。等我们看到远处闪烁的灯火时，天已经黑了。巴尊人嘱咐过伊萨部落的玛兹亚德·本·哈姆丹酋长等候我们，他在黄昏时派出了搜索队。来到沼泽边缘的营地后，虽然一片漆黑，但我们能感受到营地远处的水域。

玛兹亚德亲自出来迎接我们。他体格强壮，虽然身材不高，但站得笔直，即刻给人留下高贵和威严的印象。接待客人的帐篷由一盏防风灯照亮，里面有很多人，大部分带着步枪。我们一进去，他们就站了起来。玛兹亚德把我们让到地炉对面，一边用咖啡和茶款待我们，一边按惯例询问我们的旅途和健康情况。除了我们，其他人都正襟危坐，沉默不语。在我们面前的是沙漠阿拉伯人，他们在公共场合总会留意维护尊严，保持庄重。感觉过了几个小时，终于开饭了，满满一大盘米饭和羊肉端了上来。虽然谈不上精致，但阿拉伯人注重数量胜过质量。最初与我们一同进餐的是老人。等我们吃完离座，玛兹亚德马上召唤其他人来继续进餐。而作为主人的他则要一直等所有人进餐完毕后再吃。就这样轮流进餐，等最后一个人吃完后，玛兹亚德把帐篷外的孩子们叫了进来。其中最小的孩子光着屁股，看起来不到三岁的样子。他们狼吞虎咽地吃着剩下的米饭，啃着几乎被剔净的骨头，然后清空盘子，把剩下的食物舀进自己带来的碗里，再把骨头扔给狗。接近尾声时，咖啡师留下一小部分食物单独放在了盘子边。等我们又喝上了茶和咖啡时，玛兹亚德才坐在稍远处开始享用朴素的晚餐。作为主人，不等所有客人吃完就进餐是不得体的。第二天开饭前，我看见他站在帐篷外，确保每一个经过者都受到邀请。他每天要宰两头羊以款待百名客人。这些牧羊人部落至今仍坚守着从阿拉伯半岛沙漠继承来的传统，并用同样的标准评判他人。

在接下来的几年里，我多次返回玛兹亚德的待客帐篷，也访问过部落中的其他营地。到了天气最糟糕的夏天，我会从沼泽区逃离，骑借来的马游走在牧羊人部落间，并由此结识了大部分氏族，包括巴尼拉姆、巴尊、伊萨以及萨利赫部落等。其中一些部落会在春天越过北部边境，进入波斯山麓，那里新鲜的绿草和遍地的银莲花正等着他们。还有一些部落会南下进入沙特阿拉伯或科威特的远郊过冬。男性负责驱赶羊群，身穿黑袍的女性负责赶驴，驴背上通常驮着帐篷、杆子、毯子、寝具、小木箱和锅碗瓢盆。在如海一般无边无际的平原上，我总能看见他们行走于海市蜃楼前的身影。

晚餐过后，玛兹亚德把我们带到附近的一间小屋。一进这间由芦苇和席子精心搭造的住处，我们就看见了已经铺好的床垫和色彩缤纷的被子——能有这样的私密空间，着实令我和杜格尔感激不已。一整夜，水面上的习习凉风不停地吹进窗格。在半梦半醒当中，我听见了水花拍岸的声音。

走出房屋，走进黎明，我的目光掠过辽阔水域，看见一片遥远陆地在旭日中的剪影。一瞬间，我以为我看到了胡费兹——那个传说中只要看上一眼就会令人心醉神迷的岛屿。回过神来，我意识到那其实是一大片芦苇。此时，一条狭长、乌黑、一头高高翘起的独木舟停在了我的身边——酋长的战船正等着载我漫游沼泽。早在乌尔[1]修建第一所宫殿以前，人们就是从这样的房屋走入黎明，乘坐这样的独木舟，从这一片水域出发打猎的。英国考古学家伍莱曾在苏美尔遗址下挖

---

[1] 美索不达米亚古城，又称吾珥，是犹太人祖先亚伯拉罕的故乡，也是犹太人的发源地。今日遗址位于伊拉克巴格达以南纳西里耶附近。

掘出他们的住房和船模，其埋藏深度甚至超过了大洪水的遗迹。此时此刻，五千年的历史就在眼前，未有丝毫改变。

第一次探访沼泽区的画面将永远铭记我心：火光映照的脸庞，欢鸣的雁群，飞扑争食的野鸭，黑暗中小伙子的歌声，一条条顺流而下的独木舟，燃烧芦苇的青烟中绯红的夕阳，愈走愈深的狭窄水道，独木舟中手拿三齿鱼叉的赤裸男子，一座座水上芦苇棚屋，还有仿佛是从沼泽中孕育而出的湿淋淋的黝黑水牛。星光洒在暗如夜空的水面上，蛙鸣不绝于耳，独木舟在夜色中向家驶去。这是一处不知引擎为何物的静谧世界，时光在其中平静地流淌着。我再次感受到投身其中的渴望，我不想只做旁观者。

第二章

重返沼地边缘

六个月后，我乘一条外层涂着沥青的漏水独木舟从底格里斯河支流朝沼泽区驶去。划舟的是两个阿拉伯人，一个是瘦骨嶙峋的老人，穿着长及小腿、说不上是什么颜色的补丁衬衣。另一个是十五岁的小伙，有点斜视，身材结实。他外面套着破旧的欧式夹克，里面的白衬衫倒是崭新的，并用腰带束着，防止拖到地面。他们头上都戴着南伊拉克什叶派部落男子常戴的白底黑格、三英尺见方的头巾。因为没有头箍，泛黄的头巾被拧成三角形缠在头上。老人坐在高高翘起的船尾，我盘腿坐在船中央的席子上，面前是我的行李，行李最下方是两个黑色锡制箱子，其中一个装着药，另一个装着书、胶卷、子弹和其他杂物。两个箱子上放着一个颜色鲜艳的库尔德褡裢，里面装着毯子和少量衣物。我的猎枪和装在帆布套里的0.275口径里格比步枪则倚靠在褡裢上。

第二章　重返沼地边缘

　　河面宽三十码[1]，水流湍急，深不见底。我抓紧船身两侧，指尖就会被水浸没。强劲的逆风激起浪花，溅到我和我的行李上。我坐在那里纹丝不动，生怕连累整船人翻进河里。可我的两个阿拉伯朋友却若无其事地变换位置，丝毫不影响独木舟的平衡。

　　小伙停止划舟，转身蹲下，背风点燃了一支香烟。老人则站起身来，寻找在岸上劳作的朋友。坐在独木舟里，我只能看见两边三四英尺高的垂直堤岸。沿河有很多大小不等的灌溉水渠都从这里取水。岸边长满了两三英尺高的灰绿色荆棘丛。水龟在岸边的大石头上缓缓爬行，然后再扑通一声跳回浑浊的河水里。还有一些体形扁平、直径不超过两英尺的软壳龟，走路时边缘会起起伏伏。其余一些小水龟则看起来更像普通陆龟。斑鱼狗时而像箭般掠过，时而在空中振翅停留，预备俯冲；鸢在我们的头顶盘旋；成群的乌鸦不时从岸上的农田里呼啦啦飞起一片。灰霾调暗了天空的颜色，让眼前的所有景色都蒙上了无生气的灰色。

　　我们途经一片芦苇棚，棚子颜色灰暗，像经过了风吹日晒的干草堆。泥岸边停靠着一排黑色独木舟，岸上一些穿深色衣服的妇女正在洗盘子。我的老船夫高声问候一个走出棚子的男人："Salam alaikum（愿你平安）。"那人回答"Alaikum as salam（也愿你平安）"，并附上一句"Filhu（停下来吃饭吧）"。我们答道："Kafu, Allah yahafadhak（我们吃过了，愿

---

[1] 1 码约合 0.9 米。

主保佑你）。"几条狗沿着河岸追着我们歇斯底里地狂吠，直到宽沟挡住它们的去路。

1951年2月第一个星期的某个早晨，我离开了阿马拉，乘坐从大迈杰尔租来的独木舟顺流而下，来到五英里外位于沼泽区边缘的法利赫·本·马吉德家。他的父亲马吉德·哈利法是穆罕默德氏族部落的两位最高酋长之一。穆罕默德部落有两万五千名勇士，规模庞大。我希望在沼泽区多待几个月，杜格尔·斯图尔特说法利赫是能帮到我的最好人选。

窝在独木舟里实在是难受。每遇到转弯处，我都满怀期待地向前张望，寻找沼泽的身影。可浑浊的河水只是在无边无际的平原上继续流淌。

又转了一个弯后，河流出现了分支。主干对面出现了一排构造精良的大芦苇屋，其后的空地上有一幢单层砖房，看起来像个堡垒。但最引人注目的是地处河流分支中间陆地上的筒形穹顶建筑，顶部铺着蜜色芦苇席，前后矗立着四根超出屋顶轮廓线的锥形柱子。老船夫说："那是法利赫酋长的穆迪夫（客房）。"这时门口的一个小伙子进了屋，没多久几个男人走了出来，等着我上岸。老人指着身穿黑色长袍、外披斗篷的男人说："法利赫酋长。"在所有人当中，此人身材最结实。

船头一碰岸，男孩就噌地跳上岸去泊船。老人随后上岸，走到法利赫面前亲吻他的手说："这是来自阿马拉的英国人，Ya Muhafadh（啊，保护者）。"法利赫看着船上的我说："欢迎！"他神情威严，很有男子汉气概。除了唇上精心修剪的短髭，脸上刮得干干净净。两条粗重的眉毛几乎在他挺拔饱满的鼻子上方相遇了。他头戴传统的黑白头巾，用粗黑发箍固定。我站起身，船却摇摆不定，灌进水来。法利赫说："等一下。"然后招呼一群船夫："快点帮帮他。"他伸出一只有力的手把我拉上岸，口中不停地说着"欢迎"。然后转头吩咐身旁的人道："务必让他们把英国人的行李搬到穆迪夫。"接着他把我领到门口，说："请进！请不要客气，就像在家里一样。"我把鞋脱掉，从柱子中间走了进去。那些柱子每一根都是由一大捆芦苇捆束而成，周长有八英尺。去皮后的芦苇紧紧地绑在一起，表面光滑得像经过了打磨一样。

大厅内烟味刺鼻，从烈日下走进去后光线很是昏暗。我看到沿墙站着一些晦暗的身影，高声说道："Salam alaikum。"他们齐声回答："Alaikum as salam。"芦苇席上铺了一些艳丽的毯子，我们自行坐下，其他人则沿墙坐下，有的人把步枪放在身前。我看到稍远处有两块漂亮的蓝金色交织的旧毯子，估计是因为不够现代和时髦而被人贬黜到了远离贵宾席的地方。屋子另一端的墙脚下有一个木箱，门口附近有一个木制支架，上面架着蓄满水的大陶罐。除此之外没有其他家具了。地炉在进门后三分之一处，左右居中。生着小火的炉旁摆着十几只咖啡壶，最大的有两英尺高。根据阿拉伯习俗，将冲淡的咖啡倒进其他壶后，就把咖啡渣倒进这个大壶。而最小的壶里则常备着新鲜咖啡，以供重要客人享用。一个穿着白衬衫的老人，也是屋子里除我之外唯一没穿斗篷的人，按照古老的传统程式煮着咖啡。咖啡豆一焙熟，老人就把它们倒进一个小铜钵，带着特有的节奏把豆磨碎。这种愉快的响声暗示着酋长的客房里正在提供咖啡，任何听到声音的人都可以进来享用。老人左手持壶，右手握着两个比蛋杯[1]稍大的大瓷杯，往上面那杯里倒了一点咖啡，然后递给法利赫。但法利赫让给了我，而我又让给法利赫。最后在法利赫的坚持下，我等老人又给法利赫倒了一杯，才品尝了起来。咖啡喝起来很浓很苦。出于对阿拉伯习俗的了解，我在喝完三杯后才轻轻晃了晃杯子，表示不用续杯了。咖啡老人不紧不慢地绕房间而行，按客人的身份高低服务着。法利赫、我以及我的两个船夫还喝到了香甜的红茶，盛在镶金边的窄腰小玻璃杯里。法利赫十六岁的大儿子走了进来。他继承了父亲的大鼻子，但是脸颊更瘦削一些。法利赫向我介绍他，称他为"您的仆人"。他让儿子去看午餐，并对我说："很抱歉！因为不知道您来，没有准备像样的饭。但走了这么远的路，您肯定已经饿了，比起等待我们宰羊烹饪，您应该更愿意先填饱肚子。请见谅。"

在阿拉伯人中，主客之间的长时间静默并不会引起尴尬。法利赫问了我几次"你好吗？"，每次我都给出提前预备好的答案："很好，感谢主。"他还不止一次问我："您的旅行顺利吗？"我回答："很顺利，感谢主。"除我们之外，屋子里再没人说话。过了一会儿，他便继续忙起早上的事情了。这些穆迪夫不只是客房，也是接见室。每天早上和晚上，酋长都

---

[1] 蛋杯，用来盛煮熟的蛋的器具，一个蛋杯盛一个鸡蛋。

第二章　重返沼地边缘

会在这里管理他的产业，解决部落成员间的矛盾。

有些酋长，例如法利赫的父亲马吉德·哈利法，拥有大量资产，每年可以获取数十万英镑的收益。土地曾经归部落所有，一旦部落成员不愿跟随酋长，酋长就失去了统治权。但近年来，酋长实际上已获得了土地所有权。在非游牧部落中，酋长成了地主，成员沦为佃农，只能用劳动换取一部分粮食，没有任何保有权的保障。阿马拉省的所有土地在理论上是归国家所有的，只是以租借形式交给酋长打理。可酋长缴了税，就把土地当作自己的财产，而且只要他还在位，就没人敢质疑。

如今，虽然酋长不再拥有司法权，但部落成员还是很少找政府的法院解决问题（除了谋杀等特殊情况）。相对于请完全陌生的官员进行裁决，他们更喜欢找熟悉的酋长来解决纠纷。而且，总的来说政府也乐得清净。

法利赫处理各种各样的事务。他命令在河水上涨前加固堤坝，分配水稻收割任务，还催欠缴粮食的人缴粮。我很难理解他们的方言，于是观察起双方的表情。令我惊讶的是，他们的浓眉大眼与阿拉伯半岛的贝都人精致的五官对比鲜明——就像拉货的马匹和良种马之间的区别。但这并不足以对他们进行评价。每个人都静静地坐在斗篷之下，用当地盛行的头箍固定着头巾。他们给人温和、幽默、守规矩的印象，但我认为如果发生了恼人的事情，他们会变得又固执又易怒。

后来我对穆迪夫进行了丈量。这种建筑有六十英尺长，二十英尺宽，十八英尺高，给人的印象却大得多，尤其是当我第一次进去的时候。建筑由十一根马蹄形拱肋支撑。制拱材料和门口的柱子一样,都是捆扎而成的芦苇茎。拱肋在接近地面处有九英尺粗,在顶部是两英尺半。我发现,这种芦苇最高能生长到二十五英尺。所以为了完成拱形结构,要用另外的芦苇扎成类似直径两英寸[1]的缆绳的形状,用这样的缆绳将拱肋一层接一层地捆扎起来。纵向拱肋与横向罗纹交织在一起,构成的图案十分引人注目。屋顶由与地面相似的芦苇席一张张交叠着固定在拱肋上,达四层之厚。房子的四壁呈淡淡的金黄色,屋顶被烟熏成了深栗色,效果仿佛上过一层清漆。

在法利赫儿子的监督下,几名仆人把用灯芯草编织的圆垫放在离我们前方约五英尺处,然后在上面摆上一盘堆得高高的米饭、几份炖菜、三只烤鸡、一条烤鱼配枣子、几盘奶油蛋羹、几碗脱脂乳和几罐冰冻果子露。此时大部分人已经离开了穆迪夫。我本以为他们会留下来,因为按阿拉伯部落传统,上餐后人们通常会一起进餐,但后来我了解到,只有游牧部落的酋长会在会客帐篷里款待各路来客。其他酋长,除非在特殊情况下,希望客人自行填饱肚子,并且只款待远道而来的客人。现在,除了我和我的船夫,只有三个老人作为客人留下了。

法利赫和他的儿子与我们一起进餐。有仆人端来了脸盆和广口水壶,于是我们轮流洗手。洗毕,法利赫说:"来,请

---

[1] 1英寸合2.54厘米。

不要客气！"然后欠身把一份炖菜浇在了米饭上。他徒手拆开一只鸡，放在特地为我准备的摆着刀和汤匙的餐盘上。但既然其他人都用右手直接从盘子里吃饭，我也想入乡随俗。法利赫立刻说："用刀和汤匙吧，你会更方便一些。"但我告诉他，我多年来都是用手吃饭的，非常适应阿拉伯人的习惯。于是他说："那你就是我们的一员。"进餐完毕，我们再次洗了手，接着喝起了咖啡和茶。

部落居民都对枪感兴趣，我注意到法利赫盯着我的步枪，于是递给他问感觉如何。他试了试平衡，又瞄了瞄准，禁不住赞叹道："是把好枪。"的确如此。像所有阿拉伯人一样，他也问了价格。最后，终于如我所愿，他问起我的旅行计划，我说我希望进沼泽区看看马丹人。

"这不难，我可以送你到加巴卜，那个村子很大，在沼泽区中心。这间穆迪夫上的芦苇就是从那儿来的。我的父亲马吉德酋长在那儿有个代表，如果你想过夜，他可以提供合适的住处。你可以在加巴卜看到马丹人如何生活，不外乎水牛、芦苇、水。你去哪儿都必须坐独木舟，因为没有一处干燥的地方。如果你想打猎，那儿应该还有野鸭。"

我对他表示了谢意，然后解释说我想和马丹人一起生活几个月。"加巴卜还好，萨达姆[1]有穆迪夫，但马丹人活得就像他们的水牛。"他继续说，"他们的房子一半在水里，一半在外面，到处是蚊子和跳蚤。住在那样的房子里，晚上很可

---

1 马吉德在加巴卜的代表。

能被水牛踩到脸。马丹人很穷，吃得很差，米和牛奶就是他们全部的食物。其实你住在这儿更好，想去沼泽区随时可以去，我可以为你提供舒适的住处，你想住多久就住多久。我有船，也有人手，你可以去任何想去的地方。你晚上住在这儿，白天去沼泽区，这样安排最合适不过了。"

我告诉他，以前我和阿马拉的领事在沼泽区住过几天，之所以回来，就是因为我对马丹人很感兴趣，想更好地了解他们，而要做到这一点，我只能和他们生活在一起。"我一辈子都在野外旅行，适应任何艰苦的环境。过去的五年里我一直待在'空白之地'，那可不是好待的地方，我们总是又饿又渴。而在这里，无论如何我都不会缺水。"

法利赫笑了："是啊，感谢真主，你在这儿不会缺水，还会睡在水里。你们英国人真是奇怪！我有时去沼泽区办事，不得不住上一晚，但再多一个晚上我都不愿意。我可不会为了好玩住在那里。无论如何，明天你留在这里，我安排打野猪，后天再送你去加巴卜，让萨达姆关照你。如果你愿意，今天傍晚可以和我去田里转转，看看能不能打到山鹑。我不打扰啦，你先休息吧。"

"你打过野猪吗？"法利赫说，"要小心，它们很危险。就在上个星期，有人在这附近看庄稼时被野猪攻击，死了。虽然我们是来找山鹑的，但也可能碰上野猪。"

我们在一条宽阔的灌溉水渠边沿堤坝依次前行，前方是一片遮天蔽日的棕榈树。这条人造堤坝让我们在南伊拉克无

第二章 重返沼地边缘

边无际的冲积平原上站得更高。平原朝东延伸一百英里是波斯山麓,往南一百五十英里是大海,往北二百英里是巴格达,往西越过幼发拉底河后融入阿拉伯沙漠。每走一段距离我们就要跳过一个缺口,那是引水灌溉农田的地方。在棕榈树下,我们一度陷入乱蓬蓬的荆棘丛。冲破这片三四英尺高的荆棘丛的包围,我们来到了更加开阔的原野。这里地面湿滑,覆盖着盐霜,还常能看到一种滨藜属植物。几只黑色山鹑被我们惊飞,但它们野性十足,根本没给我们开枪的机会。回村的路上,三只野鸭从沼泽区蹿出,从我们头顶高高飞过。法利赫开枪射中一只。我一边祝贺一边想这是不是侥幸,后来发现他确实是个神枪手。

黄昏时分,我们回到村庄。一盏照明灯挂在穆迪夫的房顶上,屋里坐着六七个小伙子。法利赫行昏礼时朝向穆迪夫的门口,因为客房总是朝着麦加方向建造的。穆斯林一般在日出、中午、下午、日落以及日落两小时后做礼拜[1]。但能做到的大部分是老人,其他人都嫌麻烦。法利赫做完礼拜便差人去取晚餐。这一顿和午饭差不多,只不过烤鸡由烤羊肉代替,而且炖菜里加了肉。吃完饭,仆人很快收走了盘子,接着抱回了床垫、长枕头和衬着红、黄、绿色丝绸的厚被子。还有两个老人也在这里过夜。法利赫让一个男孩去把自己的步枪拿来,并吩咐他站岗到天亮,接着向我道了晚安,朝对面他和家人住的砖房走去了。

---

[1] 分别是晨礼、晌礼、晡礼、昏礼和宵礼。

男孩熄了灯,喝起剩下的咖啡,用木棍拨弄着炉火。他的五官带着蒙古人的粗犷,流露出一种令人不安的美。一个老人开始打鼾,男孩立刻让他闭嘴。老人咕哝着翻了个身,可没几分钟又开始了。男孩笑着对我说:"老人总是打鼾的。"

第三章

打野猪

老咖啡师阿布德·里达在矇眬的晨光中出现，点燃了炉火。不一会儿，室内烟雾缭绕。守夜的男孩走了。两个老人起床后大声地清着喉咙。他们先进行沐浴，然后做祷告，继而蹲坐在地炉旁。天有点冷，所以我一直躺在被窝里，直到两个仆人来挪走寝具，我才起来加入其他人的行列，接过咖啡喝了起来。仆人送来了早餐——一份用草编盘子盛的米粉薄饼，配上一壶加糖的热牛奶。他把食物放在我们面前的地毯上的时候，晨光为门口的柱子镀上了金边。

一两个小时后，法利赫和一群随从带着枪来了，他们按约定来接我去打野猪。所有人喝完咖啡后，我登上了法利赫和他儿子坐的那种船。

这条精美的手工独木舟最多能装下十二个人。虽然全长有三十六英尺，最宽处却仅有三英尺半。舟身是通过平铺法打造的，底部扁平，外层均匀地涂着沥青。舟的前端以完美的曲线上扬，逐渐变窄后形成细长的舟首，舟尾也优雅地上翘着。距舟首、尾两英尺处铺有甲板，距舟首三分之一处有划手座，三分之二处是一条加固梁。舟底铺了一层活动木板。舟肋上钉了五排扁平圆头钉，每个钉子直径有两英寸。这些装饰钉使酋长专用的塔拉达别具一格。许多年后，我在奥斯陆看当地保存的维京人[1]船只时，立刻想起了沼泽区的塔拉达。两种手工船都有着同样优美、简约的线条。

四人撑舟，两人在舟尾，两人在舟首。撑杆富有节奏地伸入同侧水底，必要时再换到另一侧。划舟人将步枪放在身旁，斗篷也已脱掉。他们身上都挂着装满弹药的子弹带，腰带前还别着一柄窄刃弯刀。

沼泽区在法利赫的穆迪夫下游三英里处，途中我们经过一处很大的村庄，沿左岸而建，延伸约二百码。房舍就是将席子与拱形结构固定在一起，与水岸平行，通常紧挨在一起。有的房前拴着几头小水牛，还有一些奶牛在悠闲踱步。我留意到几匹马前腿被铁条固定着，身上披着毯子，想起法利赫的马也曾如此，于是问他缘由，他解释说："这是为了防盗。如果你用绳子拴，马贼会割断绳子，跳上马背，连马带人一起消失。我们的马血统纯正，非常值钱，必须仔细看管。"

"那为什么给它们裹毯子？天气并不冷。"

"防止它们被蚊虫叮咬。"

狗在岸上一路追赶我们，每隔十到十五码的样子停下来，

---

[1] 维京人，8至11世纪的北欧海盗。

第三章 打野猪

龇牙咧嘴地朝我们一通疯狂乱叫。每一群狗都会在领地边界停下来,再把我们交给下一群狗。小孩子们就静静地看我们,而妇女都不戴面纱,从房子里朝我们张望。村里好像没有多少男性。我们停在一处大房子前,法利赫的一个随从喊道:"扎伊尔·马海辛!"一个老人边扎紧头巾边走了出来,说:"欢迎!欢迎保护者!请进!请进!"虽然他执意请我们喝咖啡,法利赫却谢绝了。"你有没有派人划独木舟去沼泽区?"法利赫问。

"是的,保护者。他们都去了,正在溪口等你们呢。"

"芦苇丛里有野猪吗?"

"有,但是非常分散。水太浅了,水够深它们才会聚集到芦苇岛上。"

"来吧,快进来。"于是,扎伊尔·马海辛利落地爬进独木舟,坐在了舟底。

乘客总是坐在舟底,也就是紧靠舟尾后部划手座的上座。划舟时,两个划手前后坐在舟尾甲板上;第三个坐在前部划手座上,那是根坐起来非常不舒服的窄梁;第四个跪坐在舟首。我问法利赫:"他们是马丹人吗?"他和扎伊尔·马海辛交换了一个微笑,说:"不是,他们是法拉赫(耕种者)。马丹人住在沼泽里。一会儿到了加巴卜,你就会见到了。"

到达村庄前,我们经过了许多片麦田。河道的水很浅,在船夫的努力下塔拉达艰难地行进着。河岸变低,只要坐直,就能看见岸上风光。两岸延伸几百码的泥地上杂草丛生,在阳光下闪闪发光,更远处是片片芦苇。一小群牛背鹭在背景中展露出雪白的颜色，两只米色后背的苍鹭耸着肩膀卧在一处水沟边孵卵，还有几只杂色乌鸦围着一堆垃圾聒噪个不停。法利赫说："这是种水稻的地方，很快他们就要来清理了。"

一大群人和独木舟出现在眼前。靠近他们后，我们小心翼翼地爬上了河堤的最后一块残岸。几个穿着较其他人更为讲究的老人蹚过泥浆去问候法利赫，并亲吻他的手。其余的多是小伙子，在稍远处更深的水中或坐或站于独木舟里。有的人在腰上缠了块黑色或黄色的破斗篷，就再无其他蔽体之物了；其他人穿着阿拉伯长衫，在大腿处高高地卷起；还有两个正在浅水中拉独木舟的人，干脆把衬衫卷到腋窝处，完全不在意裸露身体。他们大部分人在头上缠着块破布，许多人带着匕首。有几个小伙子还拿涂有疙疙瘩瘩的沥青的木棒当作武器。其中一个发现我在看，笑吟吟地把棒子递给我。总的来说，这些人个个身强力壮，体格适中，肤色较浅，但因为气候原因显得黝黑。他们五官舒展，眼距较宽，鼻子硕大。

涂有沥青的独木舟一般较小。所有的独木舟都可以叫作马舒夫，但每一种类以及每一型号都有自己的名字。一种吃水较深的独木舟马陶尔，只能承载一人，用于猎捕野禽。另外一些体积稍大的能承载两人。还有的和我从大迈杰尔租来的一样大。人们常用鱼叉撑舟，把叉柄一端插入水里。这种鱼叉看起来坚不可摧，竹柄长十二英寸，顶部有五个叉头，像个巨大的烤叉，但是尖端多了倒刺。

法利赫曾建议我带上猎枪，因为有这么多人在周围，用步枪会比较危险。让我高兴的是，虽然村民储备了很多弹药，

第三章 打野猪

但只有法利赫的四个船夫带了步枪。在第一次世界大战中，部落居民在战场上捡了许多英国和土耳其步枪，没有人要求他们上缴。如今英国的李-恩菲尔德式步枪仍在伊拉克军队和警察系统中沿用，所以他们仍能获取弹药。但土耳其步枪的弹药已接近耗尽。虽然有些村庄的工匠能用当地制造的火药和子弹重填土耳其弹药筒，但如此一来筒壁越来越薄，非常危险。

在第二次世界大战中，伊拉克几乎没有卷入任何斗争，因而部落获得战利品的机会微乎其微。然而在波斯，大批部队和警力在英军抵达前溃逃，顺便带走了自己的步枪。部落也参与其中，将驻戍部队的军工厂洗劫一空。事后他们想起礼萨国王[1]的手段，害怕武器暴露后遭到残酷惩罚，于是将大批步枪走私到伊拉克。那时买一支步枪只消花五个第纳尔，约合五英镑。而现在据说要一百第纳尔。因为捷克斯洛伐克制造的步枪在枪管上有"Brno"标志，因此在这里就被叫作"Burno"（布尔诺），法利赫的船夫用的就是这种步枪。

有人对稻田分配问题提出异议，法利赫听着复杂的原委，说："够了。明天到我的穆迪夫来。要早一点，日出后两小时就到。叫哈桑也过来。"

然后他问："艾德哈伊姆在吗？把他叫来。"只见最远处的独木舟里爬出一个跛脚的矮个子男人，蹚着水朝我们走来，十分谄媚地亲了法利赫的手。"你按我说的把十第纳尔付给贾

---

[1] 穆罕默德·礼萨·巴列维（1919—1980），伊朗末代国王。

西姆了吗？"

"我准备明天付的，我的保护者。"

"我十天前就告诉你了。"

"我生病了。我有两天……"

"可我听说你昨天在迈杰尔。"

"我去那儿看医生，买药。"

"你根本没去看医生，你一整天都在尼塞夫的婚礼上。"

"我以阿拔斯[1]的名义发誓，我去看医生了。我……"

"畜生，畜生不如！我告诉过你了，如果你不立刻把钱还给贾西姆，你就会受到惩罚。你是个满口胡言的骗子！亚辛，把他带到哈扎勒那里去，我不回来不许放他走。让哈扎勒把他绑起来。快去吧！你这个黑心的畜生，我要教会你服从我的命令。"

这时，又有人带着诉求来找法利赫。法利赫说："够了，带我们去找野猪吧。我想看看英国人的枪法。"他转向我说："你去乘那条马舒夫。待在里面要小心，这人会给你撑舟。"

我爬进停在我旁边的小舟。等法利赫和他的儿子分别坐进另外两条，我们便跟着大部队向芦苇地驶去。水越来越深，大家都放下手中的撑杆或鱼叉，坐下来快速划桨。如果船上不止一人，他们就同时同侧划桨。

昨日的灰霾已经消散，天空透着淡淡的蓝，薄薄的云点缀其间。船桨搅起一串小小的漩涡，又带起晶莹的水珠落在

---

[1] 阿拔斯，先知穆罕默德的叔父。

第三章 打野猪

清凉的河水中。溪口水浅，一片浑浊，长满了东倒西歪的灰色香蒲。我们已驶过那里，进入了永久性沼泽最常见的芦苇丛中。这种大型草本植物看起来有些像竹子，密集地生长在一起，最高可达二十五英尺。芦苇的顶端是蓬蓬的穗，带着浅浅的黄褐色。茎非常结实，常被沼泽居民用作划舟的撑杆。在这个季节，沿狭窄水道两边生长的芦苇丛还比较稀疏。去年的残茎只是一片灰黄或灰白，只有从底部新生的仅几英尺高的嫩芦苇鲜翠欲滴。不远的前方，几群黑鸭急匆匆地冲进芦苇丛。侏鸬鹚和蛇鹈站在芦苇残根上展开黑黝黝的翅膀晾晒着，受到惊吓后，它们要么扎进水里，要么低低地飞开，留下白色的鸟粪。干枯的芦苇丛里一阵嘈杂和躁动，只见苍鹭拖着长长的腿飞走了。

独木舟少说得有四十条，遇到狭窄处就挤挤撞撞，遇到宽阔处就四散开来，大家你追我赶，大呼小叫，一片欢声笑语。

很快，我就分不清自己是在深入沼泽还是在沿岸而行了。因为芦苇丛不断向我们靠拢，水道越来越窄，越来越曲折。突然，我们钻出芦苇丛，来到了一处隐蔽的小湖泊。绿头鸭嘎嘎叫着从我们头顶朝后飞去。许多小岛分散在远处，最小的只横跨几码，最大的跨度少说有一英亩[1]，包围了湖泊的远岸。沼地居民将这些小岛叫作图胡勒，其中有一些是固定的，有一些是漂浮着的。所有的小岛上都长满了加萨卜，但只有八到十英尺高，还有一丛丛边缘似剃刀般锋利的莎草、黑梅、

---

[1] 1英亩合4046.86平方米。

柳灌木和几种匍匐植物，在它们的下面，贴近地面处则生长着薄荷、苦苣菜、柳叶菜、水池草等。

地面看起来很结实，但又浸满水分。实际上，它是由一层根茎再覆盖上腐烂的植物构成的。多年后，我射杀了一头在刚刚烧过的类似小岛上进食的野猪。它当时站在看起来很结实的地面上，但一小时过后我们走近那里，却发现尸体消失了。"我肯定没打中，它恢复体力逃跑了。"

"不，不，"我的同伴说，"它肯定死了，只是沉下去了。"

在一处小岛旁，法利赫的独木舟停在了我旁边。"就是这里，"说完，他朝其他人喊道，"快，进去看看有没有猎物。"几个男人手持鱼叉上了岸，但一无所获。于是来到第二个岛、第三个岛……我正出神地听着芦苇间两只雀跃的小鸟欢鸣，突然被几声巨响吓了一跳，紧接着有人高呼："在那儿！快！小心！天哪！有四头！"然后扑通一声，就没了动静。

"跑哪儿去了？"一个声音问。

"它们躲到水里了。有一头就是从我脚旁离开的，我的天！有驴那么大，我以阿拔斯的名义发誓！"

另一个大叫道："我差点用鱼叉刺中了它。是一头母猪带着三头小猪。"

更多人喊了起来："它们跑到这里了。快来拦住它们。"

我们挤进了两岛之间的狭窄水道，可我的船夫匆忙退回到宽敞的水域，又有几条独木舟加入了我们。捕猎行动转移至另一个岛上，随着我们接近猎物的速度加快，气氛也越来越紧张。只听一声短促的尖叫，有人大笑着欢呼道："我打中

第三章 打野猪

啦,一头小的,我把它刺中啦!它在水里呢,我去把它淹死。"

法利赫的独木舟从我旁边经过。他脱掉了斗篷,自己划起桨来。"那头大的去哪儿了,马那提?"法利赫问刚刚刺中野猪的强壮老者。

"估计跑到那个大岛上了,保护者……没错,这是它的脚印。快,我们把它找出来!"

马那提和另外两个人钻进一片芦苇丛后消失了。我能听到他们的动静,其中一个喊道:"它没从这儿走。"稍后马那提又喊:"这儿有它的脚印!"

半天没有动静,正当我以为他们把野猪跟丢了时,远处传来一阵水花声,紧接着是惨叫:"救命!救命!"

有人在喊:"是马那提!小伙子们快来,快!勇士们都在哪儿?"

好多人响应号召,朝芦苇丛蹚去。

法利赫、我和其他一些人飞速操桨赶到岛的另一端,只见马那提正被人扶到一条大独木舟上。他紧闭双眼躺在那里,血迹斑斑的衬衫已被扯成两半。他的右臀豁了一个大口子,大到能放下一个拳头。法利赫俯身关切地问:"你怎么样,马那提?"老人睁开眼睛虚弱地回答:"我很好,保护者。"法利赫立即下令回到希尔干河河口,好在那里不远。

返程途中,一个小伙子说:"袭击他的是头母猪。如果是公猪,就会用獠牙把他刺死。"

另一个说:"还好他摔倒时腹部着地。我两年前在巴希特部落的村子里看到过一个被母猪咬死的人,肠子都被拽了出来。"

还有人说:"去年有头公猪在麦田里咬死了年轻的赛义德,把他扯成了碎片。当时他没带武器,又孤身一人,他肯定是踩到了公猪。庄稼很高,还没来得及收割。他朝村子往回爬,还没出田地就死了。"

有个男孩问:"你们还记得哈希姆骑猪吗?"

"记得!天哪!"我的船夫说,"他和他兄弟在查看麦田时发现了一头灰色的老公猪。哈希姆的兄弟刚从费莱贾特人那儿买了把步枪,想开枪打死它。哈希姆想阻止他,没来得及,枪打在了公猪的肚子上。"

"是的,"另一个男人插嘴道,"他枪法很臭。"

我的船夫继续说:"那头猪冲过去撞倒了他,把他的胳膊撕扯得够呛。哈希姆从后面追上公猪,用匕首猛刺它的肩部。公猪转而攻击哈希姆,哈希姆扔掉匕首跳上了猪背。猪想把他甩下来,可他紧紧抓住猪耳朵。结果猪一路驮着他跑到了赛义德·阿里的菜园,直到那头猪要跳过一条大水沟,哈希姆才摔下来。"

"野猪是我们的敌人,"一个老人说,"它们破坏我们的庄稼,咬死我们的人。主,消灭它们吧!看看马那提,他再也不中用了。那头母猪毁了他。"

我们到达了溪口。一些人正坐在法利赫的塔拉达上,在一处又高又宽的土堤前等我们。我们上了岸,独木舟停在岸边,马那提还在里面。他侧身躺着,头和肩膀由另一个人托着。看起来血流得不多,因为船底的水只是染上了淡淡的红色,但伤口看起来一塌糊涂，模糊的血肉中能清楚地看到撕裂的肌肉。马那提轻轻转头看了下自己的伤口，什么都没说。

我的行李箱在法利赫的村子里，那里有很多药。虽然我不是真正的医生，但二十年的野外探险生涯让我积累了一些治病经验，而且人们总是想当然地认为我可以治病救伤。另外，我一有机会就去医院观摩手术，也获得了不少外科手术知识。而在接下来几年的沼地生活中，我还将获得更多经验。

此时，我对法利赫说："我们最好立刻回到你的穆迪夫。我能做的不多，但至少可以给他来一针吗啡，处理一下伤口。我们必须把他送到阿马拉的医院。"

"不要把我送到医院，"马那提请求道，"我不去医院。让我待在村子里。让这位英国人为我治病。"

我说："不管怎样，把他送回你的村子。"但法利赫坚持说饭已准备就绪："让我们吃完饭再走。"

我开始感到气愤，马那提却笑着对我说："吃吧，朋友，先吃饭。我没事，"又补充道，"而且我也饿了。我也想吃点东西再走。"

我妥协了，走到摆满饭食的芦苇席边。午餐有大量米饭、羊肉、烤鸡和炖菜，可我实在吃不下，很快就起身了，希望这样我们就能马上出发。可是其他人依旧轮流入座吃饭，接着又喝茶、喝咖啡。我的耐心用尽，愤怒也快达到了顶点。我来到马那提身边，发现他手里拿着个羊骨头。我心想，他真的吃下去了吗？他看起来那么痛苦。

回到法利赫的村庄，马那提又请求我们不要把他送到医院,但法利赫最终说服了他。野猪似乎从他臀部咬下来一大块肉。我给他注射了吗啡,清洗了伤口,又撒上厚厚一层磺胺粉[1]。接下来我们让他尽可能舒适地躺在独木舟里,为他送行。他将先到大迈杰尔,再到阿马拉。

一年后,我在他们村子吃饭时又遇到了他,结果惊讶地发现他居然完全跛了,没有拐杖就无法走路。我问他在医院住了多久。他说:"我到医院后,他们不让我进,我就回来了。托主的福,你的药救了我。我只用了你的药就好了。"

但我怀疑他压根没进医院,而是从法利赫的穆迪夫出来后直接回到了自己的村庄。

---

[1] 磺胺粉,一种有止血和消炎作用的药物。

第四章

抵达加巴卜

第二天一早,法利赫安排了一条独木舟和三个船夫送我到加巴卜。"他们会带你去见萨达姆。等你在马丹人那儿住够了,可以随时回来。记住这里就是你的家。一路平安!"

我们沿主河道行驶,沿途经过了另一座大型穆迪夫,船夫告诉我它属于赛义德·萨尔瓦特。后来我发现,此人是当地最受尊崇的赛义德,在整个南伊拉克都享有盛名,因此他的穆迪夫像清真寺一样神圣。如今,每一个自命有学问的伊拉克城里人都称自己为赛义德——相当于土耳其时代的"Effendi"(阁下)[1]。从这种意义上讲,赛义德和"Mr."(先生)一样,没有宗教意义。但对部落居民来说,赛义德仍是一种尊称,代表先知的后代。

过了赛义德·萨尔瓦特的穆迪夫,一个小村子沿岸散布,

---

1 Effendi,奥斯曼帝国时期对有学识或有社会地位的人的尊称。

一缕炊烟升起于一排房屋之上。水牛这种黑黝黝、看起来闷闷不乐的野畜,体形庞大,毛发蓬松,或立于岸边,或卧于水中,只露出鼻子、头顶和一对弯弯的大牛角。沿岸停着大小不一的独木舟,而干燥的陆地上则躺着旧船腐烂的残骸,木板已经和船肋分家。一群群野狗又开始追逐我们,站在岸边朝着我们吠叫。这时,我看到在一所房子门口,有个男人正静静地看着我们。"来呀,朋友,朝他打招呼!"一个船夫说。

于是我喊道:"愿你平安!"他回答:"也愿你平安!"又加上一句,"停下来吃饭吧。"

我回答:"我们吃过了,愿主保佑你!"

"很好,"我身后的船夫说,"你一定要学会我们的风俗。你看,通常船上的人要与岸上的人打招呼,顺流而下的人要与逆流而上的人打招呼。"

过了村庄,两岸生着光秃秃的垂柳,新生的芽苞给它们轻轻涂上一抹绿色。长长的柳枝垂向浑浊的河水,蘸着水流轻轻摆动。柳树的后面是无人打理的棕榈树林,林中空地上盖着一些芦苇屋。河流在此又出现了分支,我们选择右边较小的支流继续前行。小麦田、大麦田、村庄、滩涂、沼泽边缘和香蒲,景色和前一天没有不同。

我们驶进芦苇丛中一条曲曲折折的水道,头一英里经过了许多返程的独木舟,每一条上都堆满了湿漉漉的加萨卜嫩枝,几乎看不见舟身。半裸的男人和小伙子们划着舟,有时两人一舟,更多是一人一舟。"那是水牛的哈希什(饲料)。"我那自告奋勇当向导的船夫说。他叫贾哈伊士(小驴子),但

第四章 抵达加巴卜

这不是他的外号,而是他的大名。很多部落居民的名字都极其怪异,贾哈伊士已经算很正常了。后来我还遇到过叫希莱卜(小狗)、巴克尔(母猪)、汉济拉(猪)的人,这在穆斯林中简直惊世骇俗,因为他们将狗和猪视为肮脏之物。其他一些奇怪的名字包括加拉孜(小老鼠)、瓦瓦伊(豺)、豪巴(鬣狗)、考萨杰(鲨鱼)、阿弗里特(镇尼[1]),甚至巴如尔(粪便)。人们常把这类名字赋予有兄长夭折的男孩,希望不幸不会降临在这个孩子身上。

我们路过了一些正在收集哈希什的人。哈希什在阿拉伯语里是"草"的意思,人们用这个词来指代作为饲料的嫩芦苇。有个赤裸的男孩正站在舟头用锯齿镰刀切割鲜嫩的绿枝,割完后再将湿淋淋的枝条堆在身后的舟里。每过一会儿,他就拉着粗粗的芦苇茎向前移动一两码。这时我听到芦苇丛后传来了欢声笑语。一个男孩唱起了抑扬顿挫的歌,歌声是那样清晰和真切。我的船夫不禁停下来侧耳倾听。"那是哈桑。"其中一个肯定地说。待歌声停止,一些人叫道:"再来一首!"

在接下来的七年里,我对这样的画面越来越熟悉。有时是冬季,河水冰凉彻骨,从大雪纷飞的库尔德吹来的冷风横扫沼泽。有时是夏季,空气都能挤出水来,密不透风、遮天蔽日的芦苇丛下,酷热难耐,群蚊乱舞。而春秋两季是难以体验到的,因为这两个季节在这里极其短暂。但不管冬夏,只要有沼地居民不辞劳苦地为永不满足的水牛收集饲料,我

---

[1] 镇尼,伊斯兰教对于超自然存在的统称,亦译为"精灵"。

就能在芦苇丛中听到他们的笑语和歌声。

"那个小伙子的声音很美。"贾哈伊士说着,又摇起了桨。

"是的,他的声音数一数二,比加巴卜的希莱卜好听。"

"是的,没错,更好听,但他不会跳舞。你见过哈卡宾塔在阿卜杜勒·纳比婚礼上的表演吗?主啊,看他跳舞可真是一种享受。"

这名字听起来像是指男性化的少女。我问哈卡宾塔是什么意思,贾哈伊士说哈卡宾塔是专门跳舞的小伙子,同时也做男妓。大迈杰尔有两三个这样的人,专在婚礼或节日庆典上跳舞。我问这些人是否也住在部落里,他说:"不,绝不。我们的很多小伙子当然也会跳舞,但他们不是哈卡宾塔。"

他的一个朋友补充道:"塞加尔也有一个哈卡宾塔,而且他的儿子马赞也会成为出色的舞者。虽然马赞还是个孩子,但主啊,他已经超过了他父亲的水平。"

前方再没独木舟了,我们行得很慢,金色的芦苇间水平如镜,我们几乎是漂流其上。船桨压低了声音,舟头流水也轻声细语,只要我们不开口说话,就再听不到别的声音。渐渐地,前方越行越宽,我们来到了一处湖泊的边缘。湖很小,跨度只有四分之三英里的样子,水面在阳光下呈湛蓝色。贾哈伊士说:"湖面没风,我们直接划到对面。"一大群黑鸭栖于湖面。更远处还有一群野鸭,但因太远,辨不清品种。我端起枪,可是刚从芦苇丛中出来,鸭子们就飞走了。

"它们现在野性十足,"贾哈伊士说,"你应该在秋天来,那会儿它们刚刚抵达这里,你想打几只就能打几只。法利赫

第四章 抵达加巴卜

这个冬天打了很多。"

横贯湖面的芦苇看起来像曲折的低矮砂岩峭壁。而更远处的芦苇则让我想起丰收时期的玉米田。到了对岸,我们又钻进了芦苇丛,并遇到两条大船,它们给我们留出了正好够错行的通道。那两条大船上堆满了干芦苇,船沿高高的,长度有三十英尺,头尾都带着装饰性的雕饰。每条船都在三个人的驱使下缓慢地前进,他们在船头将撑杆插入水中,然后一步步沿船边走到船尾。等到了船尾,再返回船头,如此反复。

"萨达姆在加巴卜吗?"贾哈伊士大声问道。

"在,他是前天从哈拉夫那儿回来的,"哈拉夫是法利赫的弟弟,"你们这是去哪儿?"

"去萨达姆那儿。我们要把从法利赫那里来的英国人送去。"

"法利赫在哪儿?"

"他在家。"

"马吉德呢?"

"还在巴格达。"

"我们管这种船叫巴拉姆,"贾哈伊士告诉我,"他们在加巴卜割芦苇,运回去为马吉德建新的穆迪夫。"

很快,我们超过了满载哈希什返回加巴卜的独木舟。水道明显变浅,因为香蒲和加萨卜混生在一起,接着又变宽,等我们绕过一块岬角,便看到一片波光粼粼的宽阔水域上坐落着我们的目的地村庄。微风将芦苇屋的倒影吹皱,炊烟袅袅融进淡蓝色天际,一片片金黄的干芦苇托起一座座小屋。

这片小小的湖区上散布着六十七座芦苇屋，有时两间小屋近到只相隔几码。远远望去，它们仿佛矗立于水中，但实际上它们搭建在潮湿的芦苇堆上——想象一个巨大的天鹅巢，大到足够盖一座小屋，还能在前门留出点空间。最近的一间小屋前站着一头水牛，水珠从黝黑的皮毛上滴滴答答地滴下，其他的则或深或浅地没在水中。就像陆地上的芦苇屋一样，这些小屋也由加萨卜做拱，再用芦苇席盖在上面。小屋一头敞开，我们经过时可以看到里面的景象。一些小屋空间还算合适，另一些就小得很难被称为房子了。新建的房子透着新鲜芦苇的光泽，但大部分都是黯淡的。

　　人们乘独木舟上上下下，穿梭于各个人工小岛之间。男人和男孩们抱着一摞摞哈希什上岸后堆到家门口。我们朝他们打了个招呼，他们回道："欢迎，欢迎！进来吃饭吧！"一个四五岁的男孩登上一条独木舟，拾起撑杆朝一片芦苇丛撑去。一个怀抱宝宝的年轻女人朝他呼唤着。那女人面容姣好，柔和的面部曲线收于精致的下巴，黑裙外面另有一件粗糙的黑斗篷从头上披下来。另一座小屋前，两个穿着一红一绿花长袍的女孩正拿着又长又重的碾槌捣着盛在木臼里的谷物。她们以髋骨为轴，轮流弯腰舂下去，口中还小声打着节拍。

　　萨达姆的穆迪夫位于村庄最远端，地处芦苇丛边缘，离其他小屋有些距离。作为加巴卜最大的建筑，只有这座穆迪夫建在干燥的陆地上，因为它占了一座陡峭的小岛，上面全是黑色的土壤，比周围水域高出五六英尺。这里显然曾是一处古迹，因为水边露出了砖砌结构。岛上另有足够的空间建

第四章 抵达加巴卜

萨达姆及其家人的住房。快靠岸时，萨达姆走了出来，又转身喊一个男孩快去拿地毯，然后边说"欢迎！欢迎！"，边把我们拉上岸。他瘦瘦高高的，脸上有一点天花瘢痕，胡子剃得很干净，只留着短短的唇须。他白色的衬衫外罩着一件棕色长袍，头巾用头箍固定。一个神态自若的十岁男孩站在他身边，那是他的儿子奥达。

脱掉鞋后，我走进了穆迪夫。这是加巴卜唯一的穆迪夫，工艺比较粗糙，开口在南端。因为地势高，可以看到整个村庄。地上的芦苇席破破烂烂的，一盏防风灯挂在墙上支出的芦苇秆上，玻璃罩被熏得发黑。

"那孩子去哪儿了？遭天谴的。"萨达姆不耐烦地嚷嚷着。一会儿，一个看起来傻傻笨笨的男孩抱着两块大地毯和一些坐垫出现了。"快点，孩子，快点！没见到有客人来吗？把那些给我，再去拿其他毯子来，要最好的。"小伙子拿回一块做工精美的礼拜用小跪毯。萨达姆把这块毯子铺在墙边，又在旁边放上一个红绸缎面的长枕形坐垫，然后叫我落座。我听到他小声对仆人说："告诉他们准备午餐，去商铺看看有没有鱼。一定要买好的，再买六盒香烟，还有茶和糖。坐小独木舟去。"

一个身形壮硕的男人走了进来。他的神情带着好奇和犹疑，年轻时可能是个帅小伙，现在看起来却有些虚弱和肥胖。旁边是他的儿子，十五岁。他朝我们打完招呼就坐下了。"来，阿杰拉姆，帮个忙，"萨达姆朝一脸活泼开朗的小伙子说，"烧点煮咖啡的水。水就在那个大罐子里。先点火，加萨卜就在那边角落里。这里有火柴。"

仆人回来了，萨达姆扔给我一包香烟，也给我的同伴每人来了一包。然后他拆开剩下的香烟，给屋子里其他人每人扔去一支。

刚刚喝咖啡时陆续进来一些人，现在进来得更多了，加在一起有二三十个，看起来与陪我和法利赫去打野猪的那些人属于同一类型。但让我惊讶的是他们的宽脸盘。有几个人，尤其是一个高个小伙子，简直和蒙古人长得一模一样。所有成年男性都留着唇须，有几个老人留着花白的髯须。他们的头发都剃得很短，头戴传统头巾，身穿长衫，大部分人披着粗制长袍。

萨达姆出了客房后又回来了，身后跟着奥达、阿杰拉姆和他的仆人。他们端回了两碗汤、两只水煮鸡和满满一大盘糯米饭。萨达姆将饭菜摆在我面前的圆垫子上。接着，阿杰拉姆和仆人又端回了一条足有两英尺长的大烤鱼，以及六块未经发酵的黑麦圆面包，厚厚的面包上带着些许烧焦的地方，炉灰到处都是。按惯例，贾哈伊士招呼萨达姆和我们一起吃，但萨达姆推辞说："你们吃，你们吃。"他将汤倒在米饭上，拆开整鸡，把肉堆在我们面前。贝都人吃饭时喜欢先在手掌上把饭团成小球，然后一口吃下，而这里的人只用指尖进食。我注意到他们用米饭配鸡肉，用面包配鱼。吃完后大家会各自起身去洗手、漱口。

待我们用餐结束，萨达姆邀请其他人前来进餐，但每个被邀请者都佯装拒绝的样子，说："谢谢！我们吃过了。"

"不可能。快来吃吧！"萨达姆催促道。

"真不用。不用不用。"他们拒绝时带着似是而非的不情愿。

最后，萨达姆抓住一个人的胳膊，似乎是强行拖拽着，才使对方站起来走到食物旁。另一些人又拒绝了几个回合后也加入其中，但还有一小部分说："真的不用，萨达姆。我发誓我已经吃过了。以您母亲奶水的名义发誓。"——这么奇怪的誓言似乎只在穆罕默德部落才会听到。那些最终吃饭的人，几乎没有一个不在最开始宣称绝不用进餐。我还注意到，他们一看到狗进屋就立刻将其撵出去，却允许猫坐在身边，还把剩饭喂给它们。

又喝了一会儿茶和咖啡，我的三个船夫站了起来，贾哈伊士说："请留在主的庇佑里，萨达姆。"

"什么？你们要走？别开玩笑了，留下来过夜吧。"萨达姆挽留道。

"不行啊，我们有工作要做，必须要回去了。"

"请你们一定要留下来。"

"真的不行，"他们重复道，"请留在主的庇佑里。"

萨达姆说："好吧，那祝你们一路平安。"我补充说："替我问候法利赫。"

"愿主赐你平安。"他们答道，然后拾起堆在房子角落里的船桨和撑杆，出门登上了独木舟。

其他人都走后，一个老人进来对萨达姆说："请在今天下午将英国人带到我的房子喝茶。"我注意到，萨达姆在答应他时称他为扎伊尔，这是什叶派的一种宗教头衔。

在伊斯兰教世界，逊尼派和什叶派之间的分歧之深不逊于基督教世界中的天主教和新教。如今，北伊拉克属逊尼派，南伊拉克属什叶派，这是一种具有强烈政治意义的分裂。在阿拉伯语中，"什叶"最初的意思是"一个党派"，但后来专指"阿里党"。阿里是先知穆罕默德的堂弟和女婿，被什叶派视为先知的第一合法继承人。然而逊尼派认为先知的继承者是阿布·贝克尔，也就是第一任哈里发。

第五章
初识马丹人

穆罕默德是历史上第一个将阿拉伯半岛上冲突不断的部落统一起来的人。公元632年,穆罕默德去世,这些贫穷落后、极端个人主义的部落从沙漠中突然崛起,在十年的时间里打败了镇压他们的正规军,暴力夺取了拜占庭的叙利亚、埃及,以及波斯的伊朗。不到一百年,他们的帝国就覆盖了从比利牛斯山脉到中国边境的疆域,面积之大超过了罗马帝国。从饱受内忧外患困扰的统一初期至此,空前的成就令人叹为观止。

公元644年,首任哈里发阿布·贝克尔的继任者欧麦尔遇刺,麻烦从此出现。下任哈里发奥斯曼性格懦弱,却是其位于麦加的强大家族势力的代表,也于公元656年遭暗杀身亡。阿里接替了他的位置,但人们普遍怀疑他与刺杀事件有牵连。内战由此爆发,奥斯曼的侄子、叙利亚的长官穆阿维叶加入了反叛者的行列。接下来发生了一系列战斗和无果的谈判，直到公元 661 年，阿里在位于南伊拉克的新都库费遇刺。他的尸体被埋葬于沙漠之中。

阿里的大儿子哈桑性格软弱，任性放纵，几乎不经劝说就放弃了继承权。执掌叙利亚大权的穆阿维叶成了下任哈里发，建立了著名的倭马亚帝国，定都大马士革。但这一政权很快遭到了伊拉克的反对，因为虽然大多数伊拉克人已转信伊斯兰教，但他们不是阿拉伯人，也痛恨阿拉伯统治者的自大和镇压。穆阿维叶死后，库费人民策划谋反。他们给阿里的二儿子侯赛因捎信，恳请他来伊拉克领导起义，并承诺给予他全方位支持。侯赛因同意了请求，率领一小撮包括妇女和儿童在内的追随者从麦加出发，穿越沙漠。在途中，他得知计划遭到泄露，十个起义头目已经被捕并处以极刑。但他无所畏惧，继续前进，最终到达了幼发拉底河畔的卡尔巴拉。等待他的是沿河列阵的四千人部队，由新任哈里发耶齐德派出，前来拦截他。耶齐德并未下令处死他，也不希望看到他死。侯赛因本可以安全撤回或投降。但他选择了战斗，并从此改变了伊斯兰世界的历史。

当初说支持他的人没有一个为他挺身而出。据说，只有一个法兰克人被侯赛因的勇敢打动，加入了单薄的队伍。公元 680 年，阿拉伯回历新年的第十天[1]，侯赛因及其支持者向敌人发起了进攻。"没用多长时间，"一个目击者告诉耶齐德，"也就是杀了头骆驼又打了个盹的工夫。"侯赛因的头颅

---

[1] 公元 680 年 10 月 10 日。

第五章　初识马丹人

被割了下来，送到库费，展示给耶齐德的地方长官看，该长官把手杖捅进嘴巴，击碎了头颅。在场者受到惊吓，一度沉默，直到一个老人高喊："太不幸啦，我不该活到今天看到这一切——我曾看见那唇被真主的先知吻过啊。"

什叶派运动本是在阿拉伯人中发起的一场政治运动，目的是主张阿里及其后代在哈里发帝国中的继承权。但随着侯赛因的殉难，它发展成了宗教运动，并迅速在伊拉克和波斯积累了雄厚的实力，体现了当地居民对阿拉伯统治阶层的不满。最终，什叶派决然地将伊斯兰世界分裂开来，就像宗教改革派与天主教会决裂一样。正统的逊尼派视阿里为第四任哈里发，即穆罕默德的继任者，而什叶派将前三任哈里发视为篡位者。什叶派相信的是跟随先知的伊玛目的"使徒统绪"[1]。绝大多数人相信有十二位跟随者，阿里、哈桑和侯赛因是最初的三位，其他人皆为侯赛因的后代。根据什叶派教义，最后一位伊玛目是穆罕默德·马赫迪。这位在萨马拉[2]神秘消失的人物最终将在什叶派的期待下以救世主的身份归来。

在阿里被埋葬的地方，圣城纳杰夫在沙漠上发展起来。虔诚的信徒在他的墓地上建了一座宏伟的金顶清真寺，即使在今天，非穆斯林也不能进入。远至印度的信徒仍把死者带来安葬在这块神圣的土地上，因为对他们来说，所有的圣人

1　伊玛目，原意为"领袖"，在什叶派中指政教首领。使徒统绪，又称"宗徒传承"，基督教教会中主教继承制度的教义，主张主教职权由耶稣基督的使徒传承下来。这里用于形容什叶派的伊玛目教义。

2　萨马拉，伊拉克城市，曾是阿拔斯王朝的首都，后成为什叶派圣地。

都有一半神性，甚至比先知还伟大。"万物非主，唯有真主；穆罕默德是主的使者。"这是传统穆斯林的誓言，而什叶派在此基础上加了一句："阿里是真主的忠仆，是穆斯林社会的领袖。"侯赛因的遗体安葬在他的殉难地卡尔巴拉，很快就有人来这里朝拜，小镇由此出现。紧接着，为了安放其他伟大的什叶派殉道者，一座辉煌的清真寺拔地而起。卡尔巴拉和纳杰夫从此成为全世界穆斯林的圣地。

我第一次拜访沼地居民的时候，他们对外面的世界充满疑惑。加巴卜居民会去位于迈杰尔的集市，但很少去北部二十英里外的阿马拉，去过巴士拉和巴格达的更是屈指可数。但他们所有人都渴望去卡尔巴拉和纳杰夫朝圣，也希望在死后埋葬于纳杰夫。

在拜访扎伊尔的路上，萨达姆建议我们先去商铺看看。我们登上了萨达姆的独木舟，由阿杰拉姆划桨，朝最近的一群棚屋驶去。那群小屋中有两座建于一座孤"岛"上，其中较大的一间的屋顶插着一根芦苇秆，秆子上系着一块白布，看起来像面小旗子。"那是商店的标志，陌生人看见就知道那是商店了。"萨达姆说。两头棕色的奶牛和三只脏兮兮的山羊正在嚼一堆嫩芦苇。商人亲自出来站在岛边帮我们泊舟，迎接我们。芦苇残茎在他脚下下陷了几英寸，没入漂着几块牛粪和其他脏物的水中。附近有一个厕所，建在摇摇晃晃的芦苇台基上，用破破烂烂的席子搭成，里面的风光不难窥见。这已经算文明的进步了。沼地居民通常会划舟到最近的芦苇丛中，蹲在舟身一侧解决问题，这本领可不是随随便便就能学到的。

上岸时，商人的儿子在狗头上方挥舞船桨，吓得它不敢吠叫，又把两只鸡轰到了屋顶。店门是用包装箱做成的，还有一把锁挂在锁链上。进去后，商人拽过来一个茶叶箱让我坐，又吩咐儿子去沏茶。商店里没什么货物：两个麻袋，一个写着"糖"，另一个外面撒着面粉；一大包椰枣；一箱廉价的印度茶；一罐柴油；几包伊拉克香烟、火柴；几条肥皂；一个落满灰尘的头箍。我想起来在萨达姆的穆迪夫见过这个商人。他有一只眼睛红肿发炎，不停地拿头巾的一角揩拭。

我看到门口有个姑娘正在我们的独木舟边往水壶里盛水，盛水之前先把几块脏东西拨到了一边，看得我惴惴不安。不过茶喝起来倒是和平时没什么两样。等茶的时候，我问萨达姆，什么样的人可以称自己为扎伊尔。他说，必须是去波斯东北部的呼罗珊省马什哈德朝拜过第八任伊玛目阿里·里达的人。巧的是，去年冬天我刚刚去过马什哈德，有幸见到了那座清真寺并绕着圣地走了一圈。1933年，罗伯特·拜伦[1]曾乔装打扮混入其中，从此他将其视为波斯最美的清真寺。即使到了1950年，那里也不允许非穆斯林进入。同一座清真寺里还留存着著名的哈里发哈伦·拉希德的墓，此人因导致了伊玛目阿里·里达的死而遭到什叶派的痛恨。在南伊拉克，大多数民众是去马什哈德朝圣，而不是麦加，虽然两地距离相当。在沼泽区生活了那么多年，我见过许多扎伊尔，但只见过三

---

[1] 罗伯特·拜伦（1905—1941），英国游记作家。

个哈吉[1]。

虽然在什叶派眼里,卡尔巴拉和纳杰夫的神圣程度超过马什哈德,但南伊拉克人并没有给去过这两个圣地的人任何头衔。几年后,我拜访了阿富汗中部的哈扎拉人[2]。这些人也是什叶派,他们去过卡尔巴拉后会被称作卡尔巴拉威,但去过距离不远的马什哈德的人没有荣誉头衔。看来这就是个距离问题。

扎伊尔的房屋坐落在几间小屋之中,与其他房子隔着几英尺宽的脏兮兮的水道。所有小屋的门口都有一片湿乎乎的小院,面积比屋子还大。小院用腐败植物和肥料铺成,高出水平面几英寸,四周围着一圈一英尺高的芦苇栅栏。一排排牛粪饼晾晒在屋子的外墙上。门口,一个黑衣老妇人和两个花衣小女孩正坐着晒太阳。我们上岸,从无动于衷地别过头去的水牛身边挤过,跨过栅栏进屋。屋里有头小牛,还有一群小鸡在我们脚下窜来窜去。另一个妇人,穿着村中老妇那种黑衣,边说"欢迎你,萨达姆",边抱起一个光溜溜的小孩,方便让我们通过。

室内大概有六码长,两码宽,八英尺高,由七根拱肋支撑。我后来了解到,所有芦苇屋和穆迪夫的拱都是奇数的。屋子被靠在左墙的一件矮床似的家具一分为二,家具由加萨卜的茎编成,上面摞着装满谷物的羊毛编织袋、被子、零散的衣物和破布。最上面横着几根独木舟撑杆。靠近门口的半边属

---

[1] 哈吉,赴麦加朝圣过的穆斯林。
[2] 哈扎拉人,阿富汗第三大民族。

第五章 初识马丹人

于妇女,那是她们做饭的地方。穿过这半边时,我们小心地走过一个木臼、一个悬挂着皮袋子的木制三角架、三角架下的奶油搅拌器、一个带木把手的石碾,以及许多堆在地炉旁的锅碗瓢盆。房子另一边,扎伊尔正在行晡礼,他把斗篷铺在身前当作礼拜毯。这就是属于男人的那半边了,他们在这里招待客人。芦苇席上铺着两块破旧的脏垫子,还有几个颜色鲜艳、带有几何图案的羊毛靠垫,可惜塞得太满,靠起来并不舒服。萨达姆充当主人角色,招呼我道:"请坐,像在家里一样。"扎伊尔终于完成了他的匍匐跪拜,坐了起来,口中仍念着最后的祷文,轻抚胡须,左右张望了一下,再站起来捡起斗篷,最后说:"欢迎!"

老人气度不凡,身材高大,但背已经驼了,布满皱纹的脸上带着苦行僧式的神情,长着鹰钩鼻和花白的长胡子。除了头巾和薄得透明的白色长衫,他身上没有其他衣物。他拿起另一个垫子放在我身旁的垫子上,说:"这样靠着你能舒服些。"席子铺在乱糟糟的芦苇地上,中间空出一块用来生火。老人生起火后,往火里添水牛粪饼,像搭纸牌屋一样把它们堆起来。结果呛人的白烟迅速弥满了屋子,害得我直流眼泪。萨达姆说:"那块还没干透。"然后捡出了一块粪饼,可浓烟并没见少。

扎伊尔取回茶具后坐在火旁,在搪瓷碗里洗起了玻璃杯、茶碟和茶匙。茶叶是用纸包着的,糖装在锡罐里。扎伊尔和萨达姆聊起了法利赫为父亲征收芦苇建穆迪夫的事情。正说着,扎伊尔的儿子回来了。小伙子卸下哈希什,分出一些喂水牛，剩下的堆在屋子里。他看起来二十岁左右，没戴头巾，留着西瓜头，只在腰间缠着件斗篷。他把鱼叉靠在屋子一角，然后穿了件衬衫，加入我们。

"明天我要去布穆盖法特找沙汗，"萨达姆说，"他必须再从他们村割两船芦苇。"

"是的，真主保佑，**我们**可是交够数了的。"扎伊尔强调。

"沙汗的人总是敷衍了事，"他的儿子补充道，"费莱贾特的人都是这样，除了找麻烦什么也不会。"

当晚，回到萨达姆的穆迪夫后，我站在屋外看夕阳从延伸到天边的芦苇荡后缓缓落下。高高的上空，一片片卷云被风吹散，云霞从紫檀色渐变成熔金色，再变成象牙白，背景是染着红、橙、紫和一抹不易察觉的绿的瑰丽天空。蛙鸣从四面八方传来，像沼泽的呼吸一样富有节奏，声声入耳，绵延不绝，直至大脑忘记它的存在。这是沼泽的声音，它能盖过一切，冬季鸿雁的哀鸣也压不过它。一条狗叫了起来，一头水牛出其不意地发出骆驼一样的咕哝声，有人喊出了一串我无法理解的话语，停顿后响起另一个人的回应。更多水牛从开阔的水域游回了村庄，只露出脑袋，后面拖着长长的水痕。为了给牲畜驱赶蚊虫，房前屋后，一股股浓烟漫向天空。一个晚归的小伙子划着桨从芦苇荡回到村庄，落日在他经过的水道上洒下长长的金色倒影。经过我时，他正轻轻哼着一首歌，歌声久久地回荡在我耳边。

萨达姆的呼唤传来，我回到了屋里。

第六章

萨达姆的客房

过去一年，我找遍所有关于马丹人的资料，结果寥寥无几。唯一一本书是弗拉南（S. E. 赫奇科克）的《哈吉·里肯：沼地阿拉伯人》，其中以同情的口吻描述了一战结束前沼地居民的生活。除此之外只有零星参考资料，而且都很枯燥乏味，总是颠来倒去地讲述美索不达米亚战役。马丹人在阿拉伯人和英国人中的口碑确实不好。在阿拉伯语中，"马丹"的意思是居住在阿丹（或者说平原）上的人。沙漠游牧部落带着轻蔑的口吻用这个词指代任何伊拉克河区的部落，而河区的农业生产者又不屑地用这个词来称呼沼地居民。阿拉伯人都是些势利眼。越是声称自己血统纯正的阿拉伯后裔部落，越看不起沼地人的混杂血统，也越爱把各种背叛行为和邪恶罪名强加给他们。而底格里斯河和幼发拉底河流域的城镇居民也害怕他们，躲着他们，总是听信那些关于沼地人的坏话。即使是在伊拉克的英国人也讨厌他们——我想这是第一次世界大战留下的后遗症，因为沼地人当时在芦苇的掩护下不分敌我地杀人和掠夺。

在英国统治伊拉克的那几年里，官员总是忙于更紧迫的事情，而忽视了马丹人。虽然有几个官员曾大范围走访沼泽区，但访问时间最多持续几天。近年来，大批从巴士拉和巴格达来的欧洲人赶到沼泽区进行猎鸭活动，但他们顶多来到沼地边缘和富有的酋长待在一起。至于伊拉克的官员，除非迫不得已，他们是不会深入沼泽的。我恐怕是第一个既有意愿又有机会与马丹人生活在一起，并成为他们中一员的人。

我像绝大多数英国同辈人一样，儿时接受的教育让我对其他民族的传统生活有一种本能的共鸣。我的童年是在阿比西尼亚度过的。那时的阿比西尼亚还没有汽车和公路。而离开牛津大学后，我又在非洲偏远地区和中东生活了十八年。所有这些经历都让我更喜欢和部落人民生活在一起，也更适应他们的生活方式。我能轻松享受部落生活的乐趣，却无法待在主动抛弃自身传统，朝西方文明靠拢的那群人当中。伊拉克就像其他许多地方一样，不可避免地迎来了这种变化。我知道很多比我思想开放的人都将这一过程视为好事，也相信其结果的价值。可我仍然希望变化结出的果实越少越好。例如，每当我迫不得已和伊拉克官员一起过夜时，就会感到无聊和沮丧至极——当然我也要自我检讨，毕竟他们是那么热情周到。可他们的主要话题都集中在伊拉克政治问题上，对此我知之甚少，也不感兴趣。而我对部落的热情也在他们的理解范围之外，甚至让他们觉得用意不良。我们连续几小

第六章 萨达姆的客房

时地谈论着美国、令人神往的巴黎假期、各种品牌的汽车和其他国家的发展情况。为了表现得礼貌得体，我不得不言不由衷地发表见解。和我住过的许多地方相比，他们的住房更加舒适，但大部分是粗制滥造的小屋，品味也很糟糕。这里的教育让他们把物质进步当作判断文明程度的唯一标准，因此，他们对自己的背景羞于启齿，极力逃避。在他们看来，如果伊拉克人能全部过上中产阶级的郊区生活，那就算实现了他们的乌托邦梦想。

可我的理想似乎走向了另一个极端。我讨厌汽车、飞机、无线电、电视机等几乎所有过去五十年的文明成果，总是喜欢在烟熏火燎的小茅屋里和牧羊人还有他们的牲畜挤在一起。跟着他们，所有事物都是那么新鲜和与众不同，他们自给自足的生活方式让我舒适自在，那种延续过去的感觉让我着迷。我嫉妒他们在当今世界还能拥有知足常乐的心态，嫉妒他们精通生存的本领，虽然这些本领并不复杂，但我觉得自己这辈子也别想学会。

我的探险生涯持续多年，如今已经没有什么我尚未涉足的地方了，起码在吸引我的国家里没有。我想在我选择的民族中安顿下来。我在阿拉伯半岛时倒是能和本地同行者近距离接触，但持续的旅行让我无法对某一群落进行深入了解。而我知之甚少的沼地居民吸引着我。他们乐观、友好，脸上的神情让我感到愉悦。他们的生活方式独一无二，几乎未受外界影响，而且沼泽区本身也非常美丽。谢天谢地，这里没有丝毫乏味的现代化气息。而在沼泽区以外，现代化披着二手的欧洲制服,像疫病一样在整个伊拉克蔓延。

萨达姆一个人在屋里煮着咖啡。看见我坐下,他递给我一杯咖啡,然后燃起一束长长的芦苇伸到咖啡壶下面。

"你有什么计划,朋友(Sahib)?"在阿拉伯语里,"Sahib"仅指朋友,"法利赫捎信给我,说你想看看沼泽。你是政府派来的吗?"

"不是。我旅行是因为我喜欢去不同的地方走走,看看不同的人。"

"谁支付你旅行的费用呢?你有酬劳吗?"

"我没有酬劳,我是自费旅行的。"

"真奇怪。"接下来的两分钟里,萨达姆没再说话。

我能看出他不相信我,于是补充道:"我去过很多国家了,如哈比沙人哈巴什的领地、苏丹和阿拉伯半岛。到这儿之前我刚刚去过库尔德斯坦地区。我这么做是为了增长学问。"

我希望这样说能更有说服力。如果我说旅行就是为了好玩,他肯定不会相信我。

"你想从马丹人身上获取学问?"他一脸狐疑地问。

"每个地方都有当地的学问。"我故作庄重地答道。

又沉默了一会儿,他说:"你认识格里姆利吗?他是阿马拉的领事。"

"是的,我们一起上过战场。"

"他是我的朋友。他喜欢聚会。他现在在哪儿?"

"我也不清楚。"

第六章 萨达姆的客房

"你认识巴格达的迪奇伯恩吗?"

"我在叙利亚见过他一次。"

"你认识埃德蒙兹吗?"

"认识,在英格兰就认识。"

"埃德蒙兹人很好。他是我们的朋友,他人很聪明。他好吗?"

"是的,感谢真主,他很好。他让我问候你们。"

在当时的伊拉克,人们对英国人还是相当友好的,这得益于两次世界大战之间英国人派官员和顾问与该国进行的密切往来。许多上了岁数的当地居民仍对英国人保有敬重和喜爱。总的来说,部落民族注重礼仪,不会让客人感到难堪,但城镇居民或官方人员有时会就英国政策,比如巴勒斯坦问题和苏伊士运河问题,对我进行恶毒的攻击。在这种情况下,如果提及某个他们认识的英国人,就可能将攻击转化为对往事的回忆。

"你那些箱子里装的是什么?"萨达姆继续问。

"药。"

"你是医生?"

"我了解一点医学知识。"

"你有治头的药吗?我头疼。"

我打开箱子给了他两片阿司匹林。

"再来点,朋友,太少了。"

我又给了他六片,但是告诉他,一次只能吃两片。

"你有胃药吗?我的胃也疼。"

我给了他一些薄荷苏打片剂。

"这是什么？"他指着一个瓶子问。

"那是碘酒。"

"这个呢？"

"那是龙胆紫，治烧伤用的。"说完我盖紧了箱子。

又沉默了一阵，他给我续了咖啡，然后问："你打算去哪儿？"

"我想穿过沼泽区，抵达幼发拉底河，然后从法图斯部落的村庄返回。去年我和领事去过那里。"

"那你见到贾西姆·法里斯了吗？"

"没有，我们去拜访他的村庄时他不在。他的小儿子法利赫接待了我们。"

"我不认识他儿子。留在这边吧，这里好多啦。我们可以一起去打野鸭、野猪，随便什么都可以。"

"谢谢你，萨达姆。我肯定会回来，但是我想先去沼泽区看看。"

"沼泽区很大，朋友。跨过底格里斯河又延伸到波斯。你用一年时间都走不完。"

"不管怎样，我想先去我目前能去的地方。"

"没问题。明天我们去布穆盖法特村办事，顺便中午和沙汗一起吃饭。后天我送你去齐克里，你可以从那儿到幼发拉底河。齐克里是个大湖，有风的时候天气很差，淹死过很多马丹人。"

晚上我们单独吃饭，萨达姆给我准备了一碗水牛奶。那是我第一次喝这种奶，感觉比牛奶好喝。饭后屋子里来了很多人，我靠后坐在墙边听他们谈话。他们说的大部分内容我都听不懂，因为净是些关于水稻种植的术语。

我问："你们在加巴卜种水稻吗？"

"以前种，但现在洪水不夹杂泥沙，加巴卜不能种水稻了。水稻只能种在新鲜的淤泥上。今年我们要让马吉德给我们在河口分些土地。

"你们会离开这里？"

"当然不会，这里是我们的家，我们是马丹人。我们想在沼泽区边缘种水稻，但种完还会回到这里。"

有两个男人为彩礼钱争吵了起来，互不相让。其他人也加入了进去。阿杰拉姆的父亲想发号施令。萨达姆转向他说："侯赛因，明天我和英国人想去你家吃午饭。给我们来顿大餐吧。"屋子突然安静下来，每个人都看着侯赛因。此时侯赛因坐立不安，勉强说了句："欢迎！"紧接着又说，"以你母亲乳汁的名义发誓，萨达姆，明天我要去马加尔。"有几个人笑了，我感觉到他们是在捉弄侯赛因。后来我听说，侯赛因出了名地小气。

"后天再去马加尔嘛。明天英国人的光临是你的荣幸。"

"我很荣幸。"侯赛因不悦地答道。

萨达姆又说："那定在中午吧。要有肉、奶和米饭。"

侯赛因开始朝其他人诉苦："你们都知道我明天要去马加尔。我和我老婆的堂兄约好了见面的。"

"是去年死了的那个吗？"萨达姆问。

"不是,我没说谎,萨达姆。我以你的生命,以阿拔斯的名义起誓,萨达姆。"

"以真主的名义,侯赛因。你要记住你款待客人的那一天。你真丢人。"

我替阿杰拉姆感到难过。

客人终于走了,萨达姆仔细安排阿杰拉姆和另一个小伙子晚上留在穆迪夫里。

"把英国人的行李放在你俩中间,上面放盏灯。你俩其中一个必须保持清醒,如果有东西丢了,我会杀了你们。安全起见,他的枪由我保管。"接着他对我说:"你在这里很安全。但马丹人都是贼,上星期他们偷了我的独木舟,天杀的!到现在我还没找回来。一个月前他们在半夜溜进小商店,把里面洗劫一空。在沼泽区睡觉,你必须搂着你的枪,否则就会被偷。不是被同屋人偷,而是其他人,很可能是其他村子的人。几年前,摄政王来到马加尔,所有酋长和他们的族人都去见他,那真是一大群人。马吉德有个手下拿着一把新布尔诺枪,那是马吉德花一百多第纳尔买的。那个人骄傲地拿着它炫耀。一个马丹人说想看看,接过来后就消失在人群里了,连人带枪再也没出现。马吉德都气疯了。"

萨达姆的仆人把床垫和杯子拿了进来。"放在那儿,"萨达姆说,"不,是那里,笨蛋。再把垫子拿来。"

我说我有毯子。

"用不上毯子。这就是你的家。"他放好垫子,向我道了晚安,然后警告阿杰拉姆说:"你敢睡着,我就剥了你的皮。"

第六章　萨达姆的客房

好像他真能那么做似的。

躺下之前,我照例先去户外待了会儿。没有月亮,四处漆黑一片。阿杰拉姆呼唤道:"小心有狗。"灿烂的星辰映在水面上如钻石般闪耀。冬季迟迟不肯离去,空气凛冽。举目望去,仍有几户人家从门口透出火光。野鸭拍着水花在附近飞落,我再次留意到了那富有节奏的蛙鸣。

第七章

布穆盖法特：沼地村庄

我醒来时，天还没亮。阿杰拉姆用水牛粪饼重新生起了火，屋里浓烟缭绕。

"早上好，朋友。你睡得好吗？"

"早上好，阿杰拉姆。我睡得很好，你呢？"

"我没睡，我帮你看东西来着。"

他叠起被褥，然后取了个水壶在屋角帮我倒温水，我便用掬起的水洗脸、漱口。接着，萨达姆叫他去给水牛挤奶，我也跟着去观摩。室外，缕缕炊烟飘散，让村庄笼罩在雾霭中。如镜的湖面透着柔和的蓝，寒冷的空气中饱含着水分。挤奶桶是用一截木头制成的，锥形的底部让它无法垂直立住。阿杰拉姆在水牛身旁蹲下，接过萨达姆的仆人递来的桶夹在两膝之间。他们养了五头水牛，其中一头是牛犊。我心想，为什么萨达姆不让仆人挤奶，而让阿杰拉姆来做呢？后来我才知道，会挤奶的小伙子实在没有几个，对围绕水牛生活的这群人来说，这种人手短缺的情况还真是让人费解。加巴卜一些人家的水牛多达十五头，但六到八头更常见，至少每户人家门口都会有一头。

这里的人不允许妇女挤奶，对此我倒不感到意外，因为南阿拉伯半岛的贝都人也不允许女人给骆驼挤奶。可是在牧羊人部落和库尔德人中，却是男人不能给羊挤奶，只有女人可以。沼泽区的男人也不捣碾谷子，不做用来烧火的粪饼，只有在没有女人给他们服务的情况下才做饭和打水。这类禁律在原始部族中很常见。在南苏丹，因为天主教神父无视当地男性信徒关于只有女人才能给房子内部涂泥的主张，结果小伙子们全部脱离了教会。

阿杰拉姆挤完奶后，我们吃了早餐——米粉面包片和放了糖的热水牛奶。接着，萨达姆让阿杰拉姆安排一条三人划的独木舟带我们去布穆盖法特。在加巴卜，萨达姆几乎拥有绝对的权力。他可以任意惩罚和鞭打村民，对途经村落的商品收取过路费。他是马吉德的代表，而且，沼泽区的政府也愿意把管辖权留给酋长们。

马吉德是穆罕默德部落中两个最重要的酋长之一。穆罕默德部落拥有十二万人口，定居在底格里斯河主干道沿岸，以及从阿马拉起南至欧宰尔的流入沼泽区的众多分支附近。另一个酋长叫穆罕默德·阿拉比，此人年事已高，管辖着底格里斯河以东部分。在土耳其统治时期，部落居民的主要粮食作物是水稻，播种在春汛后被水覆盖的地区。近年来，随着机械水泵的引入，很多部落开始种植小麦和大麦这种冬播作物。虽然几乎家家户户都养水牛，但除了住在沼泽区腹地的居民，其他人都被称作法拉赫，而不是马丹。在加巴卜，只有两三个家庭属于穆罕默德部落，其他居民分别属于费莱贾特、沙干巴和法图斯部落。这三个部落和住在沼泽区的穆罕默德部落才是马丹人，虽然他们中其实很多人种植水稻。

在阿马拉省，只要酋长的领地与沼泽区接壤，他就对沼泽中的村庄拥有管辖权，即使其中的居民属于其他部落。酋长有权对水稻产出按比例进行征收；有权规定只有缴纳许可费的人才能进行买卖，村民只能将捕来的鱼卖给获得购买权的人；有权为自己的房子和穆迪夫征收干芦苇；甚至在一些地方，有权对水牛养殖征税。酋长的代表们当然也会为自己谋取利益，征收更多税费。村民们怨声载道，可是没人反抗。

作为交换，酋长和代表们要负责部落治安，以族人能理解的方式为他们主持公道。部落成员惧怕惹上法院官司，因为那样就免不了巨额律师费和贿赂，而且官司期间还不能回家。要是被判了刑，还要被关押在远离亲人的镇上，那就太可怕了，因为几乎没人去过沼泽区方圆十几英里外更远的地方。酋长也可以进行罚款、施加鞭刑，甚至把村民关起来，但只是关在穆迪夫里，周围仍是他们熟悉的环境和人。而且，轻罪者也确实不会被判监禁。

萨达姆是马吉德的堂兄弟。通常情况下，酋长会把这种职位交给信得过的奴隶。伊拉克的奴隶已经获得了解放，但部落居民仍将奴隶的后代视为奴隶。不过这不代表奴隶会遭受虐待或鄙视。很多奴隶已经成了酋长的家仆，其中一些人

第七章 布穆盖法特：沼地村庄

的权力和威望极高，我经常听到别人带着嫉妒的语气谈论他们。还有一些成了酋长或酋长儿子的义兄弟。许多拥有很大比例的阿拉伯血统的人和当地部落居民几乎没有肤色和外貌上的区别。另外，虽然阿拉伯人可以占有年轻的女性，但奴隶要是碰了部落女性就是死罪。为报复这样的侮辱，女方的亲属会抓住男方并将其处死，即使他已经娶了她。

我很快就发现，萨达姆极不受欢迎。他太蛮横、专制，而且脾气暴躁。村民们都抱怨他以权谋私，虽然他们也会那么做。不过他们承认他很大方，欣赏他的强硬作风和粗鲁的幽默。有一次他经过一个村庄，村里一个不受他待见的人刚刚死了兄弟。丧事正在进行中，萨达姆却叫他的船夫唱起了歌谣："愿真主烧了你那昨天死了的兄弟，你这狗娘养的。"结果惹恼了全村人。

他最后终于引火上身。一次，一艘载着椰枣的帆船从古尔奈驶向阿马拉。途经加巴卜时，萨达姆走出屋子，蛮横地要求对方停下来交出三包枣子才能走。船主说他很愿意拿一些枣子作为礼物送给萨达姆，但不是现在，因为那样他会遭诅咒。于是萨达姆冲进屋里，拿出步枪朝他头顶上方开了火。船主事后找马吉德诉苦，第二天萨达姆就被马吉德撤了职。此后我又见到过萨达姆多次，他穷困潦倒，但依然如统治加巴卜时期般热情好客。

布穆盖法特距加巴卜几英里远。我们从萨达姆的穆迪夫出发，沿两村之间公路一般的水道前行。我问萨达姆，芦苇荡中的水路是自然生成的还是人工开辟的。他解释道，水位较低时，马丹人会骑着水牛在芦苇间踏出一条通道，之后来来往往的独木舟会将通道保持下去。途中，十几头水牛潜在水道中央挡住了我们的去路，船头的人用撑杆戳着它们的头，想让它们走开。可它们毫无反应，任独木舟擦着它们后背而过。

"水牛在所有地方都能触到水底吗？"我问。

"不是所有地方，但它们必须有站的地方才能吃芦苇。另外，它们喜欢待在水里，就像我们刚才经过的那几头那样。有时洪水水位太高，它们就必须站在我们屋前的平地上，但那样会招来蚊虫，让它们很不舒服。而且，如果不让它们自己觅食，主人很难弄来足够多的饲料。为了让水牛在晚上吃饱，马丹人成天割芦苇、运芦苇。这就是马丹人的生活，割芦苇，喂水牛。"

通过观察进食的水牛，我了解到，它们的食物包括加特（学名 Polygonum senegalense）、考班（学名 Jussiaea diffusa）、里桑托尔（学名 Potamogeton lucens）、一种叫西加（学名 Cyperus rotundus）的莎草，以及沿水道两侧浅滩生长的各种草本植物。

布穆盖法特共有十八所房子，聚集在高高的芦苇丛中。我们爬上湿滑的黑色水岸，挤过狭小的门口，来到了村里最大的房子中。屋里有几个人正在手忙脚乱地铺放地毯和垫子。"欢迎欢迎，萨达姆！欢迎你，朋友！"迎接我们的是主人沙汗，他名字的意思是"小碟子"。所有人都挤到前面互相握手。像其他马丹人一样，他们的衬衫也非黑即白，只有孩子们穿鲜艳的颜色。屋子的内部构造和我昨天拜访的扎伊尔家里差不多,只有一个重要区别,萨达姆向我解释了这一区别的意义。房屋北侧也开了一扇门,表明这是一间拉巴,一部分是私人住所,一部分是客房。和其他部落一样,陌生人来到马丹人中间可以随时停下来吃顿免费的餐食或投宿一晚,完全不用担心被拒绝。只要看到穆迪夫,他就可以住进去,除非他在村里有其他朋友。如果村里没有穆迪夫,他可以住在拉巴里。每户人家都能把自家房屋改成拉巴,或干脆建一座穆迪夫,但这么做需要在村里有一定地位。后来有人告诉我,有个年轻人在巴士拉赚了钱,回到村子后在陆地上为自己建了一座穆迪夫。村里人都认为他太自以为是了。他的儿子和妻子在不到一年时间里先后去世,村里人一点都不感到意外。"他的父亲从没拥有过穆迪夫,甚至连拉巴都没有。"他们说,"谁想建穆迪夫,必须先得到一个赛义德的祝福,否则就会招来不幸。"

我赞赏了阿拉伯人的热情好客。沙汗告诉我,附近的库布尔村里有三个马丹人在几年前去了趟巴士拉。他们都很年轻,从没离开过沼泽,走在城里的大街上既茫然又害怕,而且一个人都不认识。正当他们饥肠辘辘地到处找穆迪夫时,一个大腹便便的人突然从房子里走出来,热情地朝他们说:"欢迎!一千个欢迎!请这边走吧。"他把他们带到一间大屋子里,屋里有很多人正坐在小桌边的椅子上吃饭。"请像在家里一样随意。你们想来点什么?汤、蔬菜、鱼、肉,还是点心?想喝果子露吗?只要您吩咐,我都可以提供。欢迎,欢迎。"三个小伙子觉得这真是奇怪的行为,有谁听说过主人问客人想吃什么的？不过，他很热情，这肯定是文明人的礼数。

"我们都要。"他们说。

"好，好。汤、鱼、蔬菜、鸡肉，对吗？当然还有甜点和果子露。这就来，请稍等。"

一个马丹人对另一个说："主啊，这些城里人真好。沼泽里的人哪有这么好客的？为什么家长总警告我们城里人很坏？"

他们的主人回来了，把食物摆了满满一桌，又取水给他们洗手，但他们不肯劳烦他亲自倒水。"请慢用，就像在家里一样。"他说。那几个马丹人从来没吃过这样的大餐，根本停不下来。

"我再给你们上点汤。我再给你们来只鸡。"

"谢谢！谢谢！"

他取回了更多食物，马丹人赞叹："真是好人啊。"最后，他们实在吃不下了，洗手喝了些咖啡和茶，便起身准备离开，说"愿真主奖赏你"。

"站住！等等！真主奖赏了你们倒是真的！我的钱呢？你们还欠我两第纳尔。"

"你是什么意思？欠你钱？这是你的穆迪夫。我们路过这里，是你非让我们进来的。"

"畜生！给我钱。马丹人，畜生，小偷！等着，我要叫警察。"

最后，他们不得不付了一个半第纳尔。因为没钱坐车回家，只好走回古尔奈。

"我们是马丹人,"沙汗旁边的一个人说,"我们哪知道城里的规矩呢?"

沙汗说:"我去过巴士拉。那里到处是人和汽车,成千上万,屁股挤着屁股。"

"那里真的没有穆迪夫吗?那外地人去了那里怎么办呢?"

"什么都要付钱,就像在马加尔的咖啡店一样。"

大家正喝着茶,又有几个村民走了进来,挤进房子这侧。另一侧,妇女正在准备午饭。萨达姆告诉沙汗,布穆盖法特必须再交两船加萨卜,用来建马吉德的穆迪夫。屋里立刻炸了锅,就谁去收割争论不休。长辈们粗鲁地吵吵嚷嚷,小伙子们也毫不逊色。萨达姆把玩着一串琥珀念珠,不为所动地打断了他们,说:"最晚后天交给我。"这更是捅了马蜂窝,直到午饭——两盘泡饭和两只鸡——端来才消停。

布穆盖法特村属于费莱贾特部落,而沙汗是该村的加利特,即定居在此区域的世袭首领,地位颇高。沙汗约四十岁左右,不怒自威的气场让他显得与众不同。虽然他没有其他人高,但很健壮。在午饭之前的争论中,他是唯一镇定自若的人。他的下巴上留着短须,唇上则是传统的小胡子。他的弟弟名叫哈法德,大概十八岁,同另外两个小伙子把食物送了进来。

去年的某天夜里,哈法德正在看守稻田,突然听到异常响动。他以为是野猪,就开了一枪,结果出去看到一个女人头部中弹倒在地上。那个女人来自邻村,也是费莱贾特部落的人。她的家人最终同意接受抚恤金，我刚刚知道，抚恤金是用女人来计算的。在费莱贾特部落，抚恤金是六个女人，其中要包括一个菲吉里亚，即十四至十六岁的适婚处女。另外五个女人叫塔拉维。菲吉里亚要来自凶手的家庭，如果他的家庭中没有合适的姐妹或女儿，那么就要从他的近亲家庭里选出。而且菲吉里亚必须与受害者的兄弟或堂兄弟结婚。受害者家庭可以选择塔拉维的数量，也可以决定是否用钱来代替塔拉维。通常头两个塔拉维每人合五十第纳尔，后三个每人合二十第纳尔。无论是塔拉维还是钱，都要出自凶手所在村落。我表示，六个女人换一条人命，这比例看起来不太合理。而萨达姆说："在穆罕默德部落，酋长家的一条人命等于五十个女人和七年的流放。"

在阿拉伯语里，用来表示抚恤金的词是"法萨勒"，但翻译成"赔偿"更合适。罪行的轻重程度并不影响法萨勒的数量。曾经有人在受到意外伤害二十年后还要求对方以命偿还，并且真的做到了。在谋杀案中，死者的家人是不会接受赔偿的，一定要血债血偿。法萨勒的评估标准依不同的伤害而不同，比如，一只眼睛抵半条命，一颗牙抵一个女人，等等。如果是用手指做赔偿，则由于某种原因不会动中指。有时，法萨勒的形式是当众接受掌掴。萨达姆甚至告诉我，如果有人蓄意杀死了另一个人的狗，那么等着他的会是氏族血仇，只能靠交出三个女人来解决。

我对穆罕默德部落的起源很感兴趣。萨达姆告诉我，十四代人以前，祖拜德·阿扎部落里有一个叫穆罕默德的人杀了他的堂兄弟,于是带着他的女儿巴莎逃到费莱贾特部落寻求庇护。他在那里住了十五年后,爱上了费莱贾特酋长家美丽的女儿马罕尼亚。酋长最终同意将女儿嫁给他,但代价是穆罕默德也将女儿嫁给酋长。穆罕默德同意了。可是到了结婚当天,酋长却用他丑陋的女儿卡乌沙替换了美丽的马罕尼亚。结束了唱唱跳跳的热闹婚礼,人们把新娘子带到了穆罕默德的房间,等到掀开盖头,他发现上当了。可他并没有拒绝这个妻子,而是说:"荣耀归于真主。这就是主为我选定的人。"卡乌沙生了两个儿子——萨阿德和阿布德,他们的后代形成了庞大的穆罕默德部落的两个分支——阿姆拉和阿布德。萨达姆还补充道:"我们穆罕默德部落的战斗口号是'我是巴莎的兄弟'。"显然,这一传统来自阿拉伯半岛的贝都人,他们喜欢用姐妹的名字或最喜爱的骆驼的名字做战斗口号。

离开前,一个赛义德走了进来。他是个中年男人,下巴上留着胡茬,穿着破旧的衬衫,刚刚割完芦苇回来。见到他,所有人都站了起来,萨达姆的船夫迎上前去亲吻他的手。在南伊拉克,赛义德数不胜数,就像在阿拉伯世界的大部分地区一样。在沼泽区,差不多村村都宣称至少有一个家庭是先知的后裔。有几个小村子甚至说自己全村都是赛义德,后来我还拜访过所有人都自称是先知后代的马丹部落。他们似乎不需要提供证据来证明自己的身份。后来,在法图斯部落中,我也在自称赛义德的家庭中住过。但村里有几个人告诉我:"他们根本不是赛义德。我们都知道他们是从哪里来的。前几天他们家的老头才把包头巾染成了绿色。"尽管如此,村里人已经开始叫他们毛拉纳,即赛义德的正式称呼。可能用不了几年,质疑的声音就会全部消失。

沙汗的房子建在一个岛上,最初我以为它是天然形成的,或者是古代村庄的遗迹。但在离开时我注意到,地基中的土层和腐烂的芦苇层交替出现,证明它和加巴卜扎伊尔住所的地基相同,都是用芦苇精心铺成的。建造地基的方法是先用大概二十英尺高的芦苇圈出一块足够建造房屋和院子的水域,然后在圈里铺上芦苇等植物。等铺到高出水面后,就把四周的芦苇围栏折断,横在最上面。然后继续添加更多芦苇,压紧实,越紧实越好。等地基建好后,马丹人就在上面盖房子。先将芦苇一根根插进地基,然后再捆紧作为拱肋。如果地基被水淹没,不管是因为下沉还是因为水位上涨,房主都要割更多的芦苇铺在上面。这种建筑形式叫作基巴沙。

如果想让地基寿命更长,就需要从水底挖掘淤泥铺在上面。马丹人只在秋季水位最低时完成这项工作,而且只在水浅的地方。他们铺上淤泥,再铺上几层植物,这样基巴沙就变成了迪宾。一个家庭在建成迪宾后如果将其闲置一年以上,那就等于放弃了所有权,其他人可以接手。淤泥和芦苇在经年累月的铺建后最终会形成一个小岛,就像沙汗的房屋地基一样。

在返回加巴卜的路上,一些绿头鸭从我们附近的芦苇丛里飞出。很遗憾,我没想到会有打猎机会,枪没有装子弹。萨达姆明显很失望,于是当天傍晚回去后,我提议再去试试运气。"好,我让阿杰拉姆陪着你。他知道哪里有……注意别

The Marsh Arabs

沼地 阿拉伯人

让英国人把独木舟弄翻！"我们离岸划走时，他喊道，"他还没适应小的独木舟。"——多余的嘱咐，因为阿杰拉姆早看出来我技术欠佳了。

我们偶尔会遇到载着哈希什返回村庄的独木舟。

"你们去哪儿，阿杰拉姆？"

"我们去找野鸭。"

"去湖边试试，那儿有很多。"

过了一会儿，阿杰拉姆说："枪准备好了吗？就是这里了。"

在隐蔽的水湾里，确实有很多鸭子，但都野性十足。我们紧挨着芦苇丛边缘缓慢移动，终于找到一小群绿头鸭。第一枪打到了水上的两只，但另一枪打偏了。阿杰拉姆赶快划过去把野鸭捞了起来。

"注意，那边来了更多。"

受到枪声惊吓，很多鸭子飞到空中盘旋。我打中了其中一只，见它掉进了稍远处的芦苇丛中。阿杰拉姆脱掉衬衫，一头扎进水里朝那片芦苇游去。虽然他空手而归，但我并没感到意外。他蹚着齐胸深的水回来，轻松爬进了独木舟。要是我这么做，肯定会把独木舟弄翻，可是他爬进来时独木舟几乎晃都没晃。他懒得穿上衬衫，直接摇桨朝另一条水道驶去。他皮肤上没有被晒过的地方几乎和我一样白。

我们又打到两只绿头鸭后回到了加巴卜，发现一群男女正在穆迪夫外等我们。其中一个穿黑衣服的年轻女人抱着一个裹在披巾中的婴孩。

萨达姆解释说:"这个可怜的小家伙被烫伤了,很严重。他们想要点药,可以吗?"

女人掀开披巾,把孩子抱到我面前。那是个大概一岁左右的男孩,胸部、腹部、左腿和手臂上都涂抹着水牛粪。

"什么时候烫的?"

"刚刚,就几分钟前,"女人说,"我正在做晚饭,在炉子上烧着水,刚转过身,他就弄翻了炉子上的水壶。朋友,我们只有他一个孩子。愿主保佑你,朋友。救救他,朋友,救救他。主会保佑你。"

他们结婚两年了,萨达姆告诉我。

外面光线比较好,我把药箱从穆迪夫中拿了出来。孩子轻轻地抽泣着,我告诉那个妈妈坐在地上,抱好孩子。接着,我小心翼翼地将他身上的牛粪清除。孩子开始蹬踹、尖叫,于是他年轻的爸爸蹲下来抓紧他的脚。烧伤面积很大,有些地方的皮肤已经脱落,像褶皱的餐巾纸一样附在暴露的肉上;其他地方则烫出了大水疱。我拿出龙胆紫药膏,轻轻地涂在所有创伤面上。

"先不要穿衣服。等药干了,轻轻盖上这个。"我把一大块纱布和一片阿司匹林递给她,告诉她把阿司匹林溶在水里喂给孩子喝。等他们登上独木舟朝家驶去后,又有几个人要求我给他们治疗。有一个人脚上的伤口化了脓,两个人抱怨头疼,还有一个得了痔疮。我们见过的那个商人想治治他疼痛的眼睛。等最后一个人离开时,天已经快黑了。

我们用鸭子做了晚餐,味道好极了。饭毕,我们分成两组玩起了马海比斯,或者叫找戒指游戏。拿着戒指的一组坐成一排,用斗篷盖着手。找戒指的一组出一个人坐在对面,试图猜出戒指在谁手中。他边排除可疑对象,边高声喊着口诀:"我看见它在某某的手里,我看见它在某某的手里。"因为很难理解那口诀,我觉得这游戏极其无聊,可是其他人都乐在其中。我在很多村庄、很多场合都不得不参与这种游戏,但通常它都以互相指责作弊和发脾气结束。

最后,萨达姆打发他们回去,说英国人累了,想要睡觉——确实如此。

第八章

穿越中部沼泽

第二天早上，萨达姆如约而至，准备带我穿过沼泽抵达幼发拉底河。天色还早，一个小时后仍没大亮。独木舟鱼贯而出，去村外收割哈希什，鱼叉的尖端朝前，顺在舟头。我和萨达姆乘一条独木舟，沙汗乘另一条，分别由三个人摇桨。他们都带着步枪。在沼泽里，如果要经过其他部落的领地，带着武器是明智之举。

到了幼发拉底河后，我就要独自前行了，没人帮我看东西，也没人将我引荐到陌生的村庄了。我曾试图说服阿杰拉姆陪着我，向他保证会在六个星期内回到加巴卜，但他拒绝了。"他害怕，"萨达姆解释说，"没人敢跟你去。马丹人都很无知。他们像他们的水牛一样生活在沼泽里，惧怕政府。我接触过英国人，知道你们是好人，但是马丹人害怕一切陌生人。阿杰拉姆认为你会把他带走充军。"我没想到找个同伴会这么困难，所以很是气馁。

第八章 穿越中部沼泽

一个十五岁的男孩划到我身边说:"带上我吧,朋友。给我钱,就可以带我走。这样我就不用整天泡在冷水里割哈希什了。"

"不,别带他。他不好,他很懒的。带上我吧!"另一个男孩喊着。

"瞎说,他们都不好。带上我,我会唱歌跳舞,能给你解闷。"一个看起来更小、大概十三岁的男孩凑过来说。他的鼻子扁扁的,长着一张大嘴和一双笑眼,身形十分单薄。

"他们只是在开玩笑。"萨达姆告诉我。然后他对那个小男孩说:"来吧,侯鲁,唱首歌。"

"我不会,萨达姆。"

"快唱,侯鲁。你到芦苇地之前先给我们解解闷。"

沙汗也在他的独木舟上喊着:"来一首,侯鲁。"

萨达姆告诉我,那孩子的声音很甜美,而且他的名字的意思也是"甜"。男孩大剌剌地咧嘴一笑,就以清晰的童声高音唱道:"阿拉伯人和我说起你,说你早年是个暴君。"这歌曲调优美,朗朗上口,悲切哀婉。萨达姆向我解释道,那歌是底格里斯河以北一个酋长夫人写的。她受到酋长的虐待并被抛弃。在我看来他太急于做出解释,也许是怕我认为这歌在影射他——虽然那很有可能。

在沼泽区,一首歌可以流行六个月到一年。之后人们厌倦了,就换其他歌来唱。通常在同一时期会同时流行六七首歌。这种消遣喜闻乐见。在接下来的两年里,无论是参加婚礼、晚上的即兴舞会,还是像现在这样在去芦苇地的路上,我都会听到人们唱歌。

"继续，侯鲁，再给我们唱一首。"于是侯鲁又唱了起来。几条独木舟停下来在前面等我们。我们附近大概有十二到十五条独木舟，正和我们一起挨挨挤挤地朝前划去。有两个男孩先在船尾划。后来我注意到，马丹人在独自乘坐独木舟时总是坐在船尾。每次侯鲁的歌声停止，就会有人喊："再来一首，侯鲁！"一个漂亮的十四岁女孩也独自坐在一条独木舟里，身上的黑斗篷盖着头和肩。有个男孩把她的舟头推到了芦苇丛里，女孩生气地斥责起来。我听不到她说什么，但其他人都笑着让她不要轻饶了他。另一条独木舟上，有个更小的女孩和她哥哥一起摇着桨，按照性别惯例坐在她哥哥的身后。我问萨达姆，妇女是否也会帮忙收集哈希什，他告诉我："是的，但只在家庭人手短缺的情况下。"最后，割饲料的独木舟终于一条接一条拐进了芦苇荡。侯鲁在跟我们分开时开玩笑地喊道："你不想带上我吗，朋友？"

前方是一片方圆约两英里的宽阔水域。幽蓝的水面被微风吹皱，波光粼粼。萨达姆说，这个湖叫迪马。马丹人喜欢给每一处开阔的水面起名字，哪怕它只是个小池塘。每一条水道，每一片芦苇地，也都有自己的名字，但马丹人的学问基本上仅限于家园和附近。

"绕过去还是穿过去？"萨达姆问。沙汗看了看湖面，又看了看天，说："穿过去。我们会赶上风，但不会有事。"

三只鹰在我们头上一碧如洗的天空中翱翔。远远的湖对岸，一大群野鸭飞来飞去。有些盘旋着飞到高空，另一些飞

第八章 穿越中部沼泽

近后让我看出是绿头鸭和琵嘴鸭。还有一些不知是水鸭还是白眉鸭，成群结队地在芦苇梢上起起落落，它们朝某个方向转弯时会露出翅膀下的羽毛，白晃晃的一片。我不知道是什么惊扰了它们，直到发现远处芦苇丛附近停着两条独木舟。我想知道他们是不是在打猎，沙汗瞥了一眼他们的方向，说："不是，他们在毒鱼。他们是从库布尔来的，就是我们中午要去吃饭的村庄。快划桨，我们要赶在起风前划到对岸。"划了一半，沙汗喊道："准备好枪，朋友。"他指向我们的左边，只见几百只黑鸭正挤在一起游着。正看着，一只老鹰在它们上方低空盘旋，接着俯冲了下去。黑鸭们用翅膀拍起水花驱赶着鹰，只见鹰破浪而出般又飞了起来。

我们朝黑鸭群驶去时，风越来越大，水花开始溅到舟里。鹰又俯冲了两三次，直到野鸭进入我们的射程。可野鸭对仅仅四十码开外的我们毫无知觉。我给两支枪管都装了子弹，朝鸭群开了枪。它们四散而飞，水上留下一片死鸭。我们捞起死去的，其他人去捕伤残的。那些被打伤的鸭子见了我们就钻进水里。沙汗站在船头，手持鱼叉，只要有鸭子浮上水面，他就叉上去。如果离得太远，他就把鱼叉掷出去。每抓到一只鸭子，就有人割断它的喉咙，然后朝着麦加方向念念有词地说："以真主的名义，真主是最伟大的。"如此祷告后，这些鸟类就成了穆斯林的合法食物了。否则，连马丹人也会视它们为腐肉而丢弃之。从理论上讲，这些鸟在被捕时必须还活着，这样在割开喉咙后才能放血，但这些人没么挑剔。

有个人捞出一只头部浸水超过十分钟的鸭子，问："这只死了吗？"

"没有，当然没有。赶快割断它的喉咙。"

穆斯林禁止吃腐肉、猪肉和血。另外，各地和各部落之间还有很多不同的禁令。例如，有些穆斯林不吃蹼足鸟类；伊拉克的什叶派不吃兔子，而逊尼派却吃。马丹人吃鸬鹚和蛇鹈但不吃鹈鹕，吃鹳、鹭、鹤但不吃鹳，吃小鹧鸪但不吃其他种类的鹧鸪，另外也不吃鲇鱼。

收集完所有死掉的鸭子后，萨达姆让我们的船夫加快速度。因为除了两个乘客和行李箱，现在舟里又进了很多水。有了芦苇的保护，我的心终于踏实了下来。沙汗和我们在那里会合后一起清点战利品。我们总共捕到十八只鸭子。"足够当午饭吃了。"萨达姆喜形于色地说。

抵达库布尔时，灰色的阴霾开始遮蔽天空，风吹着苇穗沙沙作响，温度迅速下降。库布尔和加巴卜很像，大小也差不多。我们停到较大的一所房屋前，爬上五英尺高的泥泞斜坡，来到了它狭窄的入口。里面，两个男孩正围着一小堆炉火取暖。

"你们的父亲在家吗？"萨达姆问。

大一点的那个说："在，但是他刚去了商店。"接着他对弟弟说："快去叫阿勒万，我们有客人了。"

虽然我有外套、衬衫、毛衣和法兰绒裤子，但我冷极了，很高兴能靠近地炉取暖。可阿勒万的儿子，一个十六岁的小伙子，却只穿了件单薄的棉衬衫。他走到屋子另一端，把一个女孩递给他的毯子和垫子取了回来。

"请让我帮您拿行李。"他对沙汗说。

"不用了，我们吃完饭就要去沙加尔。"

"你们别去了，在这里过夜吧。天气太差了，不方便旅行。而且您也很久没有光临我们这里了。"

萨达姆吩咐手下去取十二只黑鸭来交给小伙子。

阿勒万几分钟后回来了。他四十多岁，很友好，也力劝我们取出行李，在此留宿。但萨达姆坚持要走。

"马丹人还在阿布沙加尔吗？"萨达姆问。

"是的，"阿勒万回答，"今年洪水来得晚，他们还没离开。"

他取来茶具，说："你真是打了好多黑鸭啊。"

沙汗讲起了鹰，阿勒万说："今年有只鹰在芦苇丛里安了窝，所有从附近水道经过的人都会被它攻击。小伙子们总去那边割哈希什，所以他们放火烧了芦苇和鹰巢。"

谈话间，阿勒万一直摆弄着一串长长的黑色念珠。这种有九十九颗小珠子的念珠带有宗教性质，而萨达姆把玩的那种有三十三颗琥珀色珠子的念珠只是为了消遣。很多人都喜欢在口袋里放上一串，无事可做时就拿出来把玩一番。萨达姆把他那串抛给我，等我看完想还给他时，他说："不，留着吧，它是你的了。我在加巴卜还有。"从此以后，我多了一个习惯。

中午，我们吃了九只黑鸭。我觉得味道很好，吃起来像家鸭，但也可能是我当时又冷又饿。萨达姆和沙汗不顾我的抗拒，一个劲把他们的鸭肉放到我盘里。吃完肉，我们把肉汁浇到米饭上吃，肉汁米饭吃完了，又浇上脱脂乳。用手吃这样的米饭对我来说实在是一团糟，但其他人也没好到哪里去，到处都是散落的饭粒，吃完有的收拾了。阿勒万把剩下的米饭和鸭骨架堆到一个盘子上。他的一个儿子取来脱脂乳,然后两兄弟轮流吃起来。喝完茶,我们登上独木舟,和他告别。没有人对他的午餐说谢谢——似乎在这边没有这样的礼节。

沿途水路逼仄,难以辨认。身旁的芦苇随大风狂舞,头顶苍白的苇穗在更加苍白的天空的衬托下,就像狂风中的三角旗。一个船夫在萨达姆的鼓励下唱起了歌谣。他的声音雄浑沙哑,声线与众不同,但面部涨得通红。歌谣很长,没有明显的旋律。若想像其他人那样欣赏歌谣,就必须理解歌词,可是它超出了我的理解范围。

一个半小时后,我们到达了阿布沙加尔。这是一个光秃秃的小岛,跨度三百码,最高点距地面约十英尺。小岛被芦苇丛围绕。三四十处房屋沿水边随性地建在一起。只要有落脚的地方就有水牛,房子周围挖了很多坑,防止水牛拱坏外墙。这里的居民就是沙干巴人。

我们商量了一下,找出看起来最气派的房子,把独木舟停在了前面。一个男人和一个男孩出来迎接我们,帮忙把我的行李搬上岸。其他人则只带步枪上了岸。撑杆和船桨也被我们带到屋里,因为按照惯例,过路者可以拿走舟里的撑杆。那些撑杆只是加萨卜的茎,但找到一根合适的并不容易,而且越用越顺手。船桨是用铲形木板钉在一截竹子上制成的,在当地很少能找到替代品。

像往常一样,小房子里很快挤满了人。主人问了一些问题,但其他人只是坐在那里用冷漠的黑眼睛看着我。我感受到了他们的不信任——"他是谁?从哪儿来的?萨达姆为什

第八章 穿越中部沼泽

么把他送到我们这里？"萨达姆和主人适时提出带我去岛上转转。我们一离开，身后就传来嗡嗡的议论声。

土地盐碱化严重，颗粒不收。岛上一块石头也没有，我也确实从来没在沼泽区见到过石头。从地面四处散落的砖瓦可以看出，阿布沙加尔坐落的地方原来是一座城市，而现在已被遗忘。萨达姆说："有人说岛上埋着金子，马丹人常来寻宝。喏，看出来他们挖过哪些地方吗？"他指着一些浅坑，又补充道，"他们什么也没找到。"

主人打断了他："去年，一家沙干巴人在阿加尔建房子，挖坑时找到了两个装满金币的罐子。"

我问阿加尔在哪里。

"在西边，和这座岛很像。很多沙干巴人住在那里。"

"他们后来怎么处理金币的？"

"我不知道。我猜他们把金币藏了起来，这样酋长就不会据为己有了。"

萨达姆说："几年前，我们在加巴卜建造我的穆迪夫，发现了一个石像——一个女人的石像，你能看到她的胸。大概有这么长。"说着，他用两手比画出大概九英寸的距离。

"你还留着它吗？"

"没有，马吉德把它拿走了。"

在沼泽区的那些年，我从未有过考古方面的兴趣，也没有为此收集过东西。但有人曾送过我一个赫梯人[1]印章，

---

1 赫梯人，公元前 2000 年左右兴起于小亚细亚地区的古老民族。赫梯文明是埃及文明、两河流域文明和爱琴海地区诸文明之间的主要链环之一。

还有人送过我一小块铅片——经证实，上面刻的是腓尼基文字。赠予者说那铅片来自一大卷后来被熔化制成子弹的铅皮。还有一次，有人带我进入一座很隐秘的房子，给我展示那里的一只陶制小狗，然而那件陶器底下印着"日本制造"的字样。

太阳西沉，风小了，绵延不绝的芦苇在灰色光线中愈显荒凉。东北方向冒出几处浓烟，有马丹人在那里烧芦苇，以便芦苇长出新芽供水牛食用。

"你听说过胡费兹吗？"主人问我。

"听说过。但请给我再讲一讲。"

他朝西南方向指了指。"胡费兹是一座岛屿，就在那个方向。岛上处处是宫殿、棕榈树、石榴园，还有身形巨大的水牛。但没人知道它到底在哪儿。"

"没人见过？"

"有人见过，但见过的人会着魔，从此没人能听懂他的言语。以阿拔斯的名义，我发誓我说的是真的。许多年前，那时我还是个孩子，有个法图斯人见到了。他去寻找他的水牛，结果回来后开始胡言乱语，我们就知道他见到了胡费兹。"

萨达姆说："在土耳其时期，伟大的穆罕默德酋长赛胡特曾出动一支独木舟队去寻找胡费兹，但一无所获。他们说镇尼能让它从任何靠近者眼前消失。"

我表示怀疑，但萨达姆强调："不，朋友，胡费兹确实存在。随便问谁都行，不论酋长还是政府，都知道胡费兹的存在。"

我们沿水岸漫步回村庄。水岸上满是杂乱的白色螺壳，

第八章 穿越中部沼泽

长半英寸到一英寸不等。螺壳都是空的，但我怀疑它们是那种在夏季导致血吸虫病的淡水螺。在温暖的季节，这些微小的扁虫生活在水中，一有机会就会刺穿人体皮肤，进入膀胱后繁殖起来，导致人体出血和剧烈疼痛。它们的卵会随尿液排出，然后等待新的生命轮回。血吸虫病是沼泽地的噩梦，因为不可改变的生活方式，很多马丹人都深受其害。

几个女孩正头顶瓦罐去取水。她们只往前蹚了几步，就开始舀水。而前滩是马丹人的公共厕所，于是每一个水罐里装的都是一份有趣的当地细菌样本。从理论上来讲，沼泽区的每个人都会感染痢疾和其他各种地方病。但事实上，绝大多数马丹人都获得了相当程度的免疫力。无论怎样，强烈的阳光很可能杀死了大量细菌。我个人认为，预防是徒劳的，除非在夏季避免在村庄附近涉水。我吃他们的食物，喝他们的水，用他们的寝具，还老是被蚊子、白蛉和跳蚤咬。生活在沼泽的那些年里，我只得过一次鼻窦炎和一次不太严重的痢疾（四天后痊愈）。其他时候最严重的也就是头痛了。

担心患病是没用的，但有时那些食物和水很难不让我担惊受怕。有两次经历让我格外不安，它们都发生在盛夏时分我骑马在沼泽区北部的农耕区旅行的时候。有一次，我沿着一条几英里长的灌溉浅水渠朝目的地村庄前进。渠水深一到两英尺，朝同一个方向缓缓流着。途中我看到一条死狗躺在渠里。更远处又有一头死水牛犊，皮肤被水泡烂，露出肋骨。两具尸体都发出恶臭。临近村庄时，水渠边到处是污秽，因为阿拉伯人喜欢在水源附近排便，以方便洗手。穆迪夫也在水渠边，而那里的水在一层绿色黏稠物覆盖下几乎静止。我心想，连他们自己也不想喝那里的水吧。

我在酷热的下午抵达村庄。他们从屋子一头的大水罐取水给我喝，那水喝起来又清凉又新鲜。听说我来了，很多人都赶到穆迪夫，一些人出于对交际的热爱，另一些人则只想吃大餐。常规礼节过后，我在室外背阴处给大家治疗、注射、发药。虽然有一点风，但仍暑热难耐。在夏季，即使在阴凉处，平原上的温度也会高达一百二十华氏度[1]。我想再喝点水，于是把碗递给一个男孩，叫他取些水来。见他往水渠那边走，我不耐烦地叫道："不，不要盛那脏水，从穆迪夫里给我取干净的来。"他惊讶地看了我一眼，照做了。过了一会儿，我眼看着人们把空了的水罐用水渠里的水填满，为自己同意在此多逗留一天而恼火不已。

另一次发生在我与一个酋长朋友待在一起的时候。我在前一晚抵达他的村庄，第二天早上照例迎来了一批病人。天气闷热潮湿，令人窒息，一丝风也没有，即使静坐也汗流如注。酋长是位热情的老人，他杀了一头羊来款待一百多号客人。四个男人，其中包括一个身材壮硕的黑奴，弯着腰颇费力气地把一个大铜盘抬了进来。盘子直径有四英尺，底下一层是米饭，上面趴着一只耷拉着舌头、两眼无神的蒸全羊。铜盘抬进来的时候，汗水顺着他们的鼻尖和下巴滴到米饭上，我估计他们肯定已经抬过一百多码路了。酋长把一碗液体黄油

---

[1] 约合 49 摄氏度。

淋到米饭上,然后转向我们:"欢迎!欢迎我的客人们!今天真是个好日子!"

等我坐在餐盘边,他说:"好啦,朋友。你越喜欢我,就该吃得越多!"

第九章
沼地的中心

太阳西沉时，我和萨达姆跟着主人回到屋子。沙汗正在行昏礼。在马丹人中，一些老人（大部分是扎伊尔）每天按时做礼拜。另一些像沙汗这样的人只行晨礼和昏礼。而绝大部分人什么礼拜也不做。做礼拜时，他们先把一小块卡尔巴拉圣土做的矩形土片放在前面，以便跪拜时额头能够触碰。土块一般放在挂在墙上的篮子里。

做完礼拜，沙汗将圣土放回篮子里，用牛粪饼生起火来，叫我靠近取暖。一个男孩送来一盏灯——一个装了半瓶石蜡油的瓶子，碎布灯芯被一坨压扁的海枣固定在瓶口。有两个男人正在隔壁屋子里小声谈话，我能清楚听到他们说的每个字。因为两间屋子的墙不过一张芦苇席那么厚，中间相隔也不超过两英尺。我突然发现，这里的人毫无隐私可言，也不需要隐私。他们相信一个人的事情就是大家的事情。如果哪家人吵起架来，邻居们很快就会赶来出谋划策、评判是非，

第九章 沼地的中心

结果吵得更加不可开交。进行私密谈话的唯一方法就是和谈话对象坐独木舟出去聊。但即使这样，谈话主题还是很快就会被其他人知道，因为两个人都很爱打听别人的私事又无法保守秘密。

吃完晚饭，访客陆续进来。屋子里看起来连多一个孩子都装不下了，可总是能再挤进两三个人。他们艰难地挤进我们中间，屁股一沉坐在人群里。芦苇编成的墙面又被撑开了一些，可他们习以为常。只有火炉附近被空了出来。我们的船夫在唱歌，其他人在抬高嗓门说话，不然声音就要被淹没。主人把烟分发给大家，连小孩子都会抽烟，只要他们能捡到烟蒂。侍者不断给大家添茶，石蜡油用尽了就重新添满，灯芯冒出的青烟在头顶环绕。一切都是那么原始，一点都不舒适，但我感到满足。

我歪在一个角落，半睡半醒之际，他们才乱哄哄地起身离去，旁边有一个正在炉火余烬旁喂奶的女人。整理好垫子和破烂的地毯，我从鞍囊里取出毛毯。主人从屋子另一头取来寝具后，我们并排躺下，主人则坐在火旁替我们放哨。地上一个鼓包硌得我难受，蚊子不遗余力地试图落在我脸上，跳蚤在我衬衫里自由活动，一条狗在叫，一头水牛在距我头部仅几码远处不知疲倦地移动。可我一觉睡到了大天亮，直到同伴起床扰醒了我。

风在夜里停了。室外是阳光明媚的清晨。水牛已经被放出去自己觅食。与游牧部落不同，定居的马丹人并不放牧，而是任水牛自由来去。屋子里，沙汗和萨达姆正在就是否穿过齐克里而争论。我要求他们带我经过那里，因为我想去看看。但萨达姆说："要是赶上那里的大风，你就不会这么想了。那种大湖很危险。去年有一队人在婚礼庆典后赶回库布尔，途经迪马时遭遇了风暴。两条独木舟翻了，死了八个人。你去过迪马的，跟齐克里比起来它只是个小湖。"

沙汗附和道："是的，朋友，那些湖很危险。我们住在这里，所以我们知道。四年前的这个时候，有两个男人淹死了，还有一个爬到一小座加萨卜浮岛上，过了五天才被人发现。他两次看到独木舟，但没人听到他呼喊。被发现时，他又饿又冷，奄奄一息。"

吃过早饭，我们把行李搬到独木舟上。主人和他的儿子站在旁边看着，没有帮忙。后来我不满地和萨达姆说起这件事，他解释道，主人总是帮客人把行李搬到屋子里，但是不会搬出去，因为那看起来像急于撵走客人。他说："既然你想去看齐克里，那我们就去，晚上就在拉姆拉的巴尼乌麦尔部落过夜。但如果起风的话，我们就要选择更远的那条路线。"

我们花了两个小时穿越芦苇丛中曲折难辨的狭窄水道才到达湖区。可看到波光粼粼的湖面时我却感到失望，因为它看起来并比不前一天经过的迪马大。开阔水域的对岸是一片加萨卜，划到一半时我才意识到，它们其实是生长在一群漂浮小岛上的，岛和岛之间都间隔着一点距离。穿过浮岛才是齐克里。坐在独木舟底，我判断不出湖的跨度究竟有三英里还是六英里。风很轻，但其他人都停了下来，神情紧张。我开始失去耐心，尚未察觉这表面的平静带着怎样的迷惑性。

第九章 沼地的中心

四年后的洪峰时期,沼泽西部边缘被十二英里宽、六英尺深的洪水淹没,我恰巧需要穿过那里。我们在黎明出发,水面平静,一丝风也没有。当时我已经有了自己的塔拉达,正在穿越阿马拉的中途。突然,四个划舟小伙之一用惊恐的声音叫道:"天啊!你们听到了吗?"我听到北方有风正穿越平静的湖面朝我们袭来。前方大约六英里处能看到了一排棕榈树,那里就是我们要去的村庄。而我们身后已不见任何芦苇丛的踪影。这时一个小伙子兴奋地大叫:"看!那儿有一艘帆船。感谢主!快,朋友,开枪引起他们的注意!"帆船靠近我们时,独木舟已经有一半没入水中了。人们把我的箱子吊到帆船上,将空了的塔拉达拖在后面。等我们终于抵达村庄,已是巨浪拍岸、狂风撼树的景象了。

而当下,我看着齐克里平静的湖水,催促同伴抓紧划舟。萨达姆最后说:"好吧,但我们要沿岸绕过去。如果起风了,我们可以躲到芦苇丛里。虽然绕远,但是安全。"

我以为齐克里和迪马一样边界清晰,沿岸长满固定的芦苇丛。但在从一群浮岛划到另一群浮岛的途中,我意识到,所谓的边界只是假象,后面藏着更多开放水域和更多的浮岛。湖水很清,有八到十英尺深。湖面下,如海藻般的柔软水草随波摇曳。这种叶子酷似冬青的大茨藻(学名 *Najas marina*)被马丹人称为苏瓦伊卡。他们说这种水草丛是鱼儿最喜欢的繁殖地。一二十只在阳光下愈显白净的鹈鹕慌忙游走,时不时回头看看我们,露出黄黄的长喙。萨达姆央求我开枪打一只,因为他们喜欢用鹈鹕的皮囊做鼓面。可是鸟儿们愤愤不平的样子看起来好滑稽，所以我借口说开枪会吓跑远处的鸭子，放过了它们。射程以外的芦苇丛中呼啦啦飞出一只巨鹭，它缓缓地拍着翅膀，拖着长长的腿飞远了。有人说："你要是能打到它，就够我们所有人吃的了。它的肉多得像一头羊，而且十分美味。"在前方遥远的天空中，几只鹰正在翱翔。沼泽区的天空经常有鹰出现，就像在非洲总能看到秃鹫的身影。

我们在齐克里远端的一个小水湾里遇到三个小伙子，每人划着一条独木舟，舟旁漂着几条明显已经死去的鱼。沙汗手下的一个人建议我们捞起来，但沙汗不耐烦地说："别傻了，我们不知道他们是谁，可不想惹恼了他们。我们开口去要好了，他们肯定会给我们一些的。"小伙子们告诉我们，他们来自幼发拉底河附近的拉姆拉，并给了我们半打鱼，每一条都有两磅重。当地人管这种鲃鱼叫宾尼。它们是金黄色的，但和其他鲃鱼不同的是，它们没有触须。马丹人在冬季和春季水位上涨前毒鱼。他们先从当地商人处买来曼陀罗，然后和面粉、鸡粪一起搓成小球，或塞进淡水虾中。曼陀罗会使鱼昏迷，浮上水面，轻易被人捕到。那些小伙子用的就是虾。

我问萨达姆，马丹人是否用网捕鱼。他说："从不。只有伯贝拉人用网，部落人都用鱼叉。"

"伯贝拉人是什么人？"

"哦，伯贝拉人就是伯贝拉人，是用网捕鱼的低等人。他们生活在部落里。穆罕默德部落里有很多伯贝拉人。"

萨达姆说了句顺口溜，大意是：伯贝拉人像织布工、小商贩、铁匠、菜贩和萨巴人一样不入流，做生意的人不配和

第九章 沼地的中心

部落民族来往。马丹人就像所有部落阿拉伯人一样，很少靠做买卖获取财富，而且将其视作可鄙的行为。一个人的地位只取决于他的人格、人品和血统。

离开齐克里，我们又钻进遮天蔽日的芦苇丛中。离拉姆拉还有很远的距离，水道就开始变浅，同行者费力地让独木舟前进。加萨卜做的撑杆很易断。后来我试着用了一次，结果第一下就把它弄断了。可是那些人每划过一英尺就会把全身重量压在杆上推进。做撑杆和造穆迪夫用的是同一种能长到二十五英尺长的加萨卜，这种大芦苇只能在沼泽区的某些地方找到。马丹人总是在身边放一些备用撑杆，但一根撑杆往往能用上几个月。那天早上，在狼狈地爬进独木舟后，我弄断了三根。

终于抵达拉姆拉了，我们算是越过了沼泽区。虽然村庄附近长满了芦苇和香蒲，人们靠独木舟在其中穿梭，但房子中间出现了棕榈树的身影，村庄后面还有一片开阔的平原。我们在一座穆迪夫门前停下。主人带我在村子里转了一圈。村里到处是纵横交错的水道，水道上横着棕榈树干作桥。我们经过了藏在一大摞芦苇席后的商店，然后停在稍远处看一家人制作席子。一个老人盘腿坐在堆满干加萨卜的独木舟旁，每根加萨卜都有八英尺长，和我的中指一般粗。他用弯刀将加萨卜一剖两半，然后扔给一个女人。女人用木杵沉重的锤头进行捶打，使它变得柔韧。她每次将二十根左右的加萨卜排列整齐，然后进行捶打。再接下来，一个男孩把捶打好的材料按人字形编起来。编好的席子大概有八英尺长、四英尺宽。

主人还告诉我，编一张席子要花两个小时，如果卖掉能换来五十个费尔（约合一先令）。

我们走出村庄，穿越那片开阔的平地。平地上到处是枯萎的莎草，就像没有收割的稻草一样，看来这里曾经历过洪水。但现在地面像铁一样坚硬，上面留着像石膏模子般的蹄印。一群鸻鸟叫嚷着飞起来，盘旋了一会儿又落下了；苍鹭和白色牛背鹭看到我们也飞走了；一只草原鹞在离地面不远的高处倾斜回旋。远处，一簇簇棕榈树标志着沿幼发拉底河而建的座座村庄。我的同伴指着远处的一座山丘说："土耳其人攻打我们时，在那儿立了一座大炮。他们把我们村夷为平地，杀死了很多人。"我想这可能发生在从巴士拉发动的某次攻击中，因为部落民族总是土耳其人的心头之患。

日落时分，我们回到了穆迪夫。客人们认为我们旅途劳顿需要休息，便早早离开了。于是我们准备睡觉。村子里有个女人在为她死去的孩子恸哭，一个小时接一个小时，没有停歇，口中不断重复着："哦，我的儿子，我的儿子。"她的悲伤之情在夜色中倾泻而出，无处安放。

明天，其他人返程，我将一个人踏上接下来的旅程。

第十章

历史背景

伊拉克人的历史正是从沼泽区附近开启的。早在远古时代，一支已经迈入社会化和文明阶段的族群从伊朗高原迁徙到幼发拉底河三角洲。公元前5000年左右，他们在那里盖芦苇屋、造船、利用鱼叉和渔网捕鱼，生活方式与如今的当地居民没有差别，只是环境略有改变。过了约一千五百年，他们被另一支从安纳托利亚[1]来的民族同化或赶走。新定居者带来了驯养水牛、金属加工技术和书写艺术。每一个民族都将他们迁徙的证据留在其独特的陶制品上。到了公元前3000年左右，大洪水淹没了这片土地。但无论怎样，一些人幸存了下来。苏美尔人在埋葬了古老村庄的淤泥上建起了他们的城市，并发展出也许是这世界上最早的文明。

千百年后，苏美尔没落，巴比伦崛起。公元前728年，

---

1 安纳托利亚，亚洲地区名，大致相当于土耳其的亚洲部分。

残暴的亚述人驾着马拉战车，手持铁制武器，赶走了亚摩利人，将巴比伦夷为平地。而后他们又遭到米底人的进攻和占领，最终被其推翻。公元前606年，雄伟的亚述城市尼尼微被突袭攻占，"如此荒凉，成为野兽栖息之地"。巴比伦在迦勒底人的统治下再次崛起，在尼尼微没落后又繁荣了七十年，直到居鲁士大帝将尼布甲尼撒二世的空中花园付之一炬。在这两千年里，伊拉克也持续遭到其他民族的进攻，如摧毁苏美尔的无法无天的古提人、喀西特人、曾洗劫巴比伦的赫梯人、将印度诸神引入伊拉克的米坦尼人，以及埃兰人。

自居鲁士大帝在公元前539年征服巴比伦后，伊拉克在接下来的一千多年里一直处于外族的统治下，有时作为某个帝国的重要省份，有时成为强国交战的战场。不管是出于自卫还是侵略目的，波斯人、希腊人、塞琉西人、帕提亚人、罗马人，以及再后来的波斯人，都曾在这片土地上战斗。直到公元7世纪初，阿拉伯人从沙漠中蜂拥而出，掀起征服浪潮并横行于伊拉克，在伊拉克的外族侵略者名单上又添了一个名字。

侵略的目的既是为了掠夺，也是为了壮大新兴的伊斯兰教，它把游牧部落联合在一起。不管当地人是持欢迎态度还是无动于衷，新政权只把土地拥有权留给承认其统治的民众，将其他土地一律侵吞。阿拉伯人皈依伊斯兰教远非出于信仰的狂热，而是将其当作种族的特权。最开始，非阿拉伯人是不可以改信伊斯兰教的，除非加入某个阿拉伯部落。这类"假阿拉伯人"被称为麦瓦利。非穆斯林需要缴纳一种特别的税，

第十章 历史背景

而政府并不鼓励大量人口的皈依。在接下来的一百一十六年中，伊拉克成了阿拉伯帝国的一个省。阿拉伯帝国最初建都于汉志的麦地那，后迁都大马士革，也曾在第三任哈里发阿里的短暂统治期间定都库费。在那段时间里，阿拉伯定居者以城镇为基础，形成了一个小型的武士贵族阶层，其中大部分人作为战士或官员受雇于政府。他们傲慢、专制，对当地居民态度轻蔑。公元681年，侯赛因在卡尔巴拉遇害，什叶派诞生。伊拉克的麦瓦利尤其被这一派别吸引，因为它将对既有政权的不满以宗教术语的形式体现了出来。公元750年，阿拔斯哈里发在伊拉克建立新王朝并定都巴格达，新的帝国仍然属于穆斯林世界，但再也不属于阿拉伯人了。以哈伦·拉希德为中心的奢华宫廷生活，华丽的长袍，繁复的礼节、仪式，太监和宫廷刽子手——这一切与早期生活在汉志的哈里发们朴实无华的生活已完全不同。

阿拔斯王朝持续了五百年，从早期的辉煌走向末期的纷乱。最后一任哈里发被1258年攻占巴格达的旭烈兀杀死，成为蒙古大军屠城的八十万亡魂之一。1401年，巴格达再遭洗劫，这一次的洗劫者是帖木儿，亦是最后一名蒙古征服者。如果说他在杀戮中曾经手下留情，那也是因为城市人口所剩无几了。接下来是土库曼人，白羊王朝和黑羊王朝先后登场。然后是1509年的波斯人，再然后是1534年的土耳其人。土耳其人的统治一直持续到他们在第一次世界大战时被英国驱逐。但到那时，伊拉克已经一蹶不振了。帝国风雨飘摇，伊拉克的土耳其官员只能在这个贫困省份的几个小城镇里，对那些不守规矩的部落努力维持其表面上的管辖权。

从苏美尔人的时代开始，几千年来城镇和农业一直在伊拉克这片土地上稳定发展着。虽然历经征服者的烧杀劫掠，但在蒙古人到来之前，它总是能恢复一新，继续发展其灿烂的文明。这一切实现的重要基础，就在于对水利灌溉系统的维护。但成吉思汗从亚洲边缘召集的这支横扫世界的黄色骑兵以杀戮为乐趣，甚至纪念碑都以人头骨堆成。当这股毁灭力量最终侵袭伊拉克时，不光几千年来的发展成果被毁，连这个国家赖以生存和繁荣的灌溉系统也遭到不可逆转的破坏。但入侵者的蓄意破坏只是一部分原因，更主要的恐怕是纯粹的疏于维护导致的积累效应。疏浚水渠、加固堤坝、建设防洪堰都需要组织起无数劳力才能完成。而蒙古骑兵扫荡过后，幸存者寥寥无几、悲痛欲绝，没人再去进行修葺。农田变成了沙漠，宝贵的水流入沼泽。人们依然在河流沿岸种植庄稼，但伊拉克已经从农业国家转变成了畜牧业国家。一些世界上曾经最辉煌的城市沦为了脏兮兮的乡村。

阿拉伯的游牧民族跨过幼发拉底河进入伊拉克，在曾经屹立着国王宫殿的土丘上放牧。相对于早期定居在繁华城镇并被当地居民逐步同化的阿拉伯人，这些新移民背着黑色帐篷、骑着骆驼、赶着羊来到这里，把伊拉克的土地划分成一块块牧场。基于城市生活的政体被帐篷里的部落法代替。在这种情况下，人们只能从部落的庇护中寻求安全保障。结果，受到恐吓又缺乏组织的农民只能听命于游牧民族的任意摆布。因为社会等级低，农民们照搬沙漠贵族的风俗习惯，努力效仿他们的言行举止。时间流逝，双方的差别越来越模糊，两个民族最终融合。一些部落开始定居下来，还有一些则用驴子替代骆驼载运帐篷。

从沙漠迁徙到伊拉克的阿拉伯人并没有伊拉克的土著居民多，但他们的风俗习惯占了上风。伊拉克人本可以骄傲地宣称自己的祖先是苏美尔人、巴比伦人，或侵占过埃及的亚述人，或跟随过居鲁士、大流士、薛西斯的波斯人，或消灭过罗马军团的帕提亚人。但相反，他们以贝都人的后代自居。亚历山大大帝也曾经过这片土地，他那富有传奇色彩的名字至今仍在中亚的山谷中回荡，人们都发誓自己是他的战士的后代。然而在伊拉克，人们已经将他遗忘。当炉火旁的老人讲起关于勇气和慷慨的传奇故事时，我从未听他们提过"双角王"亚历山大，也没听他们讲过赋予巴格达辉煌历史的哈里发们。他们只讲述阿拉伯半岛沙漠上衣衫褴褛的牧羊人。

沙漠阿拉伯人是为艰苦而生的。对他们来说，生活里没有便捷和舒适，只有长途跋涉和为水源奔波。他们会骄傲地说"我们是贝都人"，只追寻属于他们的自由。这个坚忍、勇敢的民族靠劫掠与反劫掠为生。劫掠活动需符合传统规则，并通常附带浓厚的骑士精神。他们对危险和苦难持无比骄傲的态度，并绝不怀疑自己较城镇和乡村居民更具优越性。他们称自己为纯血者，阿拉伯语叫"阿西勒"，他们也用这个词称呼自己的纯种马。他们的血统确实纯正，千百年来维持着堂、表亲婚配的传统。恶劣的环境使他们免于退化，只有最优秀的人才能存活，剩下的则被无情淘汰。他们从小便适应了饥饿，在时有发生的干旱时期,他们终日饥肠辘辘,口渴也不过是每天不足挂齿的烦恼而已。但有时,他们也会因为错误的判断而死去。在漫长的夏季里,他们要忍受如同来自熔炉的热浪,度过艰苦的时光。而冬天也并不好过,阵阵冷风从裸露的沙地上扫过,倾盆大雨常把他们浇成落汤鸡。在寒冷的冬夜蜷缩在毯子里席地而睡,第二天迎来的常常是浑身的僵硬和酸痛。至于食物,幸运的话,他们早晚能各喝到一碗骆驼奶。而抢劫的危机、对血仇的恐惧和突然的死亡才是他们的家常便饭。

游牧生活使贝都人无法拥有过多财产,所有非必需品都是累赘。身上的衣物、武器、马具、少量炊具、水袋和羊毛帐篷是他们的全部物资。正是这些物品和牲畜保障着他们每次的迁徙,而他们甘愿忍受艰难生活的目的也是它们。自大、个人主义和骄傲的性格不允许他们接受任何人的领导,他们宁死也不愿遭受羞辱。然而这个最民主的民族将血统放在了首位,多少世纪以来都靠匕首维持着自己血统的纯净。至于酋长,他会因出身而获得一定程度的尊重,但想要得人心,则必须自己争取。酋长是一个部落的带头者。他没有仆人,需要支付报酬给随从来执行其意愿和决断。酋长只有赢得尊重,部落居民才会跟随他,接受他的统治。如果酋长不得人心,部落居民就会转而追随他家族中的其他人,酋长的会客帐篷则从此门庭冷落。在露天沙漠中生存,想维护隐私是不可能的,一言一行都会被他人尽收眼底。说闲话是他们骨子里的习惯,他们知道所有发生过的事情。一声问候之后往往紧接着"有

第十章 历史背景

什么新鲜事？"。如果有人做了使自己增光的事情，他的同伴就会一边带他穿行营地一边高呼"真主让某某脸上有光！"，而如果有人做了丢脸的事情，其他人就会拽着他游街，同时高喊"真主让某某脸上无光！"，并将他驱逐。他们渴望赞赏，为此不遗余力地去争取，结果往往表现出戏剧性的行为。虽然嫉妒他人，但他们对部落成员又绝对忠诚。对这个民族来说，对人命的漠视可以让他们为了结世仇而轻蔑地捅死一个手无寸铁的牧羊男孩，但这样的罪孽也远远比不上对同伴的背叛。他们虽然漠视自己和他人的痛苦，但又并非故意这样残忍。他们对伤害自尊的言行非常敏感，并会迅速以羞辱进行反击——不管是真实的还是想象中的，但总的来说，他们是幽默而又轻松愉快的。

他们的性格充满自相矛盾的地方。天生喋喋不休，但为了体面愿意在正式场合几个小时默不作声。无视自然之美，却对诗充满热情。慷慨得不切实际，愿意把唯一的衬衫让给需要的人，而其热情好客更是远近闻名，会杀死一头心爱的骆驼来招待偶然走进帐篷的陌生人；但他们骨子里又很贪婪，像所有闪米特人一样贪图钱财。他们非常虔诚，在所有事物中都能看到真主之手。在他们看来，质疑真主的存在就如同亵渎神明一样是不可思议的。但他们并非天生的宗教狂热分子，也不是被动的宿命论者。在艰苦的环境中，他们历经坎坷走到人生的尽头，然后带着尊严接受自己的命运——这正是遵照了真主的意愿。

沼泽区芦苇丛生，水路如同迷宫一般，没有船只根本无法通过。它一定从远古时代起就是战败民族的庇护所、违法者和叛变者的聚集处。伟大的亚述国王萨尔贡二世曾被居住在沼泽区的迦勒底人打败。十年后，在战胜了埃及和以色列后，他于公元前710年重返沼泽区，打了场胜仗，并把这件事记录在豪尔萨巴德的宫殿壁画上。他狠狠报了仇，把迦勒底人赶到了叙利亚，用从北部高山抓来的赫梯俘虏替代了他们。

十六个世纪后，沼泽区变成了辛吉[1]的大本营。他们发动的起义撼动了阿拔斯王朝的统治。在人数众多的奴隶中，非洲裔占了大部分，他们在巴士拉附近为统治者排干沼泽。饱受虐待的奴隶发动起义，杀死了守卫，使那一地区陷入恐慌之中。但如果不是有非凡领袖的领导，他们的起义会很快遭到血腥镇压。在波斯人阿里·伊本·穆罕默德的带领下，他们将胜利果实保持了十四年，从公元869至883年，打败了一支又一支哈里发派来的军队。他们攻进巴士拉，占领了波斯西南部的阿瓦士，在巴格达附近二十英里内大肆劫掠。但最终不利因素太多了。阿里拒绝投降，他的军队最终被打败，头颅被胜利的一方带到巴格达。

到了17世纪，现代部落模式开始在沼泽区内外初现端倪。统治了幼发拉底河下游三百多年的蒙提费克部落联盟就起源于这一时期。三百多年前，一个麦加逃难者为躲避仲裁结果逃到沼泽区，虽费尽心力却仍遭暗杀。他所在的巴尼马利克

---

[1] 辛吉，对东非沿海地区黑人的统称。他们作为奴隶贸易的对象被大量引入伊拉克。

第十章 历史背景

部落带着他襁褓中的儿子躲进沙漠。多年后，长大了的男孩带领部落成员回到幼发拉底河，打败了他们的敌人。随着声望和影响力的扩大，越来越多的部落承认他的领导，其中包括从沙漠来的贵族游牧部落和血统模糊的牧羊人，但大部分是遭人鄙视的马丹人。在权力鼎盛时期，蒙提费克实际上已经成了独立的国家，具备与土耳其政府对峙的条件。在幼发拉底河下游更远处，巴尼阿萨德部落在库拜士附近建立了他们如今的家园。他们也给全盛时期的土耳其政府制造了不少麻烦。同时，巴尼乌麦尔部落也在古尔奈以西落户，卡阿布部落则统治了东部沼泽区。在底格里斯河，穆罕默德和他的两个有一半费莱贾特血统的儿子确立了对混杂的部落联盟的统治，将其命名为穆罕默德部落。更北端，一个叫拉姆的人的孙子建立了巴尼拉姆（意为"拉姆的孩子"）部落。这一畜牧部落实力强大，如今拥有约十万居民。

在沼泽要塞的庇护下，伊拉克的许多民族得以延续几千年。但真正支配马丹人生活的却是沙漠阿拉伯人的道德规范。从世仇制度到餐桌礼仪，马丹人的所有行为模式都以此为基础。

第十一章
赢得认可

库拜士位于幼发拉底河北岸。此处河道宽约一百码，河床较深，水流徐缓。举目望去，北岸是绵延几英里的茂密棕榈林，南岸是遍生芦苇的沼泽。在沿岸一条配备路灯的水泥大道旁，立着一排丑陋的砖房，包括地区办事处、警察局、小诊所、学校、俱乐部和官员宿舍。其中一些是新建的，但都被设计成一副荒废了的样子。如果它们能提供比附近村庄更舒适、更富足的居住条件，这不协调的外观还说得过去。这些房子要是坐落在草坪或花丛中，我都想洗个热水澡了。可它们现在被破烂的芦苇栅栏围着，四周随处可见破瓶烂罐和扯碎的旧报纸，怎么看都像是臭水沟被堵塞了。

沿河大道的一端是一个市场，市场里有一排商店，比亭子大不了多少。大道另一端饰有一座水泥桥，但不知道能派什么用场，因为它直伸进一大片环礁湖。这里的穆迪尔在受雇成为政府官员前曾是个木匠，这一带的建设就是由他亲自

第十一章 赢得认可

监督的。不过除了滨河区域,库拜士还是很美丽的。政府建筑后面隐藏着一片小岛。小岛受棕榈庇荫,由水路相连。水中铺满了水毛茛,一种闻起来像蜜一样的黄蕊小白花。棕榈树下盖着一座座芦苇屋和几座穆迪夫,其中一间是我留宿的地方。

来到库拜士是与萨达姆等人在拉姆拉分别几天后的事情,目的是将一封由内政部长出具的信函送给穆迪尔,以期他允许我随处旅行。在伊拉克,一个省又称利瓦,由穆塔沙里夫管理。每个省又被分为两个或两个以上的卡德哈,其管理者被称为凯马卡姆。而卡德哈又被划分为那西亚,那西亚的管理者就是穆迪尔。库拜士就是蒙提费克省(省会为纳西里耶)下辖的卡德哈苏格舒尤赫的那西亚。

一到库拜士,我就去拜访了穆迪尔。穆迪尔则邀请我和他一起在俱乐部进晚餐。俱乐部属于那种廉价的砖房,在当地气候下,必定夏季闷热、冬季湿冷。俱乐部前围着芦苇栅栏,栅栏底下生着一些由于缺水而耷拉着脑袋的百日菊。一片斑驳的草坪上立着一些铁制小圆桌,桌旁是染成绿色的铁椅。有两三个官员已经到了,其他人会陆续到来。一早上我就几乎见到了他们所有人。我们围着那些桌子喝茶,奉茶的是一个神情倦怠的老人,破旧的卡其布裤子过于肥大,而上身的夹克又过小。一个老师从房子里取出一台无线电收音机,安好天线后,就在接下来的四五个小时里不断地拨弄旋钮。在世界各地的音乐和朗诵声,以及时不时出现的大气干扰声中,其他人聊着津贴、阿拉伯政治和最近发生在纳西里耶官场的丑闻。我不喜欢阿拉格，于是没完没了地喝着黑茶，因为再没别的饮料可选了。主人们却和我的偏好完全不同，一直喝着阿拉格，还要求把酒再烫热一些，似乎完全忘了晚饭的事情。栅栏后面，一台发电机不停地发出轰鸣，给我们头顶上一个裸露的白炽灯泡供电。各类昆虫被灯光吸引，像雨点般落在我们的桌子上。铁制椅子带来的不适徒增无聊。直到午夜过后，穆迪尔才想起来吩咐人做晚饭，而卡巴卜和米饭并没有因等待而有什么特别之处。

那些官员大部分出生于库拜士附近一百英里以内的地方，但教育让他们只适应城镇生活。他们被发配到如此不适宜他们生活的部落区，每天都梦想和计划着调离此地。而且，只要还在这里，他们就不肯走出宿舍、办公室和俱乐部所在的方圆几百码的区域。在伊拉克的这些年里，我就没发现哪个官员对他们辖区内的部落人民有真正的兴趣或感情。不止一个人问我是如何忍受马丹人的，还说他们和野兽无异。

对于乡间美景，他们也毫无兴趣。去年夏天，我在库尔德斯坦与一个年轻的伊拉克警官在我认为世界上最美丽的地方度过了一天。他是两个月前被调派过去的，当时那里驻扎着一个大型游牧部落。八九千英尺的高山脚下是成片的橡树林，葱绿的山坡上，闪闪发光的清溪朝山谷蜿蜒流下，向更远处的紫色山峦奔去。熊出没于林间，野山羊攀爬着山峰，正是最美好的季节。当我拜访那位年轻人时，他坐在帐篷里，身旁是一台收音机和满满一烟灰缸烟蒂。"你能住在这里可真幸运！"我热情地说，但他脱口而出的是："幸运？我的天，

第十一章　赢得认可

要不是有收音机，我早疯掉了。一个文明人在这么个鸟不拉屎的地方能做什么？我的上一任待了一个星期就走了。他出了钱，于是被调离了。可我很穷，负担不起，只能坐在这里听巴格达的广播。"

沿幼发拉底河居住的库拜士人及邻近村庄居民都属于巴尼阿萨德部落。该部落经历了一段征服与被征服的曲折历史后，于三个世纪前从阿拉伯迁徙至沼泽区。在全盛期，他们吸收了很多非阿拉伯裔的弱势民族，这些民族既寻求他们的保护，也增强了他们的实力。在沼泽区，他们经常向土耳其政府发动战争，而且往往是胜利方。一战后他们仍常常寻衅滋事，直到英国在1924年打败他们并撤掉了他们的酋长，从此部落结构遭到瓦解。库拜士的农业收成很难预测。近年来部落人口达到一万人左右，越来越多的人依靠编席子维生。但即使在沼泽区生活了三百年，他们也仍将自己与马丹人区分开来。他们饲养奶牛，并且鄙视养水牛的人。

库拜士给人一种游荡者的感觉，而我很高兴离开那里，朝东漫游到哈米希亚的沙漠边缘再折返。我会在上午到达某个村庄，留下来吃午饭，下午再被主人引荐到另一个村庄。虽然当地很穷，有些人家更是极其贫困，但我在所到之处都受到了欢迎。只是有一个月，人们总是带着戒备默不作声地盯着我。没有隐私可言，我的一举一动都在他们的注视之下，哪怕是去方便，也有个男孩跟着我，理由是帮我防着狗。每当我离开屋子，我都能想象出他们对我的猜忌："他想干吗？他为什么来这里？除非有合理的理由，否则不会有城里人想来这里喂蚊子或者吃我们的食物。他一定是政府派来监视我们的，看看我们这里有多少壮丁，或检查我们的水牛。"

我的主人们都很礼貌周到，但显然急于甩掉我，而且视我为不洁之物。什叶派将仪式圣洁视为宗教义务，更严格者甚至不肯使用异教徒用过的杯子。鉴于这些人在他们的其他宗教仪式中出了名地马虎，这种特殊的区别对待多少有些故意轻视的意味。我想知道，作为一个基督徒和一个欧洲人，我什么时候才能像我渴望中的那样被他们接受。

直到我在北上法图斯的途中进入某个阿迈拉村庄的拉巴歇脚……

主人不在家，一个高个子的帅气年轻人接待了我们。送我来这个村子的人喝完茶后马上返回了自己的村子。主人则在日落时分回来。他叫阿比德，名字的意思是"真主的奴仆"。

吃完饭后，主人问："你的箱子里是什么？"

"药。"

"你是医生？"

"我懂一点医疗知识。"

"你会割除包皮吗？"

我从没割过，但我在医院和部落中观摩过很多次，所以冒险答道："会。"

"你能给我的儿子卡莱比德割吗？这里好几年没来过会包皮割除术的人了，我想让你给他割，这样他就能结婚了。"他指着接我进来的小伙子说。而此时，那个小伙子正忙着倒咖啡。我怀着忐忑的心情，答应在第二天一早进行手术。

第十一章 赢得认可

虽然《古兰经》里从没提过割礼，但穆斯林通常将其视为义务，因为先知就曾根据阿拉伯风俗割除过包皮。没有实行过割礼的人是不能去麦加朝圣的。在伊拉克南部部落中，不管是马丹人还是牧民，手术一般要等到成年后再做，很少在青春期以前进行，这个小伙子也是如此。手术由夏天行走于村庄之间的专门人士完成。报酬传统上是一只鸡，但更常见的是五先令。后来我见过他们的手术过程，简直令人发指。没有事先消毒，工具只有一把脏兮兮的剪刀和一条绳子。完毕后，伤口被撒上一种特制的粉末——那是从先前接受手术的人身上割下的包皮经过干燥处理后制成的，最后再紧紧缠上一块碎布。居住在当地环境中的居民获得了一种强大的免疫能力，但仍无法阻挡这类感染。有时那些男孩要忍受两个月的剧痛才能痊愈。一次，一个男孩在手术十天后找我进行治疗。虽然我早已适应了各种让人难以忍受的景象和气味，但那次的恶臭还是让我反胃。他的整个阴茎、阴囊和大腿内侧都已化脓，皮肤已经脱落，脓液顺着双腿往下流。最终，我用抗生素治愈了他。虽然不接受割礼会带来社会污名，但还是有些男孩本能地抗拒这件事。其他一些情况下，男孩的父亲不允许孩子那么做，因为怕没有人照料水牛。还有一些人称自己在出生时由天使实施过割礼了，这是一种在埃及也存在的迷信说法。但我后来访问过的苏艾德部落和卡乌拉巴部落的村庄是例外，那里几乎没有人进行过割礼——这在穆斯林中简直不可思议。

第二天早上，为避免屋子被血弄脏，阿比德建议我在室外手术。我看到水牛和一群人挤在院子里，实在谈不上是什么理想的手术环境。接着又出现了一群卡莱比德的同龄人，我猜他们是来给他打气的。我选了个看起来聪明伶俐的男孩做助手。卡莱比德找了个大木臼，倒放安置好后坐了上去。

我本期待第一次手术能快速完成。检查显示他包皮过长。我准备了一支装有局部麻醉药的注射器，但卡莱比德立即说："那是什么？"我说那是用来止疼的。"不不，我不想被针扎，直接割就行。"他无论如何都不肯改变主意，于是我想，虽然他表面镇定自若，也许心里和我一样紧张。手术花了些时间，他全程纹丝不动。结束后，他说了声"谢谢！"，便站了起来。接着，我的助手把刚才拿在手里的各式镊子往粪肥里一扔，挤开其他男孩坐在了木臼上，说："现在轮到我了。"我这才惊讶地发现，卡莱比德的九个朋友都是来做手术的。他们中最小的十五岁，最大的二十四岁，最终都在几天后痊愈了。显然磺胺粉和青霉素比包皮干粉有效得多。等我到下一个村庄时，消息已经传到那里，一二十个男孩已经在等候我的到来。

一段时间后，很少再有人让当地人做手术了，他们更愿意等我到访，或去我所在的村庄找我。有一次，我为了给一百五十个人做手术，从清晨忙到半夜，累得筋疲力尽。他们相信在术后闻到烤面包的气味或任何香气都会引起伤口发炎，因此通常用碎布头塞住鼻孔，并将洋葱挂在脖子上——如果能在当地商店买到的话。痊愈以前，他们不吃鱼、凝乳、西瓜，甚至多几口水也不喝。当地做割礼的人把那些迷信说法当成手术失败的借口。如果有不幸的年轻人因痛苦而张着

第十一章 赢得认可

双腿一瘸一拐地找到他们,他们就带着一副说教的派头解释说:"那个笨蛋肯定没有好好堵住自己的鼻子,闻到了烤面包的香味,或者多喝了水。"

从来没有医生来给马丹人看病。可如果马丹人去库拜士的诊所,就会被迫花钱买药,但他们认为那些药根本没用。无论我走到哪里,我的手术量都会与日俱增。从那时开始,我几乎没有哪天不在为沼泽区的人诊治,有时会来六七个人,有时一百多人。有时我还没起床,病人来把我叫醒了,可能是某个老人,气喘吁吁地靠近我说他咳嗽。大多数病症无外乎感冒、头痛、便秘或轻度外伤。这些病虽然要花些时间才能痊愈,但很容易治疗。对于其他重病患者,甚至是生命垂危的病人,有时我能帮上忙,有时我什么也做不了。每当这种时候,我都希望自己学过更多医疗技能。

常见的疾病有沙眼和其他眼部疾病、疥疮、痔疮、结石、各种肠道寄生虫、变形虫和杆菌引起的痢疾、血吸虫病,以及非性病性梅毒等,不胜枚举。非性病性梅毒是最常见也是最难治愈的疾病。它的症状和梅毒很像,但并不是通过性交传播的。实际上,这是雅司病[1]的一种,并且传染性很强。患者全身各处皮肤都可能出现溃疡,通常面积较大,并发出恶臭。每当屋子里有两三个这样的病人,我都会感到恶心。但不可否认,有些被我当作非性病性梅毒的病例可能是真的梅毒,但青霉素注射对这两种疾病都有效。当地几乎没有淋病。

---

1 雅司病,一种热带皮肤病。

七年里，我只见过三个淋病患者，他们都是在阿马拉感染的。对于人人深受其害的血吸虫病，我无能为力。因为治疗要求一个月的连续注射，但我从没在同一个地方待过那么久。我曾治好了我的划舟小伙，但他们总是再次被感染。还有流行性麻疹、水痘、腮腺炎、百日咳，以及在1958年感染了大部分马丹人的亚洲流感。在那次流感中，我的药物治好了很多由感冒引发肺炎的人。虽然日复一日地被各种各样的病人包围，但不知怎的，我和我的船夫都平安无事。这实在是让我感到欣慰，因为我十分惧怕在夏天染上那些疾病。

让我感到意外的是，我很少遇到典型的疟疾病例，即使有也是在沼泽区外感染的。但同时，许多马丹人会反复出现低烧，很多孩子有脾脏肿大症状[1]。当地最常见的溪流按蚊（学名 Anopheles pulcherrimus）携带有多种疟原体。而更可怕的斯氏按蚊（学名 Anopheles stephensi）则在沼泽区相对罕见。

接下来是意外伤害。房屋着火会造成严重烧伤，小孩子打翻水壶后被开水烫伤则更常见。遭野猪袭击的人也会被送到我这里。袭击通常发生在割芦苇或收庄稼时，偶尔也发生在打猎时。一个人曾被野猪顶伤手臂和大腿，肚子也被顶开一条三英寸长的深口，肠子露了出来。所幸没有肠穿孔，于是我设法将其回纳，又把肚子缝了起来。那人奇迹般地活了下来。一次，我被带到一个男孩家，男孩的半只手被突然爆炸的自制手枪炸掉了。我能做的只有将三根血肉模糊的手指

---

[1] 这些都是疟疾症状。

第十一章 赢得认可

截除。另一次，两个男孩半夜划船三小时将我带到他们的村庄。黎明抵达目的地后，我发现他们的父亲正捂着眼睛在地上打滚。他们告诉我，他的一只眼睛在两年前被打瞎。现在，内部压力迫使那只坏死的眼球突出眼窝，唯一能做的就是将眼球摘除。因为给猎物剥过皮，我对眼部构造有一些了解。我给那老人打了针吗啡，在其他人将他按住的同时，我摘除了他的眼球。术后，尽管有吗啡，他还是不停扭动，发出骇人的呻吟。醒过来后，他说痛苦减轻了很多。我又在他身边待了两天才离开。六个月后再次见到他时，他已经康复。

还有很多时候，我也无能为力。另外失败也是有的。一个因痢疾去世的小男孩的脸至今仍时时在我眼前出现。他们很难相信我什么也做不了。他们有时会从很远的地方赶来，希望我能治愈在痛苦中即将死去的癌症老人或快咳出肺来的肺结核女孩。他们不断地央求我："给我们点药吧，朋友，给点药。"其实，如果有些人愿意去阿马拉或者纳西里耶的医院，他们是能被治愈的。但出于对医院的恐惧，很少有人同意这么做。

马加尔、库拜士和阿马拉的医生很可能会因我缺乏资质而鄙视我，但实际上并没有。正相反，他们中的一些人还向我提供建议和药品。巴格达的内政部长同意我在沼泽区行医，但他提醒我，如果有人因为我的帮助而死亡，他的家人找起麻烦的话，我是无法免于刑事诉讼的。但我愿意承担这一风险。事实上，我给很多已经垂死的人提供了治疗，但事后没有一个人认为是我害死那些人的。

第十二章
与法图斯人在一起

离开阿比德的村庄后，我来到一处建在基巴沙上的小屋。因为病人太多，小屋的地基没入了水中。我的诊治过程是在齐脚踝深的水中完成的。虽然主人一再表示没有关系，但在我离开时，他看起来大大松了一口气。

马布拉德村是我的下一站。那里沿水道两岸建了四五十座小屋，每座小屋有自己的迪宾，彼此间隔着浅浅的水渠。同样，又有一大群吵吵嚷嚷的人在等着我，我花了三个小时，在黄昏时分才应付完。招待我的是村长穆赫辛，一位不招人喜欢的老人。我请他的儿子们帮忙，可他们一个劲干傻事，还乱拿药品，让我很烦躁。他们就是他们父亲的年轻版本，有着一样的长鼻子、窄鼻梁和尖里尖气的声音。最后，我实在受不了了，给那两个最捣蛋的家伙两片奎宁。没多久，我就听到他们跑到屋后干呕去了。可让人恼火的事还没完。我等了两个小时，才有人送来晚饭。而且除了一盘结块的米饭

第十二章 与法图斯人在一起

和一碗脏兮兮的脱脂乳,就什么都没有了。吃完饭又是等待,这回等的是茶,可穆赫辛一点沏茶的意思都没有。突然,他的一个儿子扭头大喊:"天哪!那是什么?"只见他冲出去大喊:"着火啦!着火啦!"我们都跟着他,挤开水牛跑了出去。

在我们下风向的第二座小屋着了火。整个房顶都在燃烧,橙色的火苗乱窜,火星四溅。我们钻进独木舟朝它驶去。还没到达,前面的小屋也着火了。借着强风,两个房子的火花都往其他房子溅去。火光映着水面,大批船只往这里赶来。房子的主人们不停地跑进跑出,把抢救出来的物品扔到独木舟上,再赶回去救别的东西。女人在痛哭,男人在哀号,狗在叫,受惊的水牛扑通跳入水中。而在所有嘈杂声音之上的是呼呼的火声以及夹杂其中的噼啪作响。我们到达第一座房子时,第三座房子也烧了起来。一个惊慌失措的女人怀抱一个婴儿把我推开,身旁还有个小男孩在拽着她的裙子大哭。她把婴儿递给独木舟里的一个女孩,又将那个哭喊着的男孩推了进去,接着又冲了回去。几秒钟后再出现时,她手里抱着被子。

我在门口撞到了一个老人和他的儿子,他俩正努力拖拽一袋谷子。我帮他们将谷子拖上船后,他们又回去拖另一袋。屋里还有好几袋谷物,都很重。而此时,隔壁的房子整个烧着了。火光中,一个女人看着熊熊大火,不停地捶着胸。屋顶开始塌陷,火星蹿到空中,好几个人跳进了小屋之间的水渠。我们正将另一袋谷子往外拖时,只听有人大喊:"这儿也着了!"我们抬头看到屋顶也开始着火。很快热浪就让人受不了了，火舌朝我们袭来。只剩一袋粮食了，但我们不能再进去了。"快点！"老人大喊。于是我们跳到了水里，朝旁边的房子蹚过去。人们正在朝那座房子的屋顶泼水，防止再被引燃，但显然无济于事。

那天晚上，马布拉德有十二座房子被烧毁。最后一座烧起来就像火葬用的柴堆，把黑漆漆的水面映得一片通红。我们来到对面，眼看着它烧尽。夜很黑，头顶是清晰的星空，没有热浪的包围，夜风更显冷了。其他被烧过的地方现在是一堆堆的灰烬，风吹过的时候重新闪起火花。男人们为这场战斗兴奋不已，嚷嚷着他们的英勇事迹。女人们则在远处哭作一团，为失去的房子和财产而悲伤。

一个陌生男子对我说："过来和我们喝茶吧，朋友。"回到穆赫辛的房子后，我看到了第一户房子失火的人家。男主人丢了头巾，白衬衫也被严重烧焦。他个子矮小敦实，脸上布满皱纹，门牙残缺不全，和两个儿子蹲坐在地炉旁。大孩子年约十七，肩膀上有一大片水疱。房子另一端坐着个老太婆，估计是家里的老奶奶，正在放声哀号着。而她身边的年轻女人只是默默地坐着，怀里抱着一个孩子，身旁还依偎着两个。穆赫辛总算是沏了些茶，说："幸好起火时大家没有睡觉。上个月，萨达的那场火就是在人们睡觉时发生的，结果赛义德的老婆和孩子都被烧死了。"

那家男主人告诉我，起火时他和儿子们正在隔壁房子里。"我们救出了孩子，然后打算救出步枪。枪在褥子底下，但是我找不到。阿里就是在这时被烧伤的。所有的东西都被烧光了，枪、盒子里的八个第纳尔、被褥、衣服,所有的一切,还有粮食——所有的一切。好吧,这不是我家第一次着火。今晚——十二座房子被烧,就这么没了!赞美真主。"他无可奈何地加上最后一句。

老奶奶整晚都在哭泣,但是没有人安慰她。男人和他的两个儿子睡在我旁边,我把毯子分给了其中一个孩子。不过,至少他们的水牛和独木舟还在,这些财产才是最重要的。一旦地面凉下来,他们就可以再盖一座房子,周围有很多合适的加萨卜。村里人也会为他们提供粮食和寝具,炊具还是可以捡出来用的。最大的损失就是步枪了。第二天早上,我给了男人几个第纳尔,帮他重新买枪。

我们花了两个小时来到去年我和杜格尔·斯图尔特拜访过的阿瓦迪亚村。村庄不大,属于法图斯部落。为了抵达那里,我们先穿过了一个芦苇包围的小湖泊,然后沿着一条宽阔清浅的水道前进。芦苇中的第一所房子尚未出现在视野里,沼地村庄那熟悉的嘈杂声就传来了。它由各种声音交织在一起——女人舂谷时沉闷的撞击声、水牛的低鸣声、犬吠声,当然还有公鸡嘹亮的啼鸣。村庄散落在芦苇丛中。贾西姆·法里斯那小小的穆迪夫就在村子的远端。它建在一处比水面略高的迪宾上,整个结构向左倾斜。贾西姆本人立于门口。他是个瘦高男人,穿一件白衬衫,一眼看上去就让我觉得亲切。他的面颊向内凹陷,鼻子坚挺,唇部线条刚毅,眼神慈祥。他的儿子法利赫去年就招待过我们,见我们来了马上拿着毯子和垫子跑进屋去。他如今已经十五岁了,很帅气,但是看起来有点暴躁。他的头部感染了一种真菌，整个头皮长满了疮痂。但他总是仔细地用头巾包好，我只在后来帮他治疗时看到过。这种感染在孩子中很常见，通常在十四岁左右会痊愈，但很多人会永远长不出头发。

我在贾西姆那里待了一个星期。法图斯人把我当自己人对待，我很快就感觉像回到家一样。在这里，我们从一开始就用同一个杯子喝水。每天早晚，法利赫都划舟带我去附近的湖边打野鸭。但野鸭总是离得太远，我们只好退而寻找黑鸭、苍鹭和鸬鹚，总之都是马丹人可以吃的禽类。我打了只鸬鹚，马丹人告诉我它味道鲜美，像鱼一样。我只吃了一口，那味道几个小时都没从嘴里散去。

一天早上，法利赫和他一个叫达乌德的表兄弟划舟带我朝陆地方向驶去。很快，我们就钻出了加萨卜，来到一片方圆几英里、长满了枯萎的香蒲的水域。新芽正从去年的残枝败叶中长出来，但还没有高到遮住枯叶的程度，即使坐在舟底看也是如此。那里到处是水鸟。沙锥从我们身旁起飞，忽左忽右地飞远了。一群群小型涉禽从水面掠过。流苏鹬、塍鹬、杓鹬、红脚鹬和反嘴鹬，以及一些我叫不上名字的涉禽，都在淤泥中寻找食物。另外还有琵鹭、䴉、白鹭，以及灰色和紫色相间的苍鹭。我还远远听到一次大雁的鸣叫。鹞在近地面处捕猎，鹰在头顶盘旋。法利赫和达乌德奋力撑杆，将衬衫系在腰间，努力让小舟驶出淤泥。

我们本希望能到达陆地，但是几英里宽的干涸地面将我们与开阔平原隔开。游牧的蒙提费克部落就住在那片平原的

第十二章 与法图斯人在一起

黑帐篷里。"阿拉伯人",法利赫这样称呼他们。他承诺另找时间带我过去。"我们一定要拜访巴德尔的儿子穆赫辛,"他说,"巴德尔是他们中间最了不起的人,也是我父亲的朋友。我父亲曾在英国人抓捕他时把他藏了起来。你没听说过巴德尔吗?'像巴德尔一样慷慨',阿拉伯人到现在还这么说,而且他的儿子们就和他一样。等洪水上涨时我们再过去找他。"

我在回程中打到了几只紫水鸡,法利赫坚持说这种鸟味道很好。它们的体形和大小与白骨顶相近,但起飞后,会拖着长长的腿。在夏季,可食用的鸟类只有紫水鸡和春季就迁徙过来的云石斑鸭。

达乌德一直没太说话,突然羞涩地问我是否能带上他去阿马拉,因为他的父亲在那里的监狱服刑。"他以前在塞加尔为伊萨的酋长服务,"他告诉我,"有一天,酋长派他去逮捕三个找麻烦的阿宰里杰人。那三个人被父亲带回去后遭到了酋长的鞭打。于是他们发起反抗,其中一个用棒子把我父亲打晕了。父亲醒后取来步枪打死了那个人。可是酋长不但没有保护我的父亲,真主诅咒他,还把我父亲交给了政府,导致他被判了十年监禁。我的妈妈和我来这儿投奔我的舅舅贾西姆。六年过去了,我想去看看我的父亲。"

达乌德是个奇怪的孩子。他大部分时间都很开心,常常喋喋不休,但偶尔会陷入沉默。贾西姆听说达乌德要跟我去阿马拉,告诉我他很高兴。"他很想他的父亲,自从他父亲入狱就没再见过他。刚开始他有好多天不说话,也不吃饭。去年,他突然变了个人,没人知道怎么回事。他边到处转悠边说'达乌德已经死了'。我们把他带到弗瓦达圣地，他才好起来。"

每天晚上，男人和小伙子们都会划舟赶到贾西姆的穆迪夫，把舟停在门口，进屋沿墙而坐。最初几天，我们只是聊天，直到有一天，贾西姆提议唱歌。"对，感谢主，我们唱歌跳舞吧，"其他人都附和道，"让我们敲开了玩。哈雅在哪里？他今天从马布拉德回来了。鼓在哪里？给英国人看看我们马丹人是怎么娱乐的。去吧，法利赫，把鼓和铃鼓拿来。达乌德，把哈雅找来。"

法利赫带着两面鼓回来了，另有人取回两个铃鼓。鼓身是由陶土制成的，形状像上粗下细的花瓶，大概十八英寸长。宽的那端直径约八英寸，附着一层薄薄的鼓皮。窄的那端是敞开的。哈雅来了，他看起来和法利赫、达乌德的年纪差不多。在法利赫的鼓声伴奏下，他唱了几首歌。受到歌声的吸引，又有很多人划着舟来到穆迪夫，已经人满为患的屋子里更拥挤了。哈雅的歌声很动人，而且他的脑子里有一长串曲目，有的活泼轻快，有的哀怨婉转。过了一会儿，他、法利赫、达乌德和十几个男孩围成了一个圈。两个看起来很调皮的男孩极不情愿地被拖进圈里为大家跳舞。他们是兄弟，大的那个十三岁左右。哈雅和法利赫各拿起一面鼓，用指尖敲出一种快速、随意的节奏。另两个男孩敲打着铃鼓。其他小伙子则跟着拍子敲着中指，右脚的脚后跟跺着地板。

最初，跳舞的兄弟俩缓缓地转着圈子，一副不情愿的样子。他们举着手臂摇摆身体，肘部和肩部在差不多的高度。随着节奏加快，他们的胳膊越摇越低，身体不断扭动，脚上动作也越来越快，前后左右不断变换位置。其他人开始无拘无束地唱起了歌。舞蹈就在这时迎来了高潮。两个男孩突然站立不动，分开双脚，臀部发力，前后快速摇摆身体。接着，随着摇摆变缓，他们的身体抖了起来，好像每一块颤抖的肌肉都在将痉挛传给下一块。最终，两人不经意地终止了动作，朝观众露齿一笑，坐了下去。

但人们根本不让他们坐下来。他们一遍遍重复着刚才的表演，每次稍有不同。看到孩子进行这种模仿性行为的表演，我虽感到惊讶，但并未觉得下流。当晚，在观众们的宗教唱诵声中，他们还对穆斯林礼拜进行了一种亵渎和不雅的模仿，一个男孩撅着屁股，另一个男孩在他身后做出具有暗示性的动作。因为习惯了穆斯林循规蹈矩的行为，我紧张地朝一个值得尊敬的赛义德看过去，那天早上他刚带他的两个成年儿子来我这里割除了包皮。他们三个唱得和其他人一样来劲。

第十三章
沼地中的世仇

第二天夜幕降临，我和达乌德坐在穆迪夫中，为六七个赶来看病但并不打算留宿的人诊治。门外有几处火光，人们为给水牛驱蚊点起了火，浓浓的烟幕笼罩着水面。蚊子开始出现了，住在芦苇丛中，不难想象夏天将多么难挨，即使对马丹人也是如此。我已经很难留意周围富有节奏的蛙鸣了，但此时它突然被另一种突兀的声音替代了。其他人也注意到了。"有人被蛇咬了，"达乌德说，"蛇很多，最近我们刚在屋顶打死一条。"那凄惨、不安的声音持续了很长时间。

两年后的夏天，我又来到这座穆迪夫。我正想用芦苇扇子扇风，突然感觉有东西在我身后。我刚打算伸手去摸，直觉阻止了我。转过身一看，原来是一条浅色的、约两英尺长的蛇。我用扇子柄将它弄死了。

蛇在夏季经常出现。马丹人说毒性最强的是阿比德，这种蛇长约四英尺，体形粗壮，身上由黑渐变为深红。即便如

第十三章 沼地中的世仇

此，我只在南伊拉克遇到过一次蛇咬事件。那是在斋月期间，在当年正赶上夏季。一个男人和他十四岁的女儿准备去库拜士卖一些手工奶酪。为躲避高温，他们在夜晚登上了独木舟。刚迈进去，女孩就踩到一条蛇，被咬到了脚。女孩不出半小时就死了。她的脸乌黑，被人抬出去时口鼻处流出黑色的血。这件事发生没多久，我就抵达了那个村庄。马丹人好像嫌那些活生生的毒蛇还不够可怕，坚信有两种蛇怪存在——安菲什和阿法。第一种通体长毛，第二种有腿。两种怪物都栖息在沼地中心，并且能轻易置人死地。

晚饭过后，法利赫刚清理好餐具，就见一个瘦脸男人走进来，左手缠着血迹斑斑的布。伤口很深，那是他在割芦苇时弄伤的。他的眼睛是深琥珀色的，目光凶恶。此人从法图斯部落的另一大村庄加比巴来，那里距离这里有两小时路程，位于塞加尔方向。

几年前，我和杜格尔·斯图尔特曾借住在沙漠边缘的游牧部落伊萨的宿营地。伊萨部落那时控制了塞加尔一个很大的沼地村庄，以及周围的肥沃稻田。他们以此占领了加比巴，并在那里建起了一个小的泥头堡，派人驻守在那里，直到加比巴的法图斯人奋起反抗，重新赢得独立。加比巴起义的第二年，我和杜格尔匆匆路过这个村庄。由于和村民发生过流血冲突，我们的来自伊萨部落的船夫手持步枪，严阵以待。

那个来到贾西姆的穆迪夫让我为他包扎的人正是反抗起义的一个头领。我询问了一下关于起义的事情。他激动地说："伊萨人没有权利待在那里，他们不是马丹人。他们是沙漠来的游牧部落。加比巴属于沼泽区，属于法图斯部落。那些迪宾是我们的父亲建造的。自从他们的酋长占领了加比巴，日子就没好过。大部分村民都离开了村庄，在其他地方重新盖了房子。我们为什么被赶出自己的家园？"

"对，凭什么？真主诅咒伊萨人！"有人附和道。

"所以我们决定战斗。我们在斋月的第十二个夜晚包围了堡垒。当时太阳已经落山三个小时，月光明亮。我们知道里面有六个人，领头的叫法来吉。"我们让老扎伊尔·阿里去劝降，但他们骂我们，说马丹人是狗，是狗娘养的。如果我们再靠近就杀了我们。于是我们喊着战斗口号'我们是阿利娅的兄弟'，划着独木舟冲了上去。"

所有人都聚精会神地听着，被这个部落战斗的故事迷住了。他们中许多人一定听过不下二十次了。

"他们有机关枪，子弹可以像冰雹一样打在我们身后的芦苇上。但感谢主，那个奴隶不会开枪，要不我们那天晚上会死很多人。我们跳出独木舟后，先开枪崩了两个人，然后又用刀杀死了两个。正当我们冲向堡垒底层时，上面一个漏网的伊萨人隔着楼板朝我们开枪，打掉了一个人的鼻子。受伤的人喊：'有人从上面开枪。'于是我们一齐朝天花板开枪，打死了那个人。就剩法来吉了，我们让他投降，但他拒绝了。他确实很勇敢。他看见爬上楼梯的法图斯人，开枪打死了两个。那是兄弟俩。然后，他喊着自己的战斗口号从楼上跳了下来，被我们打成了筛子。他的小儿子还在，乞求我们饶他一命。他不值得被杀。如今他逃到了塞加尔，与伊萨酋长们在一起。

第十三章 沼地中的世仇

那天有十二个法图斯人牺牲了。"

故事一讲完,法利赫突然站了起来,跺着脚喊道:

> 卡拉伊姆的母亲不要悲伤,
> 因为卡拉伊姆是倒在了战场上。

其他人立刻站起来围成圈,跺着脚跟着喊了一遍。

法利赫跑出去,取回一支步枪,朝房顶开了一枪。我也加入其中,用自己的步枪开了十枪。更多人加入了进来,口号声一浪高过一浪。最后,大家筋疲力尽地停下,贾西姆让达乌德去商人那里再买些糖和茶。我问卡拉伊姆是谁,他们说那是在带领大家冲向堡垒时牺牲的人。

三年后,我住在伊萨人中间。斋月结束的那天,新月在日落后升起。第二天,分散在各处的部落赶来向酋长致敬,开斋宴将在他的大会客房举行。他们在黎明时分出现在平原上,或骑马,或步行,每个部落都举着自己深红色的旗帜。终于聚到一起之后,骑着马的互相追逐,徒步的围成圈跺起脚,边开枪边喊:

> 我们会回到开阔的水域,
> 我们会找回我们的法来吉。

——于是我想起曾有一个晚上,我听一个杀死法来吉的人讲起法来吉是如何死去的。

第二天一早，我离开了贾西姆的村子。达乌德送我，另有两个贾西姆的随从带着李-恩菲尔德式步枪为我护航。我们在芦苇间的狭窄水道穿行，水道被堵塞得厉害，里面长满了金鱼藻和其他各种水草，看起来像苔藓覆盖的小路。船夫艰难地在植物中穿行。在这次行程中，我们路过了加比巴——一座拥有三百间房屋的村庄，又接连经过了一些湖泊。继续往北是塞加尔西边郊外的稻田。村庄以东是一个直径三四英里的湖，湖将沼泽与陆地分开。在这个时节，沼泽区只延伸十五英里左右，与阿宰里杰部落的村庄相连。而到了后面的洪峰时期，大部分沙漠都会被水覆盖，成为沼泽的一部分。

塞加尔是我见过最大的村庄。村庄被宽阔的水道一分为二，两岸狭长的干燥地面上立着许多穆迪夫和商店。此外还有四五百座马丹人小屋，大部分建在迪宾上。一座砖砌堡垒守护着村庄东口。因为伊萨人是在穆罕默德部落的威胁下匆忙建造它的，如今堡垒已经出现裂痕。对面的南岸也建了一座砖砌建筑，众多房间围出一个小广场，用于战时防御。三十码开外，一座宏伟的十一拱穆迪夫建在一片伸进湖中的长条形陆地上。砖房和穆迪夫都属于阿卜杜拉，他是玛兹亚德的叔叔，也是塞加尔的代表。玛兹亚德酋长本人和他的部落住在陆地上，住在塞加尔的伊萨人只有玛兹亚德的部分亲戚和随从。大部分村民都是法图斯人和沙干巴人，以及少数穆罕默德人和阿宰里杰人。

阿卜杜拉当天不在家，但他的儿子塔希尔在。小伙子

第十三章 沼地中的世仇

十六岁，热情友好，继承了沙漠阿拉伯人的礼貌周到。他带我来到穆迪夫，里面已经坐了几个身穿黑袍、带着武器的男人。他们是前来拜访的陆地伊萨人。贾西姆的两个法图斯随从对伊萨人没有好感，喝完前面几杯咖啡就回阿瓦迪亚了。达乌德在塞加尔倒是很安全，因为他的父亲哈希姆不是法图斯人，而是加拉人。加拉部落很小，三三两两地分散在沼泽各处。跨过湖区对达乌德来说是危险的，因为那边有哈希姆杀死的阿宰里杰人的同族。此刻，考虑到阿卜杜拉背叛了自己的父亲，达乌德默不作声地坐在那里摆弄着串珠，不理会塔希尔的努力示好。

哈希姆终于出狱之后住在阿瓦迪亚，我也是在那里与他结识的。他是我接触过的最有魅力的马丹人之一。十年的狱中生活让他白发丛生，皱纹密布，看起来比实际的四十岁老得多。他很穷，但对我总是热情款待，还教了我许多关于马丹人的风土人情。他和阿宰里杰人的恩怨并没有结束，因为部落民族认为牢狱生活无法免去杀人者的罪责。在他们眼中，血债只能血偿，或通过抚恤金赔偿。但哈希姆的部落太小太分散，即使阿宰里杰人同意接受抚恤金，他也拿不出这笔钱。不过，只要哈希姆在阿瓦迪亚与法图斯人生活在一起，就不会有危险。不幸的是，命中注定他会离开那里。

哈希姆尚未出狱的时候，他的内兄贾西姆将他的女儿许给穆罕默德部落的人，索取了七十五第纳尔的彩礼。按传统，贾西姆会用其中一部分置办被褥和其他家居用品作为新娘的嫁妆。哈希姆出狱后向他的内兄索要剩下的彩礼，但遭到了拒绝，理由是那些钱已经用来供养哈希姆的家人了。按照部落传统，父亲有权将已婚的女儿带回家，哪怕违背她的意愿，或者女儿已经生了孩子，但条件是必须将彩礼全部奉还。虽然哈希姆的女儿已经生了一个孩子，但他还是行使了这项权利。当夫家要求返还彩礼时，哈希姆说贾西姆会还这笔钱。但贾西姆并没有出这笔钱，于是夫家将哈希姆告上了法庭，两个警察要将他带到阿马拉进行审问。不知道是交了霉运还是落入了圈套，那两个警察是阿宰里杰人，而与哈希姆有宿怨的家庭故意让警察带哈希姆从他们的村庄经过。哈希姆在得知路线后进行了强烈抗议，但警察向他保证，他们只是在当地有公务要办，只要哈希姆与他们在一起就不会有危险。

他们在苏格塔维勒的警察局吃了午饭，刚刚出门准备继续上路，就遇到了一群人。被害人的兄弟上前一步用从酋长那里借来的左轮手枪朝哈希姆的胸膛开了枪。哈希姆想拿出匕首，但是倒了下去。袭击者又开了几枪后逃走了，警察佯装前去追赶。哈希姆躺在倒下的地方，血流不止，但无人靠近。一个小时过后，警察回来将他抬进警察局。他用最后一点意识控告那些人谋杀了他，然后就死去了。

哈希姆被害六个月后，我见到了达乌德。他买了一把左轮手枪，准备只身前往阿宰里杰部落的村庄寻找杀死他父亲的人。他的精神状态本来就不稳定，六个月前的打击似乎使他精神失常。我试图劝阻，但他只是无谓地重复着："达乌德十年前就死了。"此后，我再没见过他。

第十四章

重返加巴卜

傍晚,塔希尔带我乘坐他的塔拉达荡舟湖面。沿途景色秀美,同伴也亲切可爱。与他同行的还有一位身披金色刺绣斗篷、举止优雅、沉默不语的少年。起先我以为他是塔希尔的亲戚,后来我才知道,他是法来吉的儿子,也就是当法来吉在加比巴之战中被杀死时和他在一起的那个孩子。当我们在暮色中返回穆迪夫时,看到成群的蝙蝠从村庄飞向沼泽。如此之多的蝙蝠白天躲藏在穆迪夫中,常常掉下粪便把屋子搞得污秽不堪。麻雀也会带来麻烦,因为它们会弄断捆绑拱肋用的加萨卜,虽然我并不知道它们如何以及为什么这么做。第二年,我从英国带回了一把气步枪,结果它简直成了与一本正经的陌生人打交道的最佳开场白。从那时起,哪怕最不苟言笑的老人都会嚷嚷着要一显身手。如果想交朋友,帮他们杀死点什么总是管用的。

第二天一早,我和达乌德继续朝阿加尔出发。行舟于银色的湖面上，轻捷如燕子般的灰色燕鸥从水面掠过，数不清的野鸭正赶来为春季迁徙做准备，看到我们靠近便纷纷飞远。身后，塞加尔村里来来往往的独木舟静静地穿梭着，不去打扰正要醒过来的村民。渐渐地，村庄在地平线上消失不见，只剩下阿卜杜拉的穆迪夫还立在它原来的地方。我们再次回到沼泽中芦苇蔽日的天地，发现短短几天工夫，新枝的高度就已经超越了残茎。两个小时过后，我们出乎意料地来到一片开阔水域，水域中央的两座小岛便是阿加尔了。其中大的那一座属于沙干巴部落，岛上约二百五十座房屋挤在一起，几乎没有落脚之地。小一点的岛屿属于穆罕默德部落，跨度约一百码，岛上只有三十户人家。两个村子都效忠于马吉德·哈利法。我们跨过一排矮栅栏，踩着地上湿漉漉的植物，进入一间大大的拉巴。迎接我们的是尤尼斯，一个神情透着智慧与优雅的清瘦男人，虽然个性沉默内敛，但看起来很友好。

屋子里挤满了人。一个来自古尔奈的年轻赛义德坐在上座，一边以在古尔奈建立清真寺的名义收敛着钱财，一边借机警告众人，说审判日即将来临。我注意到他对我的闯入十分不满。没过多久，他就问他的听众，如果有异教徒玷污了他们的房子，救赎还如何降临呢？在一旁煮咖啡的尤尼斯只是默默地听着。等煮好咖啡，他站起来转身对赛义德说："我是个单纯的马丹人，不是神学家，但我一直认为英国人比我们纯洁。自从他们赶走土耳其人，统治了这块土地，我们中有一些人见过他们，而所有人都听说过他们。他们不撒谎，不收取贿赂，不压迫穷人。而我们穆斯林呢，众所周知，样

第十四章 重返加巴卜

样不落。但最重要的是，这个英国人是我的客人。欢迎你，朋友！"对我表示了欢迎后，他又继续说，"在我家里，客人们都用同一个杯子。这是我的习惯。不能接受的人只好渴着了。"我坐在离其他人稍远的地方，他先来到我这里，用手里唯一的杯子给我倒了一杯咖啡。我喝完后，他又将同一个杯子续满，递给下一个人。所有人都喝了咖啡，除了那个赛义德。

过了一会儿，一个阿加尔本地的赛义德走了进来。他很清贫，一生中大部分时间都在割饲料、喂水牛，看上去与任何贫穷的马丹人没有两样，除了他头上的绿头巾。在我身边坐下后，他问候了好几次我的健康。我猜他是听说了另一个赛义德的行为，于是急于补偿我。晚餐过后，他对尤尼斯说："听说我们的朋友喜欢歌曲和舞蹈。我是汉志人的后代，就让我为他展示汉志人的舞蹈吧。"说完，他跳起一种庄重的舞蹈，足尖在地面上旋转，与马丹人那种奔放的蹦蹦跳跳完全不同。我感谢了他的表演。另一个赛义德则退到了角落，坐在那里数起了串珠。他是我见过的所有赛义德中唯一对我无礼的一个。很多赛义德在初见我时都比较疏远，但随着时间推移，他们就会热络起来，还有一些成了我的亲密朋友。一些最德高望重的赛义德还会将女眷带来请我治病，或带儿子过来让我施行割礼。而对于割礼这一宗教仪式，他们往往更倾向于请穆斯林来做。

第二天早上，尤尼斯建议我们去村子最远端的拉巴观看婚礼表演，因为他们从马加尔请来了一位著名的哈卡宾塔。当时我们已经听到远处断断续续传来鼓声和歌声。那男孩穿着猩红的长袍，饰带上缀着人造珍珠，耳朵上戴着沉甸甸的金耳环。他那经过精心梳理的长发披在肩上，散发着香气。再加上胸脯被垫高，又化了妆，一看就是男扮女装。虽然他带着妓女般的矫揉造作，但他的舞确实跳得好。他一手拿一个响板，这正是专业舞者的象征，因为村里没有人用过这东西。奇怪的是，他的舞姿完全没有阿瓦迪亚那些男孩子的淫荡，是一种高水平的专业舞蹈表演。可我无意中听到的评论却毫无例外地关注他在其他方面的倾向。

部落中没有放荡的女人，也没有妓女。要想败坏一个女孩的名声，仅靠谣言就足够了。名声败坏的女孩会被家人杀死，目的是挽回家族的名誉。处决者通常是女孩的兄弟，他既无法容忍姐妹的行为，又想留在部落里。因此，小伙子在婚前是不可以与女孩同居，甚至爱抚女孩的。年轻男子会在同性身上满足性欲，但他们必须小心行事，不要表现出任何反常行为。按马丹人的说法，哈卡宾塔是城镇中的职业男妓，但我从没听他们谈论过同性恋问题，不论是理论上的，还是特指自己群体中的某个男子。与我们相反，他们有时会无所顾忌地提及自慰，还会拿驴子来开玩笑。

观看完舞蹈，尤尼斯带我来到一个院子，他的独木舟正在那里等着重刷沥青。沥青无法保持一年以上，一年后就会开裂，导致进水。如果是暂时修补，人们会用火把将裂开的地方重新封好。马丹人认为夏天涂沥青比寒冷季节效果更好。在芦苇栅栏中，有几条独木舟泊在岸上。其中一条底朝天，舟底和舟身上的旧沥青已经被四个男孩剥得差不多了。一个

第十四章 重返加巴卜

大一点的男孩正用小火熔化着金属片上的块状新沥青。院子里到处都是破旧的独木舟和木板，满溢着温热的焦油香气。大男孩喊道："阿里，尤尼斯来了。"只见一个穿着脏兮兮的衬衫的男人从一座小屋中走出。尤尼斯问："我的独木舟涂好了吗？"阿里回答："还没有，但是快了。鸡崽们刚把旧沥青剥掉。""鸡崽"是马丹人对小孩的别称。他在墙根铺了一张芦苇席，说："请坐，我们去把活干完，你们随意些。"他朝一个男孩叫道："哈桑，我的儿子，去告诉他们沏茶。"我和他说我们已经在尤尼斯那里喝过茶了，而且在看舞蹈的时候也喝了不少，但他坚持说："没关系，喝点吧。"接着就去检查独木舟了。

裸露的木板上到处是孔洞和裂痕。阿里从地上找到碎木块，用锛子削成合适的形状，再敲进较大的孔洞里。接着，他的大儿子用一把铲子舀出沸腾的沥青，厚厚地涂在舟底上，阿里则将沥青控制在四分之一英寸的厚度。完工后，独木舟看起来就像新的一样油光锃亮。

阿里回到我们身边坐下，点燃一支烟。"等会儿你就能把独木舟划走了。"然后，他叫哈桑去取桨。我注意到，每到晚上，村民们就将独木舟停在远离房屋的一个跨度一百码的湖上。尤尼斯解释说，那是为了远离水牛，防止它们吃沥青——这种习惯在一些村庄的水牛身上有，其他的则没有。马丹人每到一个陌生村庄，会先问当地的水牛是否吃沥青。而阿加尔的水牛吃沥青是远近闻名的。

他们还告诉我，那些沥青块来自幼发拉底河畔的希特，距巴格达不远。我曾去过希特，见过那些冒着泡泡的沥青池，炽热的沥青就从那里涌出地面。沥青经冷却后会裂成块，变得像碎石路面一样，再被人们运往其他地方。在南伊拉克没有适合造独木舟的木材。造船人喜欢用桑树做船肋。至于舟身船板则采用进口木材。许多沼泽区内及周边的大型村庄里都有像阿里这样的手艺人。在库拜士以南、幼发拉底河附近的胡瓦尔，有一整个村庄都从事这一产业。他们不只造独木舟，还造双桅帆船。哈吉·哈迈德是那里最著名的工匠，他造的塔拉达在周边地区家喻户晓。不过也有其他手艺人和他的水平不相上下。而马丹人一眼就能看出某条塔拉达出自谁手。

胡瓦尔的村民都是穆斯林，但其他地方的造船者则主要是萨巴人。萨巴人又被称为苏巴人，虽然在《古兰经》中作为"有经人"与基督徒和犹太人一起被提到三次，但他们广受轻视，没有穆斯林愿意和他们同食同饮。萨巴人的教义禁止身体伤害，因此他们从不进行割礼。穆斯林将"苏巴"作为对不行割礼的成年人的蔑称。萨巴人的明显标志就是他们的大胡子和红白格子头巾。他们总共不过几千人口，主要分布在巴格达、巴士拉、苏格舒尤赫和阿马拉，而他们的银制品也在这些地方相当出名。在沼泽区，如果你看到穆斯林村庄附近有离群索居的人家，特别是在院子里饲养家鸭的，可以断定那就是萨巴人家了。由于不知什么原因，穆斯林只吃野鸭，不吃家鸭。萨巴人每周日都要做洗礼，将全身浸入水中，如果接触了不洁之物，或因违背教义而玷污了仪式纯洁性，也要进行洗礼。因此，不明所以的欧洲人将他们视为圣

第十四章 重返加巴卜

约翰[1]一样的基督徒。实际上,虽然他们也崇拜至高无上的神,但他们是异教徒。据我所知,他们的宗教包含摩尼教[2]成分,并不来自伊斯兰教,并且他们的仪式语言是阿拉米语[3]。

在沼泽区,孩子们喜欢将芦苇捆成小筏子,有时在一端做出一个船头,然后乘坐这种原始的手工制品在村庄里穿梭。我还在苏格舒尤赫以南、幼发拉底河的一条分支附近见过一种有趣的小舟。它的名字叫扎伊马,用加萨卜编成,外面涂有沥青,长约十英尺,最宽处约有两英尺半。船主告诉我,因为沥青无法重涂,扎伊马的寿命只有一年。他还向我展示了制作过程。首先,取长度大于船长的加萨卜,每五六根扎成一捆;这样做出六捆后,将它们一捆挨一捆紧紧固定在一起,做成龙骨;龙骨两端留十八英寸未固定部分,并将其朝上弯曲。然后,取五根长芦苇,折成U形,穿过龙骨两端留出的部分,并将龙骨收紧;重复这一步骤,直到船身和船尾成形;为使船更加结实,他用许多船肋对船进行加固,每条船肋都由两三根柳条扎成。接下来,用几根芦苇捆成束,一束压一束铺在船底,盖住船肋,并形成船内板。最后,他将三根粗木条作为横坐板卡在船两端,并用沥青将其固定。再接下来就可以为扎伊马涂沥青了。如今,即使最穷的马丹人也拥有木船。但在交通不便、木材难寻的过去,这种小舟非常流行。

---

1 指施洗约翰,他曾为耶稣与众人施洗。
2 摩尼教,公元3世纪中叶波斯人摩尼创立的一种二元论宗教。
3 阿拉米语,属亚非语系闪语族阿拉米语支。从6世纪开始在近东地区通行,后成为波斯帝国官方语言和宗教仪式语言。

而在过去的巴格达,一种圆形的、名叫库法的小舟也很常见。我曾在位于库特南端的萨阿德部落附近见过这种小舟,再往南就没见过了。

我打算从阿加尔出发到加巴卜,以便将达乌德带到阿马拉。尤尼斯派了两个侄子护送我们,其中一个撑舟离岸时笨手笨脚,使舟里进了好多水。好笑的是,另一个孩子鄙视地问他:"你是阿拉伯人吗?还是库尔德人?"意思是他肯定不是个马丹人。我们整个去布穆盖法特的行程都需要穿过密密的芦苇荡。出发没多久,我们就遇到了正在搬家的一家子。两个男孩坐在独木舟里赶着几头水牛,跟在他们后面的是一条巴拉姆,一个老人和一个小伙子边划船边用约德尔唱法[1]驱赶着水牛。船后部坐着一个女人和三个孩子,最小的那个光着屁股,只在脖子上戴了个银项圈。另外,还有两头水牛犊、一只猫和一群母鸡和他们待在一起。而船前侧则堆着他们的家当,包括房屋框架、芦苇席、水罐、煮罐、成袋的粮食和一摞被子。所有物品的最上面放着奶油搅拌器,一条狗就站在搅拌器的木腿间朝缓缓经过的我们吠叫。

萨达姆听说我们抵达了阿加尔,就等着迎接我们回加巴卜。我问起他的儿子奥达,他回答:"他吻您的手。他去商人的铺子了,马上回来。"差不多我前脚刚登岸,第一个病人后脚就到了。一个年轻人在独木舟里痛苦地打滚呜咽。疼痛位于他的肾脏,我怀疑他有肾结石。为了缓解他的痛苦,我试

---

[1] 约德尔唱法,真假声快速交替的唱法。

第十四章 重返加巴卜

着用辣椒凡士林轻轻按摩他的痛处。等痉挛过去后，他宣布我治愈了他，而我自觉比以往任何时候都更像庸医。可我的"辣药"却迅速走红，因为几乎所有沼地居民，哪怕是小孩子，都遭遇过这种他们称之为哈萨拉的痛苦。曾有个十二岁的男孩给我看过几块结石，最大的有豌豆那么大，都是他排尿排出来的。另一次，一个自命不凡的年轻赛义德让我给他一些"辣药"，说自己不时受到哈萨拉的折磨。我用空火柴盒给他装了一些，告诫他不要使药物接触眼睛，并且用完后要洗手。十分钟后，他又回来了，说话语无伦次，让人无法理解。原来，由于只有他自己才知道的原因，他将辣椒凡士林涂在了私处。他龇牙咧嘴地跳着脚，声称那疼痛简直要了他的命。我只能建议他用水和肥皂把自己彻底洗干净。我的一个划舟小伙看到了他的窘相，乐不可支，建议他去老婆那里让自己冷静下来。

第二天一早，天刚蒙蒙亮，达乌德就把我叫醒了，说有人送来了一个受伤的男孩。一对夫妇将他们十二岁的儿子抱进了屋里。那孩子的蓝白条纹衬衫被撕破，到处是鲜血，而他面部的下半部分盖着一块已经被血浸透的布。他的脸色苍白，大大的黑眼睛注视着我。我问发生了什么，他们说："他被狗咬了。"男孩在发抖，我用我的毯子给他裹了起来，又生了一堆火，烧了些水。然后，我用温水浸润他的面部，将那块布慢慢移开。他的一侧脸颊被撕裂后垂在下方，露出他的后牙。而在他的手臂和肩膀上也有多处咬伤。他一句话都没说，但不眨眼地盯着我看。我给他的伤口进行了清理和消毒，撒上磺胺粉，然后小心地将脸颊缝回原来的位置。他紧闭双眼，但是一声都没哭。等我缝合完毕，他小声说了一句："谢谢你，朋友。"这是他说的第一句话。我给他打了一针青霉素，然后把他安顿在火炉旁。

萨达姆也来了，我们一起坐下来喝茶。孩子的父亲告诉我，他来自达乌卜，沼泽区东部的一个村庄。他的儿子在睡觉前出去了一下。"我们的狗——你见过的，萨达姆，就是那条大畜生——扑到我儿子身上，咬住了他的胳膊。胳膊上满是伤口。然后它把他拽倒在地，朝喉咙扑过去。感谢主，它没咬到，不然孩子就死定了。可是孩子的脸被咬下来了。那小鸡崽没发出一点声音。真的，萨达姆，我出去想看看水牛为什么不安分，才发现我的儿子在搏命。主是仁慈的。我们听说你在加巴卜，立刻把孩子带了过来。出发前我先开枪打死了那条狗。"

我担心孩子感染狂犬病，但孩子的父亲向我保证那狗从没离开过他们的迪宾。他们在下午时分动身回家，我往那孩子手里塞了一个第纳尔，让他买件新衬衫，孩子紧紧把钱攥在手里。他的伤口恢复得很好，虽然脸上留下了一条新月形的伤疤，但是嘴巴没有变形。马丹人认为狗从不攻击女性，而且我也确实没遇到过这类事件。

听说我喜欢他们的舞蹈，萨达姆决意要给我一个难忘的夜晚。吃饱喝足后，他拿出鼓和铃鼓。这两样乐器都刚刚在炉火旁加热过，为的是让鼓面紧绷。刚刚听到几声试音，附近的村民就赶来了。阿杰拉姆和他的父亲一起出现，侯鲁带着两个比他还瘦小的弟弟也来了。弟弟们嗓门更加尖细，很

第十四章 重返加巴卜

快就和着哥哥唱起了"你早年是个暴君"。布穆盖法特的首领沙汗也赶来了，带着他的弟弟哈法德以及一帮村民，其中包括后来成为我的划舟小伙的亚辛和哈桑。

众人之中还有一个叫达希勒的法图斯男孩。他是个孤儿，贫困潦倒，走到哪里都跟人吵架，结果只能从一个村子流动到另一个村子寻找放牛的活计。因为他脾气古怪，人们谈起他时都带着愤恨的情绪。他很喜欢瓦迪的妹妹。瓦迪十四岁，是个活泼开朗的男孩，就坐在达希勒旁边。这会儿，听到有人怂恿，达希勒就起身跳起了舞。他的表情和动作以滑稽的方式传递出一种委屈和愤怒。他是当晚的活宝。包括阿杰拉姆在内的其他几个小伙子也跳了舞，但人们总是一遍遍喊着达希勒。阿杰拉姆的父亲侯赛因非要加入。他在年轻时也蛮出名的，但现在只会瞎蹦乱跳了，就像一头会表演的大象。萨达姆说："坐下，侯赛因，让达希勒再跳一个。"侯赛因这才停下。

当晚，我身旁坐了几个我不认识的人，告诉我很高兴见到我回来。我停留了两天，比两个月之前的拜访时间久，但他们让我感觉自己已经在那里生活了好多年。聚会是在临近破晓时分结束的。走出房间，东方晨曦微露，眼前仍是一片昏暗，只听见船桨拍着水花的声音和人们的互相道别。这样一群友好的人教我如何能无动于衷呢？

第十五章
法利赫·本·马吉德

马吉德·哈利法是穆罕默德部落在整个马加尔地区的酋长，也是沼泽区内大部分领地的领主。作为伊拉克议会代表，他大部分时间待在巴格达，将大片土地留给他的长子法利赫管理。我在沼泽区又待了一年后才见到他。当时我正从加巴卜经过，听说他近期已从巴格达回来，萨达姆和村里其他长者都去拜访过他了，于是我决定也去拜访一下。我在一天清晨出发，请亚辛和哈桑替我划舟。这两个小伙子来自布穆盖法特，已经在我身边待了六个月了。独木舟是亚辛的，他年约十六岁，身材高挑匀称，有着运动员式的体格，五官舒展，富有魅力，并带着一丝蒙古血统的痕迹。哈桑和他同岁，但是矮墩墩的，热衷于捕猎野禽，拥有一支可怕的本地牌子的前膛枪，枪管是用黄铜线捆在一起的。我说服他把枪留下，将我的枪借给他用。在那两个孩子中，亚辛性格更强势一些，也更擅长划船。虽然他还没成年，但即使以马丹人的标准来看，

第十五章 法利赫·本·马吉德

他也技高一筹。

迈杰尔河是底格里斯河的分支,并在大迈杰尔处分流为阿迪尔河和瓦迪耶河,两条河流向沼泽区延伸八英里,大部分流入灌溉水渠后消失。我们沿一条水渠行驶,最后汇入了阿迪尔河,也就是马吉德的村庄所在地。哈桑用系在前横板的绳子拖着舟逆流而行,亚辛用桨在船尾掌舵。我们经过了一连串村庄,最后在大概十点钟方向看到一座方方正正的大砖房。那是马吉德的私人住所,墙面已经开裂,看起来饱经风霜。在它身后是一座破旧的穆迪夫,整个身子歪向一边。虽然附近堆着成捆的加萨卜,但马吉德显然还没盖好新的穆迪夫。穆迪夫也就是马吉德接受觐见的地方,此时门口正逗留着一群人。一个男人出来将我们带进室内。马吉德从他的地毯上站起来和我们一一握手。虽然他中等身材,但因为肩宽腰圆,看起来比实际上更矮些。这位在年轻时呼风唤雨的人物,如今大腹便便,走路一摇一摆,晚年风采已不比当年了。他的脖子又短又粗,红彤彤的脸庞上蓄着银色的胡茬。他的眼睛又小又红,透出咄咄逼人和傲慢的目光。他看起来像兽穴中刚刚被人吵醒的猛兽,脾气阴晴不定。他叫人搬来两把铺着天鹅绒、外形像箱子的松木扶手椅。两把椅子相对而放,分别置于屋子两端。他请我坐在其中一把上,自己坐在了另一把上。穆迪夫里人很多,我感觉如果我坐在地面上,就不会这么引人注意了。

问候了我的健康后,马吉德就继续处理他的事务了。他既精明,又雷厉风行,但很少在意其他人的感受。如果有人表示抗议,他就用一个眼神让对方闭嘴。坐在他旁边记录决议的抄写员是个恭顺的中年人,脸上有麻印。两人都穿着深色无袖罩衣,披着棕色斗篷。但马吉德的斗篷质地更加精良,薄如蝉翼。既然土地都归马吉德所有,那么他的决断就不可能公正不阿,一切以土地最大产量为准绳。虽然以贪得无厌著称,但他确实是个精明能干的地主,对自己的每一寸地产都了如指掌,对决定丰收与否的水位高低有半个世纪的判断经验,对何时、何地建坝,何时放水、放多少水,也没有人比他更清楚。

马丹人仅用枯枝、芦苇和泥土就能在五十码宽的奔涌河流上筑坝,对此我一直觉得不可思议。不光修筑这类堤坝需要大量人力,清理水渠和加固河堤也是如此。和阿拉伯人一样,这些农民也很少有集体意识。不管多重要的事情,他们都要争吵几个小时才能达成一致,否则就任其自然。即使是这样,到了约定好的那一天,出现的也只是一小部分人,而且很快就会因为灰心丧气而四散离开。马吉德知道该做什么,直接下达命令,强制执行。如果有人敢逃避任务,等着他的就是被摁倒在地,鞭子伺候。

总的来说,城镇里的官僚和知识分子都憎恨酋长,嫉妒他们的财富,急于摧毁他们手中的政治权力。他们口若悬河地谈论如何没收土地分给农民,却忽视了一个事实,那就是伊拉克并没有相应的灌溉系统。虽然阿马拉省的大酋长个个都善于敲诈勒索,并且独断专行,但就像马吉德一样,他们都是农业高手,从童年时代起就积累了大量关于土地的知识。

他们对土地的热爱超越了对个人利益的追求。如果他们被巴格达或摩苏尔的官员替代,那么即使那些官员愿意留下,他们也要花上好几年时间才能了解当地的情况。因为与个人利益无关,他们不会在乎收成的好坏。而水资源将吸引他们的注意力,他们会把水卖给那些付得起钱的人,而不是最需要水的农民。"你想要水?那你能给我什么呢?半第纳尔!你还敢来这儿浪费我的时间?出去。"这一场景实在不难想象。解决方案并不是没收酋长的土地,而是确保酋长允许农民保留更多粮食,并保障他们的土地使用权。

在穆迪夫中待了三个小时后,人群开始渐渐散去,我感到又饿又无聊。屋里人走了大半时,有人端来了餐盘,上面有烤鸡、烤鱼、米饭、面包和汤。按照马吉德的吩咐,有人搬来一张摇摇晃晃的桌子放在我面前,又把餐盘放在了桌子上。待我洗完手后,马吉德邀请我开始进餐。我本以为他会和我一起坐在桌边,但看他没有过来的意思,于是我要求把餐盘放到地上,以便让亚辛和哈桑与我一起吃。"不,不,就坐在你那里吧。不用管他们,待会儿有人给他们上饭。"他生硬地回答。但我坚持说我习惯坐在下面与我的同伴一起吃饭。"不,不,你吃吧,就坐在那里好了。"他说完就转身和别人说起了话。这实在不是待客之道,我十分恼火,只吃了一口米饭就站了起来,叫人拿水给我洗手。此时所有人都看着马吉德,马吉德则问我有什么问题。我答道:

"没事。非常感谢您,我吃饱了。"

"哦,如果想在地上吃那就在地上吃吧。"他嚷道。

我再次感谢了他，告诉他我确实吃饱了，然后回到了我的位置上。亚辛和哈桑看我不吃，也没有吃饭。没待多久，我们就走了。

之后的一年多时间，我都没接触过马吉德。但他第二次接待我时态度大变。他坚持让我留下来过夜，并提供美食，像所有阿拉伯人一样精心招待客人。那以后，我又多次在他的穆迪夫中留宿，虽然我从不喜欢他，但我开始尊重他。

在打算回到加巴卜的那天早上，我们决定先去瓦迪耶河畔法利赫的穆迪夫里住一夜。他前一年曾招待过我们，并要求我们一定要回去看他。可是因为我和杜格尔·斯图尔特在阿马拉见到的那些酋长，我对所有酋长都产生了偏见，于是到现在也没有成行。那些住在浮华又粗俗的城镇房子中的酋长没一个给我留下好印象。在经历了马吉德的招待后，我更不想去拜访他的儿子了，所以我建议直接回加巴卜。但亚辛说："不，我们去法利赫那儿过夜吧。他不一样。"

两个小时过后，法利赫热情地在穆迪夫中接待了我。"我一直盼着你能回来，"他说，"我从马丹人那儿听到很多关于你的事情。他们经常把你当医生。我敢保证，我们村的村民也会来管你要药品。你已经去过沼泽区了，现在该轮到我们给你展示点什么了。最近有没有打野猪？什么！一头都没有？那等洪水一上涨，我们就一起去吧！"

那段时间，他正忙着监管水渠清理和堤坝加固事宜，好赶在洪水到来前完工。我正好借此机会逗留了一个星期，加深对那些与马丹人截然不同的农民的了解。我们每天早上乘

第十五章　法利赫·本·马吉德

坐法利赫的塔拉达出发，傍晚回来，中午就在沿途经过的村庄吃饭。就和他预测的一样，每天都有许多村民来到他的穆迪夫，而我则在出发前和回来后给他们诊治。在扎伊尔·马海辛的村庄，我们见到了马那提，就是那个被野猪袭击过的人。看到他虚弱、佝偻的样子，我惊讶坏了，想起了那个老人的话："那头母猪毁了马那提。"

"那个小伙子不错。"法利赫指着帮扎伊尔·马海辛准备午饭的两个小伙子中的一个说，"他们的老父亲，苏格卜，干不了活了，就靠阿马拉支撑着家。他们家很穷。"法利赫问那小伙子："说真的，你叫阿马拉，是因为你妈妈是在阿马拉的市场上把你生下来的吗？"阿马拉笑着回答："是的，但从此以后我再没回去过。"他身材单薄，但长相英俊，行动机敏，镇定自若，拥有一种与生俱来的贵族气质。相反，另一个小伙子则笨手笨脚，也远谈不上帅气，不过一看就是个敦厚的孩子。法利赫管第二个孩子叫萨拜提，并说村里的商店就是他父亲开的，他们家光景很好，也很好客。萨拜提看起来很开朗。第二天早上，我见到了这两个小伙子，另外还有一些从五英里开外的其他村子赶来的男孩子，都在法利赫的穆迪夫外面等着让我行割礼。我问阿马拉，他们做完手术后该怎么回家。他说："我们等疼痛缓解，不流血了，再步行回去。"他们正是这么做的。

在自己的穆迪夫里，法利赫总是维持着作为酋长的尊严，但到了村子里，他就既亲切又不拘礼了。村民们热情招呼他的场面令人动容。孩子们总会蹦蹦跳跳跑到我们前面，高呼着"法利赫来啦",而当我们抵达门口时,父母们就会簇拥着他请他光临自己的家。偶尔,他也会严厉,甚至残忍,村民们却越发敬重他,我也从未听人说他判决不公。他满足了人们对于酋长的期待,出身高贵的他是村民们敬重、信任和惧怕的领导者。所有人都羡慕他的枪法和马术,也喜欢看他轻松地驾驭独木舟——这可是许多酋长都做不来的。在酋长当中,马吉德和穆罕默德·阿莱比从更加艰苦和意气风发的年代走到今天,威望不减当年。而其他大部分酋长,特别是年轻一代,则普遍肥胖、懒惰。他们总是担心自己的健康,愿意为各种专利药品当小白鼠。穆罕默德·阿莱比的儿子贾西姆是唯一能与法利赫齐名的酋长,可惜他死了。如今人们常说:"只剩下法利赫了。"

一周后,我准备离开加巴卜,花十英镑为自己买了一条空间充裕的独木舟,稳定性也十分出色。亚辛说:"现在你是我们中的一员了,我们可以带你坐它去任何地方,苏格舒尤赫、库特、巴士拉,任你选。"我们在六个星期后乘它返回法利赫的村庄,上岸后,我自豪地问法利赫:"你觉得我的新船怎么样?"

"不错,但是你要看看我为你准备的东西。"

他对一个仆人吩咐了什么,那仆人离开后,撑着一条崭新的塔拉达回来了。黝黑锃亮、线条流畅、船头高高翘起,它朝着我们缓缓驶来。"昨天刚从胡瓦尔送到这里。它是你的了,是我为你定做的。"法利赫说,"你可以把自己当作马丹人,但实际上你是酋长。这条塔拉达配得上你。"

第十五章 法利赫·本·马吉德

亚辛赞叹道:"天哪,真漂亮!出自哈吉·哈迈德之手,而且是他造得最好的一条。再没有比这更好的了。"

我很感动,试图表达我的感激之情,但法利赫把他的手放在我的肩上说:"Sahib inta sahibi(朋友,你是我的朋友)。"

那天晚上,法利赫建议我再找两个像亚辛、哈桑一样的小伙子,将人手配齐。但年纪大一些的已婚人士都不愿意连续几个月离家。阿马拉和萨拜提听说后,第二天早上过来表示愿意提供服务。我问他们需要多长时间痊愈,阿马拉说:"因为是你做的手术,我们已经痊愈了。我三天后就割芦苇了,其他人也一样。"

阿马拉身上有种迷人的气质,但我怀疑他是否足够强壮,能应付长途划塔拉达的任务。不过,同样来自费莱贾特的哈桑向我确认,阿马拉比他看上去强壮。亚辛来自沙干巴部落,而萨拜提来自一个鲜为人知的部落,我从没听说过。我告诉阿马拉和萨拜提,他们可以加入队伍,于是他们留在了我的身边,直到我离开伊拉克为止。虽然阿马拉比其他人小很多,但他性格最强势。萨拜提完全遵照他的旨意行事,哈桑偶尔提出异议。只有亚辛有时会对他的领导表示憎恶,但很快就会发现自己成了被孤立的那个。阿马拉和萨拜提很快学会了帮我医治村民,阿马拉通常负责注射。我从没给我的划舟小伙付过定期工资,因为我想要的是同伴,不是仆人。实际上,我给他们置办服装,给的钱超出他们的预期。后来,他们结婚了,我还在彩礼上提供了帮助。当有人问起,英国人是如何支付酬劳的,他们会自豪地回答:"我们没有工资,我们是出于高兴才陪伴我们的朋友的。他很大方，很照顾我们。"

那一年，我们乘着我的塔拉达，穿过了中部沼泽，顺着幼发拉底河一路驶向古尔奈。我们先回到塞加尔，再次拜访了陆地上的伊萨部落，又经过了阿宰里杰部落，对那里的人和酋长仍没好感。我们还再次见到了贾西姆和他的法图斯村民，并遇到了达希勒，那个在加巴卜快乐舞蹈的男孩。他仍然贫困潦倒，而且日渐消瘦，血吸虫病及其并发症正在消耗他的生命。经过无数争吵，我才说服他到巴士拉进行治疗，但离开时他流下了眼泪。我把他送到医院，并留了一封信给我的副领事朋友弗兰克·斯蒂尔。

至此，时间已到了夏天，只要我们从密不透风、遮天蔽日的芦苇丛中驶过，沼泽区那黑压压的蚊子就会在我们头顶盘旋，哪怕是在白天。到了晚上，炎热让我们一块轻纱都不想盖，蚊子就贪婪地吸吮我们赤裸的身体。我们很高兴能离开沼泽区，转而拜访马加尔区域附近的村庄，在农民当中结识新的朋友。但是，不管我们的行程是长是短，我们总会回到法利赫的穆迪夫。有时人们看见了我们的塔拉达，法利赫就会亲自来到岸边欢迎我们。偶尔我们也会在夜半或黎明时分归来，我们就自行在空着的穆迪夫中就寝。咖啡师老阿布德·里达会在清晨发现我们的到来，然后就马上告诉法利赫，他的朋友来了。

和绝大多数酋长不同，法利赫不喜欢城镇生活，很少去巴格达或阿马拉。但他有时会去马加尔附近的亲戚家住一两天，通常拜访的是他的叔叔穆罕默德，也就是马吉德最小的

第十五章 法利赫·本·马吉德

弟弟,一个虽然贫穷,却慷慨大方、受人爱戴的人。穆罕默德有个命运不济的儿子,名叫阿巴斯,是个二十岁、矮墩墩的小伙子,也是法利赫最喜欢的堂兄弟。作为法利赫的同伴,我在穆罕默德处度过了好几个愉快的夜晚。在穆迪夫就餐完毕后,我们会来到他房子中的一个私人房间。他的随从里有几个男孩有着过人的歌唱和舞蹈天赋。一个小伙子尤其擅长以在我看来极其夸张的方式模仿当地官员在闲暇时间享乐的样子。

正值捕猎夜间破坏稻田的野猪的季节,穆罕默德住处附近就有一个沼泽。我和法利赫穿梭于芦苇丛里纵横交错的水道,寻找野猪的踪迹。我有一天打到了四十七只,另一天是四十二只。这些猪都属于欧洲和印度品种,但体形异常庞大。我对两头中等体形的猪进行了测量,每头肩宽都有三十七英寸。很遗憾我没量过体形最大的那些。它们白天通常栖身在水道旁潮乎乎的窝里。窝一般宽六英尺,由几码长的灯芯草堆成,很可能是野猪咬下来再叼回去的。洪水泛滥的时候,野猪就离开沼泽,迁徙到枣园里去,那里通常野棕榈树丛生,荆棘密布,我曾在其中一个里面见过狼和三只幼崽。我和法利赫会惊动野猪,虽然让人兴奋,但常常无功而返。有时,我们会策马追赶猎物,在马鞍上开枪。

但我计划在秋季前往巴基斯坦北部的山区,离别终将到来。临别前的最后一晚,阿马拉、萨拜提、亚辛和哈桑(现在他们管自己叫我的人)陪我一起待在法利赫的村庄。傍晚,我们都来到穆迪夫外,坐在草地上乘凉。从六月起持续了四十天的风在前不久刚刚停歇,此刻空气是静止的。日落时分,湍急的河流对岸传来一群豺怪异、短促的阵阵嚎叫。月亮升起来了,蝙蝠在我们头顶俯冲、盘旋。我们吃着赛义德的果园里的甜瓜和葡萄,喝着酸橙茶。阿布德·里达拿着咖啡从穆迪夫中走出来,说:"你在将要去的地方是喝不到这样的咖啡的。趁还能喝到,再喝点吧。"法利赫说:"别离开我们太久。"

第十六章

法利赫之死

"欢迎，朋友，欢迎！"阿布德·里达的小儿子忙不迭地站了起来，把身旁的人摇醒。"快起来吧，英国人回来啦，快去告诉法利赫。我去叫我父亲。"穆迪夫的席子上躺着几个人，这会儿一个接一个坐了起来，系紧头巾，整理斗篷。待他们上前问候时，我认出了这些人，他们都是法利赫的随从。"欢迎你，朋友，欢迎。真是让人高兴的一天。你有日子没来了。"

我在1952年7月的最后一个星期离开，此时已是2月的某个下午。七个月过去了，但感觉比这更久。在那段时间里，我穿越白雪皑皑的兴都库什山脉[1]，抵达吉德拉尔河[2]的发源地——湛蓝冰冷的库鲁巴湖；从巴罗吉尔山口俯瞰瓦坎德，远远地瞥见奥克苏斯河的风采；在蒂里奇米尔峰[3]脚下的冰川

1　兴都库什山脉，亚洲西南部的高大山脉，主要位于阿富汗境内。
2　吉德拉尔河，位于巴基斯坦北部与阿富汗东北部。
3　蒂里奇米尔峰，兴都库什山脉最高峰，位于巴基斯坦北端。

过夜,住在桑园环绕的昏暗、简陋的小屋中,那也是努里斯坦省边界最后的卡菲尔[1]黑人的居住地。如今,再次回到沼泽边缘法利赫的穆迪夫,我感觉像回到了家里。

牙齿稀疏、弯腰驼背的阿布德·里达匆忙赶来。"法利赫前一天晚上还提起您呢,想知道您什么时候回来。萨达姆有一天从加巴卜过来也问起您。欢迎,欢迎!今天过节了!"我们正围着地炉喝咖啡时,法利赫进来了,我们起身。法利赫给了我一个拥抱,亲了我的脸颊,并问候了我。"你怎么走了这么久?我们上个月一直在等你。是不是,阿布德·里达?不管怎样,见到你太好了。马丹人听到消息肯定会高兴的。阿马拉和萨拜提总问我你什么时候回来。他们要是听到消息肯定会第一时间赶到。"喝完咖啡,他说:"朋友,你已经不是客人了。你来到这儿后不能再住穆迪夫了。你现在是家庭一员,必须住在我们的家里。"他转身对一个随从说:"贾西姆,你把朋友的东西搬到我家去。"

他住在单层砖房里,砖块都是在当地烧制的。走到房前,他说:"这才是你的家。欢迎,请进!"我们走进其中一个房间,墙上挂着装饰绚丽的画像。其中一幅是什叶派圣人阿里和侯赛因骑在马上把敌人砍倒在血泊中。还有一幅是马吉德的巨幅照片,镶在金框里。房间四周摆放着盖有红红绿绿的丝绸的床垫,床垫上放着颜色各异的靠垫和枕头。整个房间看起来宽敞、舒适,完全不同于过去二三十年间有钱的酋长

---

[1] 卡菲尔,穆斯林对非伊斯兰教徒的通称,即"异教徒",带有贬义。

第十六章 法利赫之死

为招待伊拉克官员和欧洲游客修建的迪瓦尼亚———一种住起来又憋闷又难受的砖砌客房。那些房子在无人居住时闭窗锁门，到处铺满厚厚的灰尘，烟蒂在地板上随处可见。还有标准的伊拉克式扶手椅，粗犷、笨重，衬有深色天鹅绒软垫，一成不变地沿墙壁而立，每两把椅子间还会挤进一张小桌子。在那样的房子里，酋长要隔着窗栅费劲地和来访者说话，而其他人则保持适当的距离。

法利赫最喜欢的堂弟阿巴斯也在，但正急着回到马加尔附近的父亲家里。法利赫说："明天一起打猎，如何？我们去沼泽边看看有没有野鸭，没准还能碰上野猪。阿巴斯，这会儿英国人刚来，还想明天和我们打猎，你可不能走。我派人马上把你的枪取回来。你可以明晚再回去。急什么？你又不是回去结婚。"不幸的是，阿巴斯让自己被他说服了。

早上，吃过煎鸡蛋、米粉薄饼和加糖的热水牛奶后，我们走进明媚清冷的室外。我们查看了法利赫的马，三匹血统纯正的阿拉伯灰色母马，每匹都身披毯子，被拴着前腿。之后，按惯例拜访了穆迪夫的客人后，我们来到法利赫的塔拉达前，船夫已经在等我们了。"达伊尔，我们是去希尔干河河口找野鸭吗？"达伊尔笑了，他是个灰白头发的老人，也是法利赫最信任的随从。

"谁知道呢。可能会找到，但最近野鸭好像都飞走了——因为涨水了。但白骨顶应该很多。"

法利赫、阿巴斯和我迈进了塔拉达，法利赫的儿子阿布德·瓦希德坐进了一条独木舟，我们顺支流漂下。阿巴斯坐在法利赫和我中间，他的子弹带就放在我前面的地垫上，我注意到有几发标有"L. G."字样的子弹随意混在其他子弹中。他说那是阿布德·瓦希德给他的，让他补充子弹带用。我说："那些子弹只能用来打猪。看在主的分上千万不要用来打鸭子，否则你会误杀别人。"为了证实我的话，我将其中一发打开，给他看里面的七颗大弹丸，然后放进了口袋。我建议法利赫也警告他的儿子，他照做了。

到了沼泽边缘，我们从塔拉达出来，分别改乘独木舟，由一个船夫划桨朝芦苇丛中驶去。其他人去寻野鸭，我走另一个方向寻找野猪。但水位很高，野猪显然已经转移到干燥的陆地上去了。我能听到其他人的枪声，但回到集合点时，发现他们已经在那里了。原来他们没看到野鸭，只是开枪打了一些白骨顶。法利赫问我想继续打猎还是回去等着吃饭。我说都可以。他说："我打了九只白骨顶，想凑个十只。午饭还要等一个小时，我们继续打猎吧。"这次，我加入了他们的队伍。

我们与河岸保持平行，相隔几码排成一行，在一簇簇灯芯草之间前行。法利赫和阿巴斯在我右边，阿布德·瓦希德在我左边。白骨顶偶尔飞起来，顺风从我们头顶飞到后面。正当我停下来捡猎物时，我听到有人误向我的方向开了一枪。声音来自右方，我喊道："我的天哪！看看你朝哪里开枪呢！"不远处，我们看到法利赫的独木舟在一片水域中间静止不动，离芦苇丛有五十码远。我的船夫看了一眼，大喊："法利赫受伤了！"然后疯狂地朝他划去。

第十六章 法利赫之死

法利赫朝前倒下,由达伊尔托着。他闭着眼睛,看起来神志不清。他的白衬衫上有两团血迹。我让我的船夫把船稳住,我俯身拿起法利赫的手腕,还有脉搏。然后我解开他的衬衫,在他的左胸上有个青色的圆形伤口,血不停地往外流着,显然那是一颗大弹丸造成的。阿布德·瓦希德赶来了,问发生了什么事情。"是阿巴斯。"达伊尔说,这是他第一次开口,并朝附近的芦苇丛点了点头。我环顾四周,没看到任何人。

其他四个人瞬间哀号起来,一遍遍重复着:"我的父亲啊,我的父亲。"三条独木舟就像救生艇一样随波浪起伏。我生气地对他们说:"住嘴!坐在这儿哭有什么用。我们必须马上把他弄上岸。达伊尔,你扶稳他,我们一边一个划桨,拉上你的独木舟。"他们立刻停止哭泣行动起来。

水岸在三百码外,我能隐隐看到那里有个小村庄。达伊尔和我们讲述了经过:"我们正在找白骨顶,但一只都没看见,这时一只苍鹭从芦苇间飞了起来。阿巴斯在芦苇丛的另一端朝我们的方向开了火。我听见法利赫中枪了,他喊道:'阿巴斯,你要杀了我啊。'阿巴斯站了起来,我正好能看见他比芦苇高出一点。他喊道:'天啊,我不知道你在那里。'之后我就再没见过他。"

水很深,要是法利赫中枪时达伊尔没有把船稳住,他就淹死了。靠岸时我们看到了阿巴斯的船夫,但只有他一人。

"阿巴斯去哪儿了?"

"他叫我把他的船靠岸,然后他就跑了。"

法利赫仍然昏迷不醒,我只能感觉到他微弱的脉搏。我们必须尽快把他送回家，然后去马加尔，再从那里开车去巴士拉或阿马拉输血。我叫阿巴斯的船夫赶快去村子里找条大点的独木舟来，然后又想起法利赫需要保暖，于是叫另一个人去拿被褥。阿布德·瓦希德站在那里直勾勾地盯着他的父亲，不停地问："他会死吗，朋友？他会死吗？"

"主会让他活下来，但他真的伤得很重。"

阿布德·瓦希德突然歇斯底里地喊："阿巴斯在哪儿？他去哪儿了？真主在上，如果法利赫死了，我一定会杀了他。朋友，你是法利赫的朋友，你一定要帮我找到阿巴斯然后杀了他。他去哪儿了，那个该死的家伙？"接着他哭了起来，不住地抽泣着。

两个小男孩不知道从哪里冒了出来，显然吓坏了。他们站在稍远一点的地方看着我们。我叫大一些的那个回村里催独木舟，他们两个一起跑回去了。我不知道还能做什么，只能无助地看着法利赫，看着托着法利赫的达伊尔。眼泪从老人的脸上簌簌流下来。

男男女女都跑了过来，三三两两地站在一起。有人告诉我有人正把大独木舟拖来。为了节省时间，他建议我们把法利赫所在的独木舟带到溪口等待。于是两个人蹚着水帮忙把独木舟拖了过去。终于，我们碰到了那条独木舟，谢天谢地，它够大，还铺了地毯，放了毛毯和靠垫。我们正准备把法利赫抬过去时，他睁开了眼睛，清楚地说道："小心，枪上了膛。"然后又闭上眼睛，静静地躺在了那里。我们小心地将他转移。达伊尔坐在后面托住他的头，我们给他裹上毛毯。几个人把

第十六章 法利赫之死

长袍脱下来也给他盖上。

一个男人爬上船尾掌舵,另一个在船头系上了绳子,还有两个在逆流中拖着船前行。阿布德·瓦希德和我在岸上跟着。岸上到处是枯萎的蓟和矮荆棘,而我们的鞋落在了塔拉达上。有多年在沙漠中赤足行走的经历,我的脚仍然很硬实。但阿布德·瓦希德恐怕从没离开过他的鞋子,很快就一瘸一拐,落在了后面。法利赫睁开眼睛试图说话。我叫船夫停下,然后跪在他身旁听着。

"阿布德·瓦希德去哪儿了?"他低声问。

"他来了。"

"告诉他……替我告诉他,朋友,让他把阿巴斯送回他父亲那里。等他安全回到穆罕默德身边才能离开。不管我怎样,他都要确保阿巴斯的安全。这是我的命令。告诉他现在就去。"

他再次闭上了眼睛,我示意其他人继续前进。阿巴斯应该在我们的前面,没命地往家跑呢。

随着我们缓慢前移,消息在乡间散播开来。人们默不作声,三五成群地从不同村庄赶来,一看到我们就哀号着冲进水里,头上和身上涂满泥巴,妇女撕衣捶胸。"法利赫,我的父亲,我的父亲。"他们边哭边跟在我们后面。

法利赫躺在船底,脸色在达伊尔的深色衬衫旁更显苍白。接受他的欢迎还不到二十四个小时。我的头脑一片空白,根本无法理解到底发生了什么。我知道发生了意外,法利赫严重受伤,但此时才不得不确信他正在死去。对其他人来说,像他们那样痛哭才是合理的反应,但骨子里的习惯不允许我释放。我，一个自愿与他们在方方面面保持一致的人，无法以他们的方式表现出悲伤。

下午晚些时候，我们终于抵达了法利赫的村庄。人们取来一个床架，把法利赫抬到上面，在惊慌失措的人群的簇拥下把他抬回了家。屋子里挤满了人，都静默不语。而室外则传来阵阵恸哭，伴着沉闷的敲打声，那是妇女在捶打自己裸露的胸脯。法利赫脸上毫无血色，像一副毫无生气的苍白面具。这时他睁开了眼睛望向天花板，显示出脸上仅存的生命迹象。人们请求我给他吃药，不相信我无能为力。我把阿布德·瓦希德叫到一旁，告诉他唯一的希望就是把法利赫送到能够输血的地方，现在的每分每秒都是在减小活下来的概率。他同意我的说法，可什么都没做。其他人则围着床边，依然大声说着："他肯定要死了。"

"是的，他是要死了。"

"真主啊，法利赫不该这样死去。"

法利赫用虚弱的声音要水喝，可是等人们拿给他时，他无法吞咽，水沿着下巴流下，打湿了衬衫。

法利赫的另一个堂兄弟哈塔卜赶来了。幸好他是个性格果断的人，习惯于顺从。他立刻担负起责任，把法利赫抬到他自己的塔拉达上，朝他的父亲哈穆德位于马加尔的村庄驶去。我乘另一条船跟在后面，但这条船笨重、缓慢，我很快就被落在了后面。等我抵达马加尔，法利赫已经被转移到了哈穆德的迪瓦尼亚，而哈穆德给身在巴格达的马吉德去了电话。当地医生也在走廊的人群中，我问他情况如何。他摇着

第十六章 法利赫之死

头说恐怕法利赫快不行了。他也认为唯一的希望是带他直接到巴士拉，那是能输血的最近的地方。

听到有人喊"英国人在哪儿？"，我进了屋，有人告诉我法利赫想见我，于是我走到他身边。他转动眼球看向我，但没有说话。他的身旁只有家人，虽然我无意冒犯，但我仍站在了他的床边。我们候在旁边，似乎过了很久。天黑了，有人送来煤油灯。伴着嘶嘶作响的声音，油灯在一个角落发出刺目的光。

哈穆德回来了。向马吉德通知这一消息一定令人紧张不安，他看起来心烦意乱。"必须立刻把法利赫转移到巴格达。这是马吉德的指令。我已经派人找三辆车子过来了。"

我很清楚，法利赫是无法挺过二百五十英里黑暗中的颠簸的。"带他去巴士拉，"我向哈穆德请求道，"如果马吉德还坚持，就在明天早上坐飞机到巴格达。我恳求您把他送到巴士拉，到那儿只需要三个小时，他可以在那儿得到必要的治疗。连阿马拉都不要去，直接去巴士拉。"

但哈穆德只是简单地回答："我们会去阿马拉，到那儿后再看情况。"

汽车到了。法利赫又要转移，被放在了后座上。他的家人，男男女女，都挤进了另外两辆车，一起驶离。达伊尔和我在黑暗中划船回法利赫的村庄。我们基本没有说话，只记得他说："发生这一切，就因为他想再打一只水鸡。为一只水鸡，搭上了法利赫的性命。"他顿了顿，又说："命中注定的，朋友。"

对我来说，造成意外的似乎也是命运，而非巧合。为什么阿巴斯弄混了子弹，偏偏在朝法利赫的方向开枪时射出了一颗大号铅弹呢？为什么法利赫能在七十码外正好被一颗弹丸射中呢？回到法利赫的房子，在前一晚刚刚睡过的房间里脱下衣服，我发现口袋里还装着当天早上取出的七颗"L. G."弹丸。

第二天一早我回到了马加尔，租了辆车赶到巴士拉。到了那里，我听说法利赫已乘飞机转往巴格达。

人们说他有好转，我开始心生希望。给一个朋友发了电报之后，我赶当晚的火车在第二天早上抵达了巴格达。朋友开车来接我，并载我去了马吉德所在的镇。一个警察在给我们指了路后补充道："但是马吉德去纳杰夫了，他的儿子昨天死了，要安葬在那里。"

就这样我得知了法利赫的死。

第十七章

哀悼仪式

那是郊区的一幢别墅,找起来相当容易。门铃响过,有人将我们带了进去。阿布德·瓦希德和法利赫的弟弟哈拉夫坐在一间小屋子里。我问候了他们,接着和他们一起等待马吉德。马吉德很快就出现了,他的眼睛因哭泣而布满血丝,脸上满是沉重的悲伤。正式问候过后,他请我坐在他旁边的沙发上,接着问我是否安好、何时抵达的,都是阿拉伯礼仪要求的传统问题。我表示了哀悼之情,但他只是转过身简单地说:"朋友,我知道你是他的朋友。"于是我们无声地坐在那里。过了一会儿,一个仆人来倒咖啡,喝完后,马吉德又问我是否安好。然后我们再次陷入静默。这个备受打击的老人,他的全部希望和雄心都因他儿子的死而终结,我简直不能忍受坐在他的身边。又等了一会儿,在经过他的允许后,我离开了。他说:"平平安安地回去吧。"我答:"请留在主的庇佑里。"离开房子的时候下雨了,下了一整天。

几个月后，我遇见了一个英国医生，一位由伊拉克政府请来在巴格达任职的心脏病专家。法利赫被送往机场的时候，他正好在巴士拉，听到意外受伤的消息后立刻赶了过去。检查过后，他想立刻为法利赫实施手术，以降低心脏周围血液凝固造成的压力，但被告知马吉德命令他人务必将法利赫送到巴格达。医生试图解释他就是从巴格达来的心脏病专家，也是全国唯一的专家，并肯定地说，立刻手术是救活法利赫的唯一希望。但他们拒绝了。他后来告诉我，实际上什么都救不了法利赫。尸检显示子弹擦过心脏，伤及神经，使肺萎陷。他惊讶于法利赫竟撑了这么久，这说明他的体魄格外强壮。

三天后，我回到法利赫的村庄参加哀悼仪式，正午过后抵达了那里。尚有一段距离，我便听见了妇女们哭泣和有节奏地捶打胸部的声音。穆迪夫外的岸边停靠着许多独木舟，人群站在门口。几面部落旗帜立在门边，在芦苇墙面的衬托下，悬垂的红色旗面和旗杆上的银色装饰在春天的阳光里异常夺目。室内悄无声息，非常昏暗。着黑色长袍的身影沿墙壁静悄悄地坐着。有人轻声说："马吉德在那边。"我穿过屋子表达了问候，握了握手，然后寻找可以坐下的地方。一些陌生人默默地为我挪出了一块地方。在穆迪夫里，我认识的人不多。有裹着绿头巾的赛义德，有卡尔巴拉和纳杰夫来的穿着黑衣的神职人员，有村庄头领和老人，也有来自马加尔、阿马拉和巴士拉的城里人和商人，还有马吉德整个家族的亲戚们。一个男孩把一包香烟放到我面前。阿布德·里达从地炉旁起身，拿着小小的长嘴咖啡壶过来为我倒咖啡。身旁有一两个人轻

第十七章 哀悼仪式

声对我说："下午好，朋友。"此后，由我引起的骚动方才平息。

偶尔有人和邻座低语，但大部分时间人们都安静地坐着拨弄串珠或吸烟。有几个人站起来和马吉德告别，然后离开了屋子。其他人进来，有时两三个，有时二十个之多。他们都像我那样问候了马吉德，有人在他们坐下来后送来香烟、咖啡和茶。只要有人离开，那拨人里的长者就会说："法谛哈。"其他人便伸出双手以祈愿姿势背诵《古兰经》的开篇。隔着芦苇席墙面，我能听到船只靠岸和驶离的声音。麻雀在头顶的拱肋间叽叽喳喳地叫着，门口的阴影越拉越长。离去的人增多，抵达的人变少。依墙而坐的人群中开始出现空当，空当越来越大。

在阿拉伯世界生活多年让我习惯于席地而坐，但当马吉德在日落时分起身离开穆迪夫时，我还是浑身僵硬酸痛。其他人开始准备晚祷，我则出门找达伊尔。我问他，对我来说留下多久是合适的。"大家都知道你是法利赫的朋友，会觉得你该再待上两天。过来和你的朋友们坐在一起吧。"他带我来到这几天刚搭成的一处长长的芦苇棚下。对面的地平线上，太阳像个橙色的火球一样落下，它映照着眼前的枣园，我和法利赫第一次打猎时进入的枣园。

棚屋里面，法利赫的随从坐在一小堆篝火四周。他们的头巾染成了深蓝色，那是哀悼的标志。人们友善地欢迎了我，给我倒了咖啡。阿拉伯人每次只在杯子里倒一点饮品，所以那天我喝了无数杯咖啡。突然，暮色下的河对岸响起了豺的晚间合唱。声音起起落落，朝倾听中的大地传去，以凄厉的哀鸣结尾。

我问他们阿巴斯的情况。达伊尔鄙夷地说:"他逃到萨利赫堡去寻求警方的保护了。他到现在还在那里,真主不会饶了他的。"

"那他的父亲穆罕默德呢?"

"他也去萨利赫堡了,寻求政府帮助。他们说他请了个律师。"

"律师,"有人说,"律师帮不上什么忙。马吉德听说他去找政府后气坏了。这么做实在是很可耻。"

"是的,"另一个人解释道,"穆罕默德应该把阿巴斯带到这里,交给马吉德。如果他那么做了,马吉德应该会宽恕他的。可是现在,马吉德肯定会杀了他。"

"他们太傻了,"达伊尔说,"会给自己带来大麻烦。"

"马吉德现在说阿巴斯是故意朝法利赫开枪的,因为有关田地的分歧。"前面的人说。

达伊尔答道:"我就知道他是故意的。"

回到穆迪夫时,里面仍然有三十人。虽然我都不认识,但其中一个问我:"你是法利赫的英国朋友吗?"我答:"是。"他说:"欢迎,欢迎法利赫的朋友!"另一个人问阿巴斯开枪时我是否在现场,发生了什么。回答他时晚饭送了过来,于是我们按传统安静地吃饭。饭后我们接着交谈,直到仆人搬来寝具,沿墙铺就起来。

穆迪夫里的人很早就醒了,我们纷纷起床、洗漱、做晨祷,接着沿四壁坐下。仆人进来收了寝具,咖啡师煮好咖啡

第十七章 哀悼仪式

分给大家,男孩端来堆着面包片的盘子,在每人面前放下一块,又给我们配上两三杯热牛奶。马吉德和他的小儿子哈拉夫、阿布德·瓦希德,以及家族其他成员进来了,我们起身。他问候了我们,并坐在昨天同样的位置,我们也坐了下来。不久,第一批吊唁者就到了。慢慢地,穆迪夫满了起来。马吉德脸色苍白,胡子拉碴,疲惫不堪,臃肿的腹部挺在身前——一位因苦痛而心碎的老人。"为什么是法利赫?为什么?"他突然情难自已,"主啊,现在我一个儿子都没有了。"这时我想起来,他的大儿子卡莱比德三年前被人暗杀了。

他身旁的人安慰他说:"你还有哈拉夫和阿布德·瓦希德。"

可他哭道:"不,不,一个都没有了,我现在没有儿子了。我的土地,我死后我的土地怎么办?法利赫死了,我的土地怎么办?"

又有吊唁者来了。他回了礼便陷入了沉默。

身后的河岸传来一阵骚动,说话声和船只碰撞声混杂在一起。一大群带着步枪的男人列队走了进来,为首的高大魁梧,穿着精美的绣金驼毛长袍。"那是谁?"一个巴士拉城里来的人问。"苏莱曼·本·蒙特罗格。"他的邻座回答。我听说过苏莱曼,他是阿宰里杰部落的最高酋长。该部落以农业为生,领地与马吉德的接壤。但我从没在他们部落里见过他。他的脸很臃肿,了无生气,就像多年在巴格达过着舒服日子的有钱酋长一样,看起来脆弱不堪。他在马吉德身边坐下,随从们也按地位次第坐下了。袍子里面,每个人都别着匕首,交叉背着荷满子弹的弹药带。仆人送来咖啡和茶，人们又陷入沉默。只听苏莱曼说"法谛哈"，随从便和他一起吟诵道：

> 奉至仁至慈的真主之名，
> 一切赞颂，全归真主，众世界的主！
> 至仁至慈的主！
> 报应日的主！
> 我们只崇拜你，只求你祐助。
> 求你引导我们上正路。
> 你所祐助者的路，
> 不是受谴怒者的路，也不是迷误者的路。

我盼着午饭赶快开始，这样我能舒展一下双腿，可就在此时又一阵枪炮齐鸣和歇斯底里的恸哭传来，看来又有人来吊唁了。我从门口瞥到一面部落旗帜和一群头上、衣服上抹着泥巴的人。"加巴卜来的。"有人告诉马吉德。布穆盖法特和加巴卜共来了四十多人。他们一个个排队进来亲吻马吉德的手，然后退出。我认出了他们中的大部分人。没一会儿，传来了更密集的枪声和哭声，阿加尔来了一支更大的吊唁队伍，身上也抹着泥巴。此时早就过了中午，而直到另外三批前来哀悼的部落抵达，才有仆人通知马吉德可以开始吃午饭了。仆人安排我们四五十人一组来到昨晚的芦苇棚，里面摆着堆得高高的米饭和羊肉。一组人吃完后，会有人来填满盘子，再叫下一组人进来。不管是穆迪夫里的人还是等在外面的部

第十七章 哀悼仪式

落居民,大家都吃饱了。

之后,他们跳起了豪萨,部落民族的战舞。每个村子轮流出人即兴歌唱赞颂法利赫的曲子,听者跟着领唱高声附和。他们以腥红色的旗帜为中心围成大圈,边跺脚边将步枪举过头顶。举旗的人通常是家族首领,拥有带领大家冲锋陷阵的传统权利。他会晃动旗杆,让上面的银饰发出叮叮当当的碰撞声。脚上的节拍仍在继续,他们开始鸣枪。先是零星几枪,接着便传来我曾在战争中听过的密集枪响。刺鼻的火药味冲进他们的鼻孔,刺激着他们做出更疯狂的举动。"够了。"马吉德最终喊道。他的仆人推开拥挤的人群,大喊:"够了,酋长说够了!"于是我们又挤回了穆迪夫。

几小时后,太阳落山了。马吉德走后没多久,我和河边的一群人攀谈起来。这时,一个男孩嚷着什么从我们身旁跑过,同时我注意到人们都很兴奋。几个男人跑回了他们的小屋。"发生什么事了?"我问。

"马吉德派了一批人去杀穆罕默德。"有人告诉我。

"可穆罕默德在萨利赫堡和政府在一起。"我否定道。

"不,他们说他回到马加尔的家里了。"

伴着河对岸豺的嚎叫,我看见两条独木舟在暮色中逆流驶去,舟上载着可以替法利赫复仇的近亲。可是穆罕默德仍然安全地待在萨利赫堡。

第十八章
东部沼泽

按达伊尔的建议,我又待了一天,然后和马吉德正式辞行,和前晚抵达穆迪夫的阿马拉与萨拜提一同前往加巴卜。他们也为法利赫的死深感悲痛,划着塔拉达朝沼泽地前行时,阿马拉的脸上流下了泪水。"他就像我们的父亲。我的朋友的朋友——他这样称呼我们。每次来我们村庄,他都会叫我们过去,问我们是不是一切都好。"在接下来的一年里,在远至波斯边境和幼发拉底河靠近纳西里耶的地方都有人带着悲痛向我提及他的死亡。"你是法利赫的朋友吗?"陌生人问,然后给予我更多热情。我以前并不知道他是如此远近闻名,深受爱戴。

我们准备在东部沼泽度过接下来的六个星期,其中一晚住在萨达姆的穆迪夫里。彼时萨达姆不在家,替他做东的是他的小儿子。加巴卜也在哀悼之中。进来的人不多,几乎都不说话,然后很快离开。第二天早上,亚辛和哈桑也加入了,

第十八章　东部沼泽

我们一起去拜访了巴希特部落,在他们的沼泽小村庄里度过了两天忙着医治伤病的日子。我们从一端连接巴士拉,另一端连接阿马拉和巴格达的机动车高架桥下驶过,抵达欧宰尔以南的底格里斯河,又逆流经过了以斯拉[1]那穹顶上贴有蓝绿色瓷砖的陵墓。陵墓处于棕榈树的簇拥当中,侧翼是朝圣者东倒西歪的住地。欧宰尔本身又脏又乱,是货车和巴士停靠的地方。离村庄几英里以外有一排低矮的砖窑,它们就像祭坛一样点缀着本来光秃秃的河岸。这样的砖窑可能也曾经为巴比伦的建造烧制砖块,巴士拉郊外平房的建造也会用到它们。

亚辛打断了我的思绪。"他们说最近有人被这条河里的鲨鱼攻击了,腿被咬去了一截。"我知道鲨鱼有时会攻击在巴士拉浴场游泳的人,但欧宰尔在巴士拉上游八十英里处,离海更是有一百五十英里。我表示出惊讶后,男孩子们向我确认,欧宰尔是公认的鲨鱼出没地。再次拜访时,一个村民告诉我,在他父辈那时有条巨大的鱼在浅水处堵住了河流,后来只能靠把鱼切断疏通河道。

继续前进,我问他们沼泽区是否也有鲨鱼,哈桑说七年前有人用鱼叉刺到一条小的。阿马拉插嘴道:"你听说了吗,你离开的那段时间,有人被鬣狗咬死了。那人正在马加尔的野外睡觉,突然被鬣狗咬住了脸。人们找到他的时候,他已经死了,只能靠衣服辨认身份。"我在三年前亲眼见过鬣狗。

---

[1] 以斯拉,祭司、文士,古代以色列人的宗教领袖。

那是一条带条纹的鬣狗。那种体形稍大、带有斑点的品种只在非洲出现。四十年前,这些地方还有狮子出没,但都在第一次世界大战期间被持有现代步枪的部落民族消灭了。法利赫的一个老仆人告诉我,他曾在马加尔附近见过三头。另有人向我描述过一次他参与过的阿马拉附近的捕狮活动,那次的猎人用前膛枪射杀了一头狮子。还有人曾见过两头小狮子,是一伙马丹人送给酋长的。许多老人都记得曾在夜间听到狮子的吼叫。

我们转入一条宽敞的河道,朝东部沼泽驶去,沿途碰到两条满载芦苇席的大型双桅船,靠人力朝底格里斯河前进。稍后我们又遇到一条用干燥芦苇编成的大筏子,有四十英尺长、十英尺高,因搁浅而暂时被弃。等水面上涨后,这条筏子会顺流而下,也许会流到巴士拉,被人拆解卖掉。

我们在拜德哈特-努阿费尔过夜,那是我在沼泽区见过的最大的村庄。村里坐落着六百四十处房屋,但一座穆迪夫也没有。大小不一的房屋群落沿干燥河岸而建,由水道间隔。有时,当底格里斯河的水位过低,努阿费尔的村民会离开村庄,沿水岸露营。这里的人和与之为邻的北边的加南部落、南边的巴希特部落共同组成了沙达——一片巨大的、属于穆罕默德部落的无人监管地区。努阿费尔人也饲养水牛,但主要靠大量出口席子为生。水位深到能够行船时,席子会由我们先前遇到过的那种帆船运送出去。这一年,水位尤其高。

我为首领诊治了七个家庭成员,但他用糟糕的食物招待了我们,这让我着实恼火。我觉得那一村子人都很粗鲁无礼,

第十八章 东部沼泽

毫无留恋地辞了行。四个同伴也有相同的感受，抱怨主人在早餐时没有提供牛奶，只给了两杯不够甜的茶配面包。亚辛鄙夷地说："还不够流口水的。"——这是一个双关语，在阿拉伯语里，"流口水"和"吃早饭"是同一个短语。不过，那是个令人愉悦的早晨，他们很快又开心起来了。空气清新，北面吹来阵阵微风，阳光和煦，淡蓝色的天空中舒展着片片卷云。我们坐在塔拉达里，沿着一条曲曲弯弯的狭窄水道前行，穿过一片覆盖着枯萎莎草的开阔平原。在中部沼泽，除非驶在偶然出现的湖泊上，我们的视线总是被芦苇丛遮挡，有时只能看到几码以内的环境。但在这里，我们能看到几英里外的样子。这里的地面在整个冬天都是干燥的，此时也没有植被，像烧制过的陶土那样坚硬，还灰蒙蒙的。在其他地方，水位已经达到几英寸，泥土开始呈现出类似融化后的巧克力的颜色和质地。

我们惊扰了各种各样的水鸟。有些独自惊鸣着离开，有些成群盘旋于水面和白色的莎草之上。我认出了白腰杓鹬和中杓鹬、红脚鹬、塍鹬、流苏鹬、反嘴鹬、长腿鹬，以及各种鸻鸟。也有野鸭，但离我们很远。另外还有苍鹭、鹮、白鹭和琵鹭等。有一次，我们还远远地看到了一群鹤。哈桑看见他认为能吃的水鸟就要发动追击，可没有一次能进入射程。每次回来时，他受到的都是对他欠缺捕猎水鸟经验的嘲笑。其间，亚辛和萨拜提把撑杆塞到船头，沿河两岸推塔拉达前进。水道在一些地方仅够一条独木舟驶过，有时还会拐直角。我当时想着也许我们只能返程了，因为我们的塔拉达有三十六英尺长，但最后小伙子们总是能设法使它通过。

我穿着阿拉伯长衫，需要下水帮助他们时，就把长衫塞进腰间。一些爱出风头的旅行者喜欢不经思考就穿着当地服装，对这种行为我总是持怀疑态度。尤其是阿拉伯服装，要是不习惯，穿起来真的很麻烦。我在南阿拉伯半岛穿了五年，因为如果不穿，就无法被同伴们接受。在伊拉克，部落民族早就习惯了看到欧洲服饰——所有政府官员都注意在公众场合只穿欧洲服装——我在初访沼泽区时也是欧洲装束。后来我被这里接纳，为了明摆着的方便起见，我戴上了头巾，穿上了阿拉伯长衫——再配一件夹克，这种穿法在马丹人当中越来越流行。穿着这样的长衫坐在独木舟或房子里，我的腿脚能免于苍蝇和蚊子的侵扰。但在拜访官员或进城之前，我还是会换回欧洲服装。

我们穿过了奥艾希吉的一部分，这块延伸出来的地面在洪水期间会被淹没。这里跨度二十多英里，将底格里斯河以及与其衔接的几处沼泽与东部沼泽隔离。因为这里的沼泽过深，不适合水牛生存，于是马丹人常常沿奥艾希吉建立村庄，或把村庄建在北部的沙赫拉河和马沙里亚河河口。费莱贾特部落中游牧的拉比亚人会在秋季赶着大批水牛跨过底格里斯河，安营扎寨后度过冬季。到了春季，他们又回到底格里斯河的另一边，沿瓦迪耶河缓慢北移至马加尔，在已收割完大麦和小麦的土地上放牧。他们之所以不用交钱就能在这里牧牛，是因为有牛粪这种肥料作为回报。到了夏季，他们则西迁至金达拉，洪峰退去后那里水草丰美，只是这回他们必须

第十八章　东部沼泽

向酋长交钱了，数额还不少。

阿马拉是拉比亚人，他们最大的冬季营地阿布莱拉就在前方，我们希望能在那里找到他的亲戚。路上，我看到牧童赶着一群群的水牛。有一头通体白色，还有一些长着花斑。看到如此规模的水牛，我不禁问起一个普通游牧家庭通常拥有多少水牛。"二十到三十头。"阿马拉回答我说。但哈桑认为大部分人家的水牛比这多得多，还举了个拉比亚人家的例子，说他们有一百五十头水牛。

"水牛长到几岁可以生小牛？"

"通常是四岁，"阿马拉说，然后又补充道，"母牛会把小牛养到十一个月大。好的水牛能生十五头牛犊。"

我知道贝都人会杀死刚出生的公骆驼，以便自己喝到更多骆驼奶，于是问马丹人是否也这样处理水牛。"是的，除非那人的水牛很少，需要养大公牛卖了换钱。如果杀死了小公牛，主人通常让另一头小牛也来吸奶，这样小牛既吃自己母亲的奶，也吃另一头母牛的奶，会长得更壮。要么主人就把新出生的小牛身上的黏液涂在袍子上，穿着袍子来挤奶。如果小牛死了，我们就把经过填充的牛皮放在母牛面前，然后再挤奶。"

"一头水牛值多少钱？"

"上个月，贾拉巴买一头上等母牛要花五十第纳尔，一头公牛要三十五第纳尔。"贾拉巴是专门做水牛生意的人，他们常在马丹人中间出现，看见水牛就想买下来。可我记得苏丹人仅用贾拉巴表示奴隶贩子。这类商人也做牛皮生意，牛皮通常来自死于出血性败血病的水牛,这种周期性流行疾病往往使畜群大量减少。沼地居民知道这些牛皮具有传染性,但这阻挡不了他们的售卖行为,不过如果有人把这种牛皮带进村子,就会遭到他们的强烈抗议。哈桑说:"几年前爆发过口蹄疫。很多水牛,甚至野猪都得病了。我们看见过不能走路的猪,蹄子严重感染。"

阿布莱拉的水道增宽至三十码。一些水牛潜在水中,另一些站在河边。岸上停着许多独木舟,多数是大型的。孩子们在用香蒲编成的小筏子上戏水。两岸立着百十来座房子。房子本身不大,只有五根拱肋,和与它们连接的水牛棚比起来就更相形见绌了。那些牛棚有四十码长,叫作西特拉。作为房屋的延伸部分,西特拉是帐篷结构,没有席子覆盖。它的墙由加萨卜紧密排列在一起制成,顶部交叉在用更多芦苇制成的梁上。牛粪和踩踏后的哈希什则通常沿墙堆着。

我们拜访了阿马拉的一个表兄弟。小伙子名叫巴达伊,个子很高,话不多。见到好朋友,他热情地拥抱了阿马拉,然后取来地毯、靠垫。我们在他的西特拉门口坐下,长长的西特拉像引入他们家的隧道一样。巴达伊的妻子和妹妹马上开始捣米,为我们准备午饭。他的父亲几年前死了,现在他是这个家的顶梁柱,家中成员包括他的母亲、妻子、妹妹和两个弟弟,弟弟们这会儿正在赶水牛。

巴达伊与邻近营地里一个叫拉德哈维的人关系不好。拉德哈维有个儿子,名叫哈桑,曾经爱上巴达伊的妻子,想要娶她为妻。但巴达伊作为女孩的堂哥拥有优先选择权,于是

第十八章 东部沼泽

坚持维护权利,娶了现在的妻子。结果哈桑发誓即使杀了巴达伊也要抢回女孩。在我们抵达前的几个星期,那两个小伙子不巧遇到了一起,要不是被人拉开,就要打起来了。身旁和我们坐在一起的人都认为哈桑没有权利娶那女孩。一个老人感叹道:"他是拉德哈维的儿子。有其父必有其子。他们都不做好事,无法无天。拉德哈维不是已经杀了两个反对他的人吗?"阿马拉说服了三个老人和他一起去拉德哈维那里进行和解,当晚失败而归。阿马拉愤愤地说:"谁都拿他们没办法,哪怕是赛义德·萨尔瓦特亲自出马都不行。他们就会一遍遍说巴达伊必须离婚,否则后果自负。"他提醒巴达伊:"不要靠近他们,把枪随时带在身边,特别是晚上。他们什么都干得出来。"

日落时分,温度降了下来。最后一批水牛拖着黑黢黢的身躯,在更加黑黢黢的平原上缓缓朝村庄走来。半透明的薄云漫天铺开,渐变出数不清的颜色,一群又一群野鸭朝夕阳飞去。我们移至室内,长长的通道已经挤满了牛,到处是庞大的身躯、弯弯的角。

阿马拉属于费莱贾特部落中的游牧群体。因为有他的引荐,再加上我的药品,我们在该部落其他营地也很受欢迎。这些拉比亚人居无定所,全副武装,性格傲慢,无法无天。为了让哈希什重新生长,他们常烧掉芦苇,可那正是拜德哈特-努阿费尔人编席子所需的材料,于是两方结仇。他们还常与苏艾德部落的马丹人结怨,那些人住在波斯边境,同样目无法纪。只要有机会,各部落就会顺走其他部落的水牛。

离开费莱贾特，我们在突拉巴停留了一夜。这个村子也很大，并且和拜德哈特一样，这里的人以制席为生，但他们都是加南人。在游牧部落中，我不得不让自己适应仅有牛奶和米饭的餐食。在这里，我本以为他们最起码会给我们宰只鸡。而在主人整晚大骂费莱贾特人的过程中，我的耐心几乎消耗殆尽。第二天早上，有个沙赫拉河流域来的人请我们捎他一程。我们很高兴能有他同行，因为他能帮我们在芦苇丛中指路。亚辛前一晚已经问过了方向，但也被告知没有向导会迷路。我们的路线需穿过高高的芦苇荡，横跨一些小湖泊，确实难以辨认。我记得就是在这次航行中，我第一次听到了鸬鹚那低沉的叫声。我们花了四天时间抵达目的地，位于沙赫拉河河口的迪宾。

我的同伴们都很善于记路，而且在与我旅行的那些年里，他们对沼泽区的知识可谓达到了无与伦比的程度。即使是从没去过的地方，他们也能凭本能找到方向。在置身芦苇丛或无数小岛中时，在沿湖面行驶时，以及在避开上百个引向死路的河口而进入正确的那一个时，这种特长表现得尤为明显。这种从童年时代获得的技能让他们可以成功跟踪游在水中的野猪，能通过尾迹辨别鱼的种类，或一眼认出只见过一次的独木舟。奇怪的是，他们记住人名的本领却令人绝望。而因为我也遭受着同样的困扰，所以总在他们四个没有一个能想起上一个遇到的主人的名字时甚感恼火。

在水中前进时，偶尔会有一两个人叫大家停下，然后从水中拽出一截叫比尔迪的香蒲的嫩茎。他们会吃靠近根部脆嫩

第十八章 东部沼泽

的泛白部分,但显然只有部分比尔迪的茎适合吃。他们有时也会挑一些加萨卜来嚼,就像啃甘蔗那样。春天,马丹妇女会收集香蒲的穗,将花粉制成一种黄色的硬蛋糕。虽然这种蛋糕被视为甜品,但我觉得它那点寡淡的味道无法让人恭维。

我们在迪宾住了几晚,在一天清晨启程前往哈怀扎的沼泽。途中,我们发现了几处广袤的芦苇荡后隐藏的和齐克里一般大的湖泊,但惮于可能突至的风暴而没有深入冒险。沿着边界不明的水道前行,感觉前方等待我们的总是一堵密不透风的芦苇墙。我们的向导催促我们随时备好枪,不断重复着:"土匪可以在这儿把我们杀死,没人会知道的。"这些湖泊是野鸟的天然避难所,我从没在其他地方见过如此庞大的鸟群。它们覆盖了几英亩的水域,只要有一小撮起飞,整个群落就呼啸而起。除了偶尔出现的走私贩子和往波斯去的强盗,很少有人惊扰它们。

不过在整个沼泽区内,野鸭和大雁的数量在逐年减少。1951年我在塞加尔附近时,曾看见成群的野鸭在日落时分到收割后的稻田里觅食,多到让我想起成灾的蝗虫,但我在1958年离开时再没看到过这样的景象。当时伊拉克每年进口一百万发子弹,而大部分人每开一枪至少能打中一只。职业捕禽者也使鸟群数量骤减,他们通常用网捕捉,一网能捕获一百多只。他们会交钱给酋长以获取某些池塘的使用权,用于种谷物。仅在阿马拉附近,就有很多这种包租出去的小池塘。

在过去,大雁每年十月都会飞到沼泽区。这些灰雁和白额雁从北方的出生地西伯利亚出发,被荒野的魅力召唤回来。每当我看见它们排着人字形从淡蓝的天空中飞过,就禁不住想到最后一只大雁飞过这里的那天,想到再没有一头狮子的非洲。

每个启程当天的早晨我们都会从迪宾的主人那里借一个水壶、几个杯子和一个盘子,再从商人那里买一些茶、糖、盐和面粉。当我们想停下来时,就在湖边找个方便的地点,踏平芦苇后在上面生火做饭。哈桑在噼啪作响的芦苇上烤制我们打到的任何鸟类,萨拜提则在灰烬里烘烤湿乎乎、沾满了灰的面包片。吃完这些,我们就煮茶喝,一直喝到没有糖为止。我总是边喝茶边看着湖面上的鸭子,或扎进水中的翠鸟。一次,我们发现有两只水獭正在距我们一百码的地方戏水,但在哈桑拿枪时,它们发现了我们。它们先是直立在水中注视了我们几秒钟,然后就潜入水中不见了。我很高兴它们看到了我们,不然哈桑肯定会开枪射中它俩。一张水獭毛皮值一第纳尔。哈桑在布穆盖法特的叔叔曾在两个月内打死了四十只。

哈桑告诉我,水獭在齐克里附近很常见。它们在浮岛上产崽,最早在一月份,但更多是在二三月份。三年后,也就是1956年,加文·麦克斯韦尔来伊拉克找我,他想写一本关于沼泽区的书,于是我用我的塔拉达载着他游历了七个星期。他一直想养一只水獭当宠物,我最终给他找到了一只欧洲水獭幼崽,可惜一个星期后就死了,将近他行程的尾声。等他到了巴士拉准备返程时,我又设法弄到了一只,送给了他。

这只六周大的水獭颜色较深,是个新品种。加文把它带回了英国,这个品种后来就以他的名字命名。

第十九章

苏丹人和苏艾德人

每当傍晚回到迪宾时，阿马拉就会揶揄我："小心啊，朋友，扎伊拉正等你呢。"我们所在的穆迪夫位于一处被水环绕的土丘上，在这里我们能看到远处的村庄和沙赫拉河两岸的棕榈树。穆迪夫属于穆罕默德·阿莱比的代表，一个因肾病卧床不起，于第二年去世的老人。他有四个成年的儿子，但总被扎伊拉——他们一身横肉的老妈——毫不客气地推到一旁。她裹着层层叠叠的黑色衣物，忙着进进出出穆迪夫，或在里面主持事务。这种不符合习俗的行为冒犯了我的传统心性，更严重的是，我觉得她是个可怕的老太太，总是摆脱不了她。她甚至会出现在我诊治和嘱咐病人的时候，每当如此，病人和我都会异常尴尬。

在迪宾，有人将一个腰部以下瘫痪的男孩送到我面前。他在前一年发了一次烧，之后就跛了。我见过许多这样的病例，很可能是小儿麻痹症导致的。部落居民经常得这种病，但在

第十九章 苏丹人和苏艾德人

这里，严重的生理残疾带来的不便似乎比世界上其他地方都要小。迪宾的一个男孩虽然天生失明，但可以在村子里自由行动，甚至能独自乘独木舟到不远的地方割哈希什。在沼泽区的那些年里，我见过好几个聋哑人，都既快乐又友好，并且能在群体中找到自己的价值。

离开迪宾后的某个下午，我们来到了陆地上的一个村庄。酋长出门查看农田去了，一个穿长袍、戴头箍，腰间还别着匕首的男孩将我们让进了穆迪夫里。他看起来大概十五岁，一张漂亮的脸在两条辫子的衬托下更出众了。在过去，所有马丹人都留着这样的发式，而贝都人现在依旧如此。等男孩给我们上完咖啡退出后，阿马拉说："注意到了吗？她是个穆斯塔吉。"我之前听说过她们，但从没见过。

"穆斯塔吉天生是女性，"阿马拉解释道，"她无力改变这一点，但她有颗男人的心，所以就像男人一样生活。"

"那男人会接受她吗？"

"当然。她和我们一同吃饭，一同坐在穆迪夫里。穆斯塔吉去世时，我们会鸣枪致以敬意。我们从不给女人鸣枪的。马吉德的村子里有一个穆斯塔吉，她在和哈吉·苏莱曼的斗争中表现得非常英勇。"

"她们都留辫子吗？"

"她们通常都像男人一样剃掉头发。"

"穆斯塔吉结婚吗？"

"不结，她们和我们一样，和女人睡在一起。"

但有一次，我们在一个村庄参加婚礼，出乎所有人的意料，新娘是个穆斯塔吉。在这种情况下，只有丈夫答应永远不要求她履行妻子的义务，她才同意穿上女人的衣服，和丈夫睡在一起。穆斯塔吉备受尊重，非常像古代的亚马孙女战士。接下来的几年，我又遇到了许多穆斯塔吉。有一次，一个男人带着一个腹痛的男孩来找我。我把那孩子当成他十二岁的儿子，可是准备做检查时，那父亲说："他是穆斯塔吉。"另一次是一个颅骨骨折的人，他在和一个我认识的穆斯塔吉打架后伤得很重。

从前拜访马吉德的兄弟哈穆德时，有一次，我正待在迪瓦尼亚中，一个穿着普通深色装束的矮胖中年妇女拖着脚走了进来，要求我为她治疗。她有一张非常阳刚的脸，掀起裙子后，还有一个正常尺寸的男性器官。"你能把它割掉，让我变成一个正常女人吗？"他请求道。我只能承认我做不来这样的手术。待他离开，阿马拉同情地问："巴士拉是不是可以做那样的手术？除了那个，他是个十足的女人，真可怜。"在那以后，我经常看到那个人在河边与其他女人一起洗盘子。因为获得了她们的接纳，他看起来很自在。那些人对待他的态度比我们的社会要友善得多。然而在某些方面他们又很冷漠。

我们每日都要外出探险，一次正准备出发时，有人要我们去寻找一个落水小女孩的尸体。我们在傍晚返程路上看到了她漂浮的尸体，但当我说想把她拖上船时，其他几个人因害怕沾上秽物，拒绝碰触尸体，甚至也不愿意将尸体放进塔拉达。"我们必须整整洗七次才行，"亚辛说，"而且那也不是我们的孩子。"他们最多愿意将尸体推到岸边，用船桨把她弄上岸。

还有一次，一个老赛义德带着他的九岁儿子来找我。那孩子在割哈希什时把手割了个很深的口子。因为失血过多，路都走不稳了。我生气地问那父亲为什么不扶着孩子，他说怕血沾上衣服后使自己不洁净。幸好我及时想起他是个赛义德，否则我肯定会骂他。但我不得不说，许多赛义德都不像他那么拘谨。

沙赫拉河在阿马拉以南几英里处从底格里斯河分流而出，流向二十五英里以外的沼泽区。离开迪宾后，我们在沙赫拉三角洲的一些村子里住了几天。除了穆罕默德部落外，村里也有来自其他部落的居民，但都效忠于穆罕默德部落。村民们既养水牛，也种植水稻。穆罕默德部落住在远处上游的众多分支和水道附近，主要作物是小麦和大麦，每年十一月播种，分别于四月和五月收割。和马加尔不同，沙赫拉河流域的房子并不建在岸边显眼的空地上，而是与棕榈林、小果园和柳丛交错着。我们在村庄间漫游，从一条分支驶入，又从另一条分支驶出。

每来到一条分支，我们就要越过一条大土坝，都是酋长为了冬季灌溉建造的。土坝中间有个狭窄的缺口，被截流的水就像通过磨坊引水槽那样流出，在下游三十码外形成暗流和漩涡。同行的小伙子们需奋力向前，一点一点地通过那里。我的塔拉达干舷从没超出过两英寸，我总是担心它会侧翻沉没。又遇到一座坝，我们像冲浪一样冲了下去，还挺刺激。

有一些河道经常被完全阻塞，四英尺高的斜坡挡在我们面前。塔拉达很重，无法抬起。我们需要把水泼到土坡上，使它润滑，然后抬高船头，靠人力把船拖上坡，直到能稳稳立在坡顶，再将它慢慢推入土坡另一侧的水中。

在沙赫拉河流域，穆罕默德·阿莱比是穆罕默德部落最富有、最有权势的酋长。他年事已高，受人尊敬，大部分时间住在巴格达或阿马拉，家里的产业由他最宠爱的儿子——一个风流成性、自大傲慢的年轻人负责。他给其他亲戚分配的农田并没有那么富饶，面积也不大，这些人都生活在不同程度的贫困当中。我们拜访过其中一些，发现他们都热情好客，平易近人。

离开沙赫拉河流域后，我们穿过一片有大量野猪出没的沼泽，收获颇丰。之后，我们进入马沙里亚河的一条分支。马沙里亚河流过阿马拉城，在沙赫拉河以北，属于底格里斯河的支流。至此，我们来到了苏丹部落的地盘，他们是部落族群中最友好也最不幸的一支。他们曾经盛极一时，但后来分散到各处，大量土地被遗弃。他们认为自从库特在底格里斯河修建了拦河坝，水位就再也没有提高过。已故酋长曾安装过水泵，但他的儿子在他死后将水泵全部卖掉，以偿还在巴士拉的赌债。

路上，我看到一群野猪在芦苇丛外进食，数了数有六十头。苏丹人求我开枪打死它们，因为它们总是毁掉那些快要成熟的麦子。一般有小麦的话野猪不会靠近大麦。在这个季节，它们总是闯入田地，晚上觅食，白天睡觉。有些地方的作物

第十九章 苏丹人和苏艾德人

已经有四英尺高了,给捕猎造成很大困难,特别是有风的时候。去年,我就在类似的情况下被一头野猪袭击了。

当时,我先把它们从废水沟旁的荆棘丛里轰出来,然后在它们穿过空地时开枪,已经打到了十几头。有个男孩告诉我在附近的小麦田里发现了几头,并指出了确切的位置。虽然隔着一段距离,也能明显看到麦田里的缺口,但是庄稼齐胸高,一码以外无法看清里面的情况。突然,我看到一只耳朵抖动了一下,野猪就在那里,背对我躺在阴影里。我一枪打到它的颈部,它动都没动一下。"快,我们回去吧,还有很长的路要赶。"等我回到队伍时,我的主人催促道。

正准备离开,那孩子又跑来说还有一头野猪。"来开枪打死它吧,朋友,我的庄稼都要被它毁了。"

主人试图劝阻我,但我说:"就再打一只,然后我就回来。"我再次悄悄靠近男孩指的庄稼缺口,从上方窥视动静,结果正好与一双野猪的眼睛对视——我至今仍记得它那白森森的獠牙。还没等我瞄准,我就飞出几码,后背着地了,步枪也摔掉了。接着,野猪又蹿了上来。我能感到它在我大腿上的重量,它的长鼻子和愤怒的小眼睛就在我面前,呼吸喷到了我脸上。它的獠牙朝我胸口刺来,我下意识地用步枪枪托挡住了它的进攻。接着野猪就不见了,我坐起来,看了看我的步枪,枪托上有个大缺口。我的一根手指像被剃刀划破,伤及骨头,血流不断。我重新上膛,站了起来。那头大野猪已经跑到了田边。我大喝一声,它转过身,于是我瞄准它的胸口。它原地倒下。

以前我都是独自行动，只为自己负责。而这次，我有四个小伙子同行，还有一群苏丹人。那些苏丹人冲进庄稼地后造成的破坏比十几头野猪大多了。阿马拉手持我的配有大号铅弹的猎枪。哈桑拿的是我当年带去的九毫米勃朗宁自动手枪。萨拜提和亚辛只配着匕首。打死了几头野猪，又经历了两次死里逃生，我说服村民们在洪水浸没的芦苇丛中打猎，能够更好地达成目的。两天里，我们捕获了三十六头战利品。我们坐在塔拉达里追赶野猪，待它们游在前面或掉头准备攻击我们时，用勃朗宁手枪射穿它们的头部。因为野猪在游泳时是无法攻击我们的。有一次，亚辛跳到深水里，徒手将一头大公猪溺毙。我们的下个目的地是苏艾德部落，离开时，苏丹人对我们依依不舍。

又经过了一些沼泽后，我们遇到一块高出芦苇丛的黑土丘，上面光秃秃的。很久以前那里曾经坐落着某座城市，如今被马丹人称为伊尚瓦奇夫，或者说立岛。苏艾德人后来又带我们去了一片沼泽地，那里有个类似的土丘，叫阿齐扎，大概五十英尺高的样子。我曾见过有猫鼬站在那上面。我们在马沙里亚河地势较低的区域待了一个星期，拜访了几个酋长。他们都不富有，但都热情好客。其中一个长得像中国神像的老人被尊称为"灯之父"，因为每到星期五的穆斯林帕提亚日，他就在柱子上悬挂灯具，指引旅行者来到他的穆迪夫中。这些酋长都很友好，和村民们打成一片，而且只要开饭，就拉每个人进来和他们分享。即使是像所有费莱贾特人一样对苏艾德人没有好感的阿马拉和哈桑，也承认这些酋长比穆

第十九章 苏丹人和苏艾德人

罕默德部落的大多数酋长慷慨大方。然而，有一次我在另一个部落的穆迪夫中指责某个穆罕默德酋长的冷淡，却被狠狠地责备了一番。"在我们面前你可以说你喜欢我们的哪些酋长。我们也这样说。他们大部分人**是**很刻薄，但不要当着另一个部落的面批评他们。"我惊讶于他们的忠诚，因为他们没有一个属于穆罕默德部落。

与苏艾德人吃完饭后，我们遵照他们的传统来到水边洗手。我的四个小伙子像贝都人那样，等我们五个都吃完后一起站起身，这种做法在当地是闻所未闻的。被问及原因时，他们说："这是**我们**的传统。"吃完饭后，我们经常和酋长以及他们的随从比试枪法，通常用气步枪，有时也用我的步枪或手枪。阿马拉的枪法已经数一数二了，亚辛和哈桑也比绝大多数人强，只有萨拜提的烂枪法怎么教都教不好。

其他人会拿他开玩笑："瞄准那边的穆迪夫，没准你就能误中目标。"开他玩笑的人本身都很容易发火，但萨拜提从不介意他们的取笑。亚辛喜欢争吵，阿马拉常闷闷不乐，只有四个人里最善良、最细心的萨拜提既聪明又冷静，脾气向来很好。我们都亏欠他不少。我有时会对另外几个小伙发火，但很少生萨拜提的气，即使发生了这种情况，事后我也会感到愧疚。

遗憾地离开苏艾德酋长们，我们转向东边的波斯边境。塔拉达从浅水中的香蒲中穿过，一边是加萨卜，一边是沙漠边缘。亚辛总坐在船尾，阿马拉坐在他前面，哈桑在船头，后面是萨拜提。哈桑一个劲地说他被一个叫玛德希的男孩迷住了，那孩子在前一晚的舞蹈镇住了全场。"玛德希，哦，玛德希。"他夸张地叹着气。其他人都笑了，亚辛建议我们再看见驴子的时候把哈桑留在岸上。

我们发现身后跟着正在搬家的苏艾德村民，他们的大船里载着拆卸后的房屋和其他物品。很多牧童一丝不挂，乘着小独木舟一边吆喝一边赶水牛。这些苏艾德人不种田，只在沼泽里养水牛。与游牧的费莱贾特人不同，他们的头巾是赭石色的。更多的独木舟从我们身后的芦苇丛中驶出。一个人解释说，今年水位太高，他们不得不提早从冬天的居住地迁入沼泽深处。"今晚和我们住在一起吧，朋友，"他说，"我们准备把村庄建在那块干燥土地上。"

上岸还没一个小时，第一座房子就立好了。两束弯曲的芦苇相对而立，准备固定后作为拱肋。一人踩在芦苇三脚架上，等其他人把两束芦苇拉近后，由他绑在一起。因为芦苇在之前的使用中已经形成了弧度，这个步骤并不难。五个拱立好后，苏艾德人开始固定肋材，接着将席子（有时仅单层）抛到框架上，再固定到合适的位置。所有捆绑物都是加萨卜做的。我正在村里随意走着，看人们搭建房子、卸载独木舟，一个刚刚认识的村民就请我去他已经建好的家里做客了，而家里茶都煮好了，午饭也正在火上做着。主人最小的儿子九岁，什么都没穿，只戴着一个镶着大块蓝色宝石的银项圈。

这些游牧的苏艾德人为水牛收集的饲料有香蒲和考兰（学名 *Scirpus brachyceras*），一种覆盖大部分临时沼泽的莎草。看着他们喂水牛，亚辛说，他自己在布穆盖法特的水牛是不

第十九章 苏丹人和苏艾德人

会吃这些植物的。因为很多苏艾德人想要治疗，我们就多待了一天，然后又拜访了他们的其他村庄，其中一个在芦苇丛深处几英里的地方。他们是马丹人中最单纯的一群，唯一破坏了和他们在一起时的兴致的是那里的水。沙漠周边的水盐分很高，陆地上的苏艾德人会通过在浅坑里蒸发水分制盐。我们最终来到了波斯边境，这是我们东部沼泽之行能够抵达的最远端。我们在一个小小的伊拉克警察岗亭住了一晚，然后动身返回中部沼泽。

第二十章

阿马拉的家

等我们回去时,奥艾希吉被洪水淹没,费莱贾特人已经离开了。我们拖着塔拉达穿过深色的莎草地,一路上只偶尔出现一些留下来繁殖后代的灰雁,让我想起冬季的这里曾是野禽的天堂。幼发拉底河沿岸的芦苇已抽出高高的新枝,芬芳的水毛茛覆盖在开阔的水面上,好像大雪覆盖的地面。

在欧宰尔,我们留下塔拉达,雇了辆汽车将我们送到巴士拉。我一般每两个月回那里一趟,收集信件,洗个澡,再买些药。从沼泽里来到舒服的房子住上几天让人心情愉悦。我在领事馆的朋友对我和我的同伴总是很好。等重新坐上塔拉达后,阿马拉对我说:"既然法利赫死了,你就必须和我住在一起了。我们并不富有,但是你知道,我们的就是你的。我们会让亚辛和哈桑先回家住,等准备好再次出发时,再把他们叫来。"

四天后,我们驶入通往路法亚村的水道。阿马拉家就在

第二十章 阿马拉的家

那个村子里。河水流速加快，岸边的男人正站在齐大腿深的河中清理水面，让一堆堆植物顺流漂向更远的沼泽。一个衬衫系在脖子上的高个小伙子蹚着水过来和我们打招呼。阿马拉说："那是雷希克，我的弟弟。去年他帮别人种稻子，今年他自己有地了。"那小伙子洗掉腿和脚上的淤泥，跳进了塔拉达，来到阿马拉身边亲吻了他，然后拾起一根撑杆。小伙子很帅，带着一种无拘无束甚至有点放肆的神情，但缺少他哥哥身上那种出众的教养。他比阿马拉小一岁，但和阿马拉差不多高。虽然瘦瘦的，但长大后很可能比哥哥更壮。我们经过第一排房屋时，孩子们开始跟着我们。他们沿着河岸一路蹦蹦跳跳的，让我感觉自己像个花衣魔笛手[1]。等我们到站时，一大群人已经在等着帮我们上岸了。阿马拉对其中一个人说："哈桑，赶快告诉父亲我们的朋友已经来了，马上要去做客。"又对雷希克说："确保其他孩子把所有东西搬到屋子里，也别忘了撑杆。"

亚辛和哈桑在布穆盖法特待了几天。我和萨拜提，以及另一个同行的男孩一起走到阿马拉位于村郊的家。他家后面是一片收割过的大麦田，远处还有一片幽暗的棕榈林。阿马拉的父亲叫苏格卜，有一张饱经风霜的脸和一双无忧无虑的眼睛。他头戴头巾，身穿干净的白衫，含蓄而又礼貌地接待了我们。虽然他身板很直，但给我们引路时，行动很不灵便。屋子不大，棚顶低矮，五根拱都只由很少的芦苇扎成。破旧

---

[1] 花衣魔笛手，欧洲民间传说中的人物，为惩罚没有履行诺言的村民，吹着笛子拐走了全村孩子。

的席子上铺着张已经磨损的地毯,以及两个垫子。一个面容和蔼的中年妇女热情地向我们打了招呼。"欢迎,朋友,欢迎回到你的家。你简直像阿马拉的父亲一样。真主保佑你。"在她身后站着一个小婴孩,两个小男孩,和一个半遮着脸的十五岁小女孩。

阿马拉派雷希克去找水壶,派萨拜提去他父亲的商店取糖和茶。然后,在他两个小弟弟和一群孩子的帮助下,他准备抓只老公鸡回来。那只鸡窜出屋子,跑遍全村,被一群闹哄哄的孩子追着,但最终还是被逼到角落成了我们的午餐。阿马拉还准备了一条很不新鲜的鱼,可是在这些地方,没人在乎一条鱼是不是发臭。阿马拉的母亲娜嘉把一块块生面饼贴在泥巴烤炉的内壁,为我们准备配菜的面包。在陆地上,这样的烤炉几乎每座房前都有一个。沼泽区的妇女则用陶土浅盘放在火上烤制面包。阿马拉的另一个弟弟希莱卜从沼泽地回来了。希莱卜身体结实,不太说话,当阿马拉和我出游时,他就负责照看水牛。别看他只有十二岁,但能从早到晚收集哈希什。晚上的时候,水牛必须回圈,不然它们会溜达到农田里破坏庄稼。他家的牛群包括一头野性十足的公牛、三头产奶的母牛、一头未生育的母牛和一只牛犊。阿马拉和希莱卜一样,心思都在水牛身上。有次他挤完奶,边抚摸着一头奶牛边对我说:"看看这头牛,多漂亮,而且正怀着小牛呢。我去年用你给我的钱买的。真主保佑,我们很快就能有一大群牛了。"

另一方面,雷希克却只对水稻感兴趣,一照顾水牛就抱

第二十章 阿马拉的家

怨。他风趣机智，不太懂得尊敬长辈，在同龄人的怂恿下有时还有点任性和不负责任。但在农田里，他却全情投入地像成年人一样劳动。到了晚上，他会坐在墙根，累得像狗一样，却心满意足。一和我们讲起水稻种植，他的手就会像真的在摆弄泥土一样动作起来。过段时间，他的腿可能就会染上"沙雷"。这种常在夏天出现的病会引起瘙痒，病源主要存在于村庄附近的水域、农田，以及野猪经常出没的浅沼泽区。种水稻的人总是不可避免地罹患此病，生生把腿挠破。一次发作常常持续二十四小时，我知道那种生不如死的感觉，因为我经常在打野猪期间感染。

阿拉伯采用的是太阴历，日期上要提前一些。与哈德拉毛[1]的农户一样，这里的农民也用某些星辰的出现和消失来辨认季节，比如昴星团和天狼星。每到农耕季伊始，村民就用芦苇桩将路法亚下游水渠旁的土地按等长标示，待抓阄分配。通常某个人抓到的土地会分散在各处。他可以与人合作，也可以独自或找家人帮忙耕种。在气候正常的年份，他们会在四月清理田地，在五月中旬洪水退去时播种。如果洪水迟迟不退，水生植物就会长满农田。

播种前，他们先将种子在水中浸泡五天，然后用垫子压住，在太阳下放两天，直到发芽。他们会先把尼萨和希塔勒两种庄稼分开，前者种下后需要间苗，后者需要在四十天后移栽。沼地马丹人只种希塔勒，而远离沼泽的阿宰里杰部落

---

[1] 哈德拉毛，也门东部地区。

则除了尼萨外几乎不种别的水稻。我们身处的路法亚位于沼泽边缘，村民两种庄稼都会种。单枪匹马的雷希克将五分之四的土地种植尼萨，因为这一品种不需要太多人力，但同等面积的产出量只有希塔勒的一半左右。通常，尼萨在十月中旬收获，希塔勒在一个月后收获。

1956年的年景很好，雷希克收获了四卡巴拉的尼萨和一卡巴拉的希塔勒（1卡巴拉等于0.62英亩）。产出稻米约三千五百公斤。他拿出四分之一交给马吉德，留下足够一家人来年吃的口粮，将剩下的部分卖了三十第纳尔。马吉德以村庄为单位收取实物形式的地租。有时他收取三分之一**已得**收成。但更多时候，他收取四分之一的**预估**收成，这种情况下他通过每年的洪水水位可以立刻确定租金。据说他的判断总是很准。

像阿宰里杰部落这边的农民喜欢大洪水，因为稻田需要河水的灌溉。但这是马丹人的不幸，因为洪水不退，田地露不出来。相反，低水位能给马丹人带来更大的播种面积，给其他人带来灾荒。1951年的水位异常低，包括塞加尔、阿加尔以及阿迪尔河河口下游沼泽区村庄的马丹人都耕种了比往年面积大很多的庄稼。但不幸的是，旷日持久的秋雨导致大部分庄稼在收获前被淹没了。阿马拉省的部落只在新鲜淤泥覆盖的地区种植水稻，但在幼发拉底河位于苏格舒尤赫的下游河段，一些部落需要开垦耕地。在那里，人们有时会在收获完大麦或小麦后，紧接着就在棕榈庇荫的田地上种下水稻。

七岁的哈桑是阿马拉的四个兄弟之一。我们来的那天晚

第二十章 阿马拉的家

上，他割伤了手，来我这里缠上了绷带。要不是如此，他会一直静静地待在屋子远处的角落里，几乎使我忘记他的存在。而他的弟弟拉德西则不同，一直坐在我旁边说话。哈桑看起来有严重的贫血症，他的妈妈说他总是感觉疲惫，没有活力。他伤口里流出的血像脏水的颜色，棕色的皮肤上几乎没有血色。我给了他一瓶补铁片剂，让他妈妈喂给他，一个月后，我几乎认不出那孩子了。他变得活泼快乐，很招人喜欢。

苏格卜的愿望是到马什哈德朝圣一次。他将大部分时间花在礼拜和冥想上，放心地将家里的事情交给阿马拉。如果遇到问题，阿马拉经常请教他的母亲。第二年，阿马拉向我咨询送哈桑上学的事情。"我们家总得有个会读书写字的人。"我虽然有很多顾虑，但还是同意了。第二天，我们送他来到了一所学校。那里离瓦迪耶河主河道有两英里远，里面有六个来自村里的孩子。在阿迪尔河位于马吉德村庄下游的地段也有一个学校，但沼泽区里则一所也没有。哈桑在学校非常开心。每天早上他都和小伙伴们匆匆赶去学校，到了晚上则自豪地向我展示他的作业。后来我到了巴士拉，给他买了书包、练习本、彩色铅笔、钢笔、墨水、尺子和圆规。他很开心，向我保证其他孩子都没有这些东西。然而，我对结果却很担忧。接下来的五六年里，他白天都将坐在教室的书桌旁，中午吃上一顿联合国教科文组织规定的特别午餐——与芦苇丛中的希莱卜和稻田里的雷希克相比，生活轻松许多。但如果毕业后他仍待在路法亚，那么芦苇和稻田将是他的归宿。我只希望他将来不要沦落为城里被边缘化的孩子。如今，中东地区许多受过部分教育的男孩命运都是如此。

几乎所有上过学的孩子都不再满足于待在村里。因为多年来，他们都在受讨厌部落生活的老师的影响，老师会鼓励他们认为唯一体面的生活就是住在城里。年轻人经常央求道："让我和你一起去巴士拉吧，朋友！帮我在那儿找份好工作。我讨厌这里的生活，感觉活得像动物一样——对我的父母和兄弟们来说这没什么，可我是受过教育的人。"这样的男孩如果待在家里，很快就会心生不满，变得刻薄起来。他们以为只要逃到城里，那点匮乏的教育就能帮他们实现所有的愿望，可这种信念很可怜。他们没有意识到在伊拉克，同等教育背景的人还有千千万万。实际上，如果他们离开家，最可能的结局就是在巴士拉或巴格达成为卖报纸或可乐的商贩，甚至靠偷车或为出租车司机拉皮条维持生计。

家长们几乎毫无例外地渴望送孩子去上学，但我记得有个住在阿迪尔河河畔村庄的老人对我说："我的儿子在巴士拉政府有份很好的工作。你也看到了，我们很穷。他在阿马拉上了十年学，我花了大部分积蓄来供养他。我以为他以后会照顾我们。他是我们唯一的儿子，他小时候，我们全家其乐融融。但如今他再也不肯接近我们或帮助我们了。教育真是个坏东西，朋友，它偷走了我们的孩子。"然而，加巴卜有个老妇人却没有这样的疑问。她的丈夫与她离婚后在阿马拉当守夜人，她的儿子也在阿马拉上学，经常回来看她。他穿一件外套，裤子屁股上有个大洞，留着欧洲流行的分头，还抹着头油。待他两天的拜访结束后，他的母亲就会骄傲地到处

第二十章 阿马拉的家

和邻居宣告:"我的儿子是文明人。他用勺子吃饭,还会站着尿尿。"部落男人都是蹲着小便的。

我们多次拜访加巴卜,其中有一次达希勒邀请我们参加他的婚礼。去年我送他去巴士拉时,还以为他活不长了。自从他恢复健康,我碰到他很多次,有时在法图斯人那里,有时在阿加尔村,最近则在加巴卜。不论在哪里,我总是被这个幽默、好辩、有点滑稽的小伙子吸引。我感觉自己对他负有义务,付钱帮助过他。现在他需要付七十五第纳尔彩礼,我承担了大部分。他要迎娶的是瓦迪的妹妹,就是他一直爱着的那个女孩。

中午时分,婚礼尚未开始,我们抵达了加巴卜,终于松了一口气,因为一路穿过密不透风的芦苇丛,我们热得几乎要窒息。即使静坐,汗也会从我身上直滴下来,再看我的同伴们,个个像穿着衣服洗了桑拿。连我们掬起的水也是温热的,喝起来了然无味。无数小蜘蛛落进塔拉达,成群的蚊子在身边飞来飞去,看起来和家蝇一样无害的苍蝇狠狠地刺穿长衫叮咬我们。村子毫无生气,好像被遗弃了一样,烈日下的水面蒸发着薄薄的雾气。萨达姆正在拜访马吉德,于是我们住在一个费莱贾特老人的家里,他是我的朋友,也是哈桑的表亲。达希勒与隔壁法图斯人住在一起。他正忙着增加拱肋以扩建房屋。完工后,他将一顶红色蚊帐支在自己的婚床上。

第二天早晨,我们听到村子远远的尽头传来歌声和鼓声,那是瓦迪开始庆祝自己妹妹的婚礼。下午时分,达希勒的朋友们出发,乘我们的塔拉达去接新娘。为了鸣枪以庆祝婚礼,阿马拉拿了猎枪,哈桑拿了手枪。按传统,达希勒会在房子里等候他们回来。因为没有家人,他请我留在他的身边,于是我们坐下倾听远处的声音。歌声停下后又开始了,达希勒说这表明他们上岸了,瓦迪正在招待他们。一个小时过后,太阳开始西沉,歌声越来越近,我们听到了零星的枪声。"他们正在帮她上船,"达希勒说,"他们会带她绕村子一周,路上会停在各家跳舞。"

最后,我们终于看到他们朝我们接近了。身穿新衣的新娘坐在塔拉达里,周围环绕着许多独木舟。站在舟里的人一边唱诵一边划桨。新娘身前堆放着被子、床垫、枕头和其他家具用品,都是瓦迪为她的新婚置办的。作为家里的顶梁柱,瓦迪有权决定彩礼的多少。我很高兴看到他表现出的慷慨大方,因为达希勒非常贫穷。

他们一上岸,我就开始鸣枪。阿马拉和哈桑跳上了岸,有人将新娘带进房屋。哈桑连续开了十三枪,直到子弹用光;阿马拉用他最快的上膛速度连续开猎枪。人们七手八脚地上了岸,来到屋前的空地。阿杰拉姆即兴创作了一联对句[1],并重复了两次。庆祝人群也跟着唱诵起来,围着我们跺起脚,并在头上挥舞着步枪、船桨和匕首。我们每隔一会儿就朝空中鸣枪,附和着他们。就这样一直持续到太阳落山,他们才回到各家吃饭。饭后,我们又聚到了达希勒的屋子里。侯鲁

---

1 对句,长度相等、相互押韵的一对诗句。

第二十章　阿马拉的家

和一些人唱歌,许多男孩子跳舞,达希勒四处分发着香烟和茶。

临近午夜,我向阿马拉表示,也许庆祝该结束了,好让达希勒去找他的新娘。但阿马拉回答:"没关系,等他准备好了,他会去的。"过了一会儿,达希勒借走猎枪和一颗子弹后消失了。庆祝继续。突然,一声枪响从房子尽头传来,完全出乎我的意料,可其他人则笑了,明显都在等着这一刻的到来。原来这是达希勒最终圆房的象征。没多久他回来了,一副蓬头垢面的样子。他的衬衫被扯开,头箍也不见了。亚辛问他是不是无法满足他的新娘,他滑稽地嗔怒道:"没听见枪响吗?"

第二天早上,我拜访了达希勒,他请我进入蚊帐。按照部落风俗,他的妻子要在里面待上七天。我坐在她身旁那些嫁妆被褥上。她和哥哥长得很像,是个笑容亲切、体态丰满的十六岁女孩,一点羞怯畏惧之感都没有。达希勒给我煮茶,他的新娘则用一瓶味道极浓的香水将我的衣服打湿,又拿出黏糊糊的糖果招待我。七天的蜜月一结束,他就在村子里给自己建了座小房子,安顿了下来。他的妻子性情平和、勤俭持家,是他的如意伴侣。不到一年,他们就有了一个女儿,第二年又添了个儿子。每次我去他家做客,达希勒都极其骄傲地向我展示他的孩子,塞一个到我的怀里。可其实我对孩子并没什么兴趣。

回路法亚的途中,我们在阿迪尔河河口处的一个大马丹人村落停留。几天前,一个父亲把儿子留给他失明的老母亲照顾,自己去商店购物。当他回来时,发现孩子已经掉进水里溺死了。他家离我住的地方不远,正在举行哀悼仪式。坐满男男女女的独木舟驶过(但男女从不坐在同一条船上),哭声此起彼伏。有两个小伙子曾和我们一起打野猪,停下来跟我们说话。坐下聊了半天,其中一个对另一个说:"快走吧,我们得赶过去了。"他们起身道了别,然后,毫无征兆地放声大哭起来。这让我想起和法图斯人在一起时,有一次,法利赫、达乌德和哈雅带我去贾西姆所属村庄附近的沼泽打猎。途中我们遇到一条来自加比巴的独木舟,听说他们的一个朋友当天早上死了。三个人立刻歇斯底里地大哭起来,直到法利赫突然说了声:"够了。"于是恸哭戛然而止,他们继续划起船来。

我们认识死者的父亲,所以前去表示哀悼。这种哀悼仪式叫作法谛哈,不分死者性别举行,持续时间为七天。在此期间,村民们会轮流准备午餐,包括肉类。前来参加法谛哈的村民会喝咖啡,但茶和香烟只为客人提供。阿马拉建议我也使用"法谛哈"这个词,但我拒绝了,让他也不要这么做。我不是穆斯林,要分辨哪些宗教表述可以使用、哪些不可以使用,是件不容易的事情。很多话就是日常语言,比如"荣耀归于真主""以真主的名义""请留在主的庇佑里",以及最常用的"愿主保佑"。只要说阿拉伯语,就没人能躲过这些表达。但对于其他词句,就最好留给穆斯林使用了。例如,在提到先知的名字时,他们会在后面加上一句"主赐福安"。而我常用"您的先知"来指代他。在穆哈兰月[1]中,什叶派会用

---

[1] 穆哈兰月,伊斯兰教历法的元月。

第二十章　阿马拉的家

十天时间充满激情地祭奠侯赛因，此时来到穆迪夫，我总会看到人们在饭后诵读[1]。当然，我也会模仿他们的行为，见他们起身就起身，见他们转身就转身。

我们到的时候，屋子里已经很满了。死者的老父亲有一条腿是跛的，枪伤造成的。我们问候了他，他请我们进去坐在他旁边，给我们拿来茶、咖啡和香烟。十二年前，老人在马吉德与他的妹夫哈吉·苏莱曼的战斗中赢得了声望。我从未听说这次争斗的真实原因，但我知道哈吉·苏莱曼的女儿在嫁给马吉德后惨遭谋杀。多年后，马吉德的大儿子卡莱比德也被谋杀了，人们认为这正是积怨导致的。在战斗中，马吉德的部落成员穿过稻田，发起猛攻，把哈吉·苏莱曼的村庄烧了个精光。一天的战斗中，死伤达到一百四十人，之后一位赛义德来了，强行使双方达成休战协定。那个老父亲是在要塞的墙下举着部落旗帜时被打伤的，但那个要塞最终没有被他们拿下。

我们在他身旁坐了半个小时，然后我轻推了下正在诵读"法谛哈"的阿马拉，就离开了。按传统，我们要给一些份子钱，于是等老人送我们到门口时，我给了他半个第纳尔。

---

[1] 指诵读"齐亚拉特阿舒拉"，即纪念侯赛因·本·阿里及卡尔巴拉战役中的烈士的悼词。

第二十一章
1954：洪水之年

1953年的冬天格外寒冷。我在二月中旬回到伊拉克时，虽然波斯和土耳其山脉的积雪还没有融化，但底格里斯河已经因为终日的冬雨泛滥起来。阿马拉与萨拜提和我在巴士拉碰面，花了几天时间购买药品、子弹和衣服后，我们回到了他们的村庄。路上，我们有一晚借住在法利赫的儿子阿布德·瓦希德家，这个木讷的小伙子好像从来就没什么话可说。他那专横、吝啬的妈妈牢牢控制着他。法利赫的旧随从本可以支持法利赫的儿子，但她为了省钱，把他们都解雇了。达伊尔离开了，阿布德·里达说他也想走。如今没什么人来法利赫的穆迪夫了，大部分时间，我们都尴尬地坐着，无话可说。

我们之前把塔拉达留在了这里，现在发现它漏水了。我们把它翻过来，用芦苇火把加热裂痕，但没用，必须重刷沥青，于是我们决定穿过胡瓦尔的沼泽，找哈吉·哈迈德亲自为我们修理。水流湍急，河面几乎与岸持平。这里的大麦与

第二十一章 1954：洪水之年

小麦和别处一样，通常地势较低，在一些地方河水似乎要冲破堤岸淹没农田。一路上，我们碰到好几拨正在加固河岸的人。抵达路法亚后，我按惯例住在了阿马拉家。他已经重新建了一座房子，更宽敞，也更坚固。我留意到地上还铺了新毯子和垫子。雷希克的水稻种得很好，他们家的水牛也下了小牛，所以现在有两头产奶的牛了。回到这里，我很高兴，其他人也很高兴见到我。一上岸，村里的小男孩们就都赶来了，一路把我护送到苏格卜的家。进屋后，老人们都催阿马拉"把那些孩子轰走，让我们好好看看我们的朋友"——说起来容易，做起来难。一个七岁男孩厚着脸皮说："离我们远点，他是我们的朋友，不是你们的。"在这里，我从未见过有人打孩子，也没见过对孩子不友善的人。而且孩子们之间也几乎不争吵。雷希克这会儿叫男孩们帮他捉几只鸡来。这可是孩子们无法抗拒的好事，他们像一群小狗似的追赶起来。鸡是阿马拉的妹妹玛塔拉养的，每次我来到这里，她的鸡都会遭殃。她有时会将鸡卖给从城里来村庄旅行的人。

我给玛塔拉带了一条绿色真丝连衣裙，是阿马拉在巴士拉帮我选的，所以这次对于她的鸡，我没有那么愧疚了。她是个羞涩文静的女孩，面庞秀丽，身材高挑，举止优雅。一次，我问阿马拉和苏格卜，如果有酋长想娶她，他们会怎么做。他们说会拒绝。"如果酋长娶了她，那我就没有能力保护她了。"酋长可以娶任何他喜欢的姑娘，但酋长的女儿只能嫁给酋长。赛义德也是一样。穆斯林可以娶四个老婆，但在路法亚，只有三个人有两个老婆，再没有更多的了。同样，在加巴卜，只有萨达姆和另外两个人有两个老婆。

起初，我以为这里会有很多孩子死于婴幼儿时期。在一个我曾经拜访过的法图斯村庄，五个婴儿在一周时间内死于百日咳。但实际上这里的婴儿死亡率是相对较低的。比如苏格卜有九个孩子，只有一个夭折了。萨拜提的七个兄弟姐妹都活着。我在加巴卜随机选择了十户人家，加起来有八十个孩子，其中有十三个死于十五岁以前。我想知道这与维多利亚时代的英国相比水平如何。

在前往布穆盖法特前，我们又在路法亚待了一天。下了一整夜雨，第二天还是乌云压顶的样子。哈桑家的房子刚出现在视野范围内，雨又下了起来，而且持续了一天。还没等把东西搬进房子里，我们就都被浇透了。他家的房子防水性很好，顶上铺着好几层加厚的席子。哈桑出去打猎了，他的妈妈阿法拉接待了我们，帮我们生了火烘烤衣服。她体态魁梧，长了一张方方正正的脸，灰绿色的眼睛之间距离很宽。她来自知名的拜特·麦肯兹家族，在村里很有影响力，十分疼爱她的儿子。乍一听到这个名字，我以为将要见到的是某个穿着花格呢子衬衫的苏格兰人宗族的分支呢，但实际上拜特·麦肯兹是费莱贾特人毋庸置疑的后裔。阿法拉的祖父之所以将儿子命名为麦肯兹，是为了致敬一个他曾在一战中遇到的令他钦佩的苏格兰人。

哈桑回来时浑身湿透了，小小的独木舟被雨水灌了一半。他带回来四只琵嘴鸭，是他一枪打到的。他说那些鸭子太野了，他只能潜入水中，只露出头，顶着一丛芦苇接近鸭子。

第二十一章 1954：洪水之年

很快，亚辛也从芦苇地里回来了。他和哈桑都迫不及待地想和我再次出发。我们计划先在胡瓦尔修好塔拉达，然后从古尔奈穿过底格里斯河，从东部沼泽向北，去一些从没到过的地方。"这个季节不要接近齐克里，"沙汗劝我们说，"要去幼发拉底河，从巴希特部落的村子穿过去，然后看看能不能找到塔希尔·本·乌拜德做你们的向导。他是搞走私的，知道东部沼泽的每一条水道。"亚辛说："是的，我去年在欧宰尔见过他。有他在，我们能去任何地方。"

我们第二天在达乌卜吃了饭，招待我的就是那个三年前儿子被狗攻击的人。不论是父亲还是儿子都不同意我们在下午出发，要求我们留住一晚。几天前，有几个盗贼来村里偷水牛。村里的狗叫了起来，于是人们追赶盗贼，盗贼开枪还击，射中了一个男孩的胸部后逃走了，后来那个男孩死了。我认识他，于是去参加了他的法谛哈。沙汗在布穆盖法特讲起了这件事，他怀疑盗贼是来自奥艾希吉的费莱贾特人。这会儿我们听说他们是苏艾德人，他们的声音被人认了出来。沼泽居民总是能通过口音判断某个陌生人来自哪个部落。

我们在第二天晚上抵达了塔希尔的家。他三十多岁，身强力壮，特征突出——右眼处有个核桃大小的赘生物。听到我的提议，他马上答应了和我们同行。

塔希尔的大儿子最近刚刚去世，目前只剩两个年幼的孩子。他有个十二岁的侄子，性格开朗，住在隔壁，过来帮他一起招待我们。孩子的父亲是塔希尔的弟弟，兄弟俩长得很像，都以走私为生。我来的消息不胫而走，令我惊讶不已。我不得不再和塔希尔待上一天，因为病人的数量超乎寻常，有些还是赶了很远的路来的。其中有个不幸的男孩，阴茎长在了阴囊下。

在去胡瓦尔的路上，塔希尔告诉我们，他的上一次行动失败了。波斯警察抓到了他，没收了糖和茶叶，还问他几个月前失踪的两个警察是不是与他有关。两天的严刑拷打后，警察放了他，但警告说如果再抓住他就立刻开枪打死他。塔希尔咧嘴笑着说："我其实可以带他们去那两个警察失踪的地方的。我把他们摁进了一座沼泽浮岛下。那会儿我们已经成功带出了一批粮食，谁知冒出来两个警察追赶我们。我们留了两个人在后面偷袭了他们。然后卖了他们的枪，每人得了一百第纳尔。眼下我得离波斯远点。"

沿幼发拉底河的一条小分支向北一段距离就是胡瓦尔。这个村子坐落在由沼泽包围的一块高地上，房屋和数不清的穆迪夫掩映在棕榈树下。我们住在哈吉·哈迈德小小的穆迪夫中，旁边就是他的船厂。他是个精力充沛的中年人，即刻叫孩子们去剥掉塔拉达上的旧沥青，然后带我去村子里转转。每个人似乎都在做着和造船直接或间接相关的活计。各处商店的后院里都堆着木板、原木和竹竿。商店里卖各种工具、铁钉和各类常规货物。在一片棕榈树下，人们正在为一艘双桅船做着收尾工作，完工后再用原木垫在船下送船下水。工匠们通常在自家芦苇篱笆围着的院子里干活，他们剥掉小船或独木舟的沥青后再涂上新的一层，修补破船或建造新船。我们观看了一个老人制造独木舟的过程。他先在底层用间距

第二十一章　1954：洪水之年

一英寸左右的横向板条做出轮廓，然后将一根长木板沿中线钉在上面。我们喝茶的工夫，他从身旁的一堆木料里选出合适的木条开始做船肋。这会儿他用到了锛子，而其他工具也仅有一把小锯子和一个弓钻，还有旁边席子上的一堆钉子。隔壁院子里热烘烘的焦油味道传来，阳光透过棕榈叶洒在地面，两只杂色乌鸦落在头顶的树枝上注视着我们的一举一动。

最后，哈吉·哈迈德说："我们回去吧，他们应该快完事了。吃完午饭我就给船上新沥青。明早沥青应该就会干了。"他给我们做了副新船桨，由于每个人都想有副哈吉·哈迈德做的船桨，所以我们将桨叶涂成了红色，这样可以减少被偷的概率。从现在开始，红船桨成了我们与众不同的标记。第二天，我们沿河顺流而下，两岸棕榈林立，两支红色船桨一齐浸入水里的样子看起来真不错。塔希尔坐在哈桑位于船头的位置，哈桑取代了阿马拉，而阿马拉则坐在我的客座对面。抵达古尔奈前，有两三条汽艇从我们身边经过。幼发拉底河与底格里斯河交汇处的浮桥处于开放状态。底格里斯河水位较高，我们在东岸的一座穆迪夫里吃了午饭。当时是3月4日，接下来的五个星期，我们都待在底格里斯河以东。

起初，我们拜访了一些我闻所未闻的部落，如杜海纳特和哈里基，后者的意思是"鸬鹚"。后来我们回到了穆罕默德人、游牧的费莱贾特人和苏艾德人这些老朋友中间。雨非常多，特别是在夜里，沼泽上空电闪雷鸣。我们住的房子很少有覆着两层厚席子的，多数只有一层。屋主有时会将地上的席子铺到房顶上去，但作用不大，而且我们还只能睡在地上。

天气很冷，我们通常两个人挤在一起共用一条毯子。水位一直在涨。

一天下午，正当我们打猎时，乌云快速聚拢，眼看暴雨就要来袭。亚辛焦虑地说："主，我希望没有冰雹。"其他人也同样祈祷起来。暴风雨在我们到家以前开始了，我们要想方设法保持船只平衡。我的伙伴们绝对有理由害怕冰雹。接下来那年，一场冰雹横扫了北部沼泽，最结实的芦苇都被砸烂，无数鹈鹕、大雁和其他鸟类死亡，到处都是它们的尸体。冰雹还砸死了迪马湖上的一对父子，以及很多水牛犊。

阿马拉说："这么高的水位，今年可以打到很多野猪了。"我们也确实做到了。重渡底格里斯河之前，我已经打到了二百零五头。这项活动一直很刺激，有时也很危险，但我这么做并非只出于乐趣。野猪是沼泽居民的天敌，我为太多人缝合过野猪攻击造成的伤口，所以已经没有了杀死它们的内疚。但我仍然不想看到它们像狮子那样灭绝。对我来说，它们那庞大的黑色身躯和在芦苇丛边进食的样子是沼泽区不可割舍的风景之一。没有了它们持续不断的威胁，这里的生活将失去很多使人兴奋的部分。

野猪的胆大包天令人瞠目结舌。一次，在阿迈拉部落的区域内，村民肯定地告诉我，野猪曾跟着水牛回村睡在空房子里。起初我不相信，直到我在日落时分看到真有两头蹚着浅水朝村里走来。我们跟踪并射杀了它们。天色黑下来，我们就回去了。一户坐在外面火堆旁的人家指着隔壁几码外的房子，若无其事地告诉我："里面还有几头。"我觉得他们一

第二十一章 1954：洪水之年

定在开玩笑。我们登上那座迪宾，差点被冲出来跳进水中的五头野猪撞倒。

　　船头向北，塔希尔指引我们前往奥艾希吉，一片稍稍隆起的狭长高地，沿底格里斯河平行延伸。由于高涨的洪水，低地几乎都被淹没，大量野猪在白天躺在那里。我们打猎的时候，同伴们能轻松地让塔拉达在稀泥中动起来。一天下午，我打中了十头从我们前方排队通过的野猪。那天我的枪法出奇地好，总是一枪打中最远处的那一头。然后，我们又发现了四头。当我打中其中一头后，它又蹬又踹，不知为什么，其他三头围着它不走，最后被我全部打死。

　　接下来是两头巨大的公猪，它们站在距我们二百码的前方看着我们。塔希尔和其他人将独木舟划到一旁，然后站在后方。我坐在独木舟里打中了较大的那头。它先原地打转，奔出二十码的样子，然后突然和身后紧跟它的另一头野猪一起径直朝我们冲来。我再次开枪，并且听到了子弹射中的声音，可它晃都没晃一下。我又开了一枪，它还继续往前冲。此时它已经离我们很近了。我再开一枪，这次它倒下了。开了四枪，还剩一颗子弹……我正在拉枪栓，扭头看到了另一头野猪，它再跳两步就能把我压倒在地。我射出最后一颗子弹，野猪倒下了，直接摔在船上。我重新装上子弹，但两头猪一动不动。我俯身去碰了碰近处的那头，另一头离我有一英尺远，够不到。我忙于做出一连串动作，根本来不及害怕。两头无视子弹同时攻击我的野猪着实吓坏了我的五个赤手空拳的同行者。他们的猎枪和手枪都在我身后的船里。我转头发现他们还半蹲着，手里紧握匕首。

"如果野猪上船了你们怎么办？"我问。

阿马拉说："我们会跳到它身上去用匕首杀死它。"

第二天，我们在十八英尺深的水里追踪另一头大公猪。我们追在它身后四十码处，逼近它时，它突然掉头飞快地冲了过来，溅起高高的水花。我在仍然移动中的塔拉达里没有打中它，直到它跑到船边我才来得及开第二枪。塔希尔当天早上借了柄鱼叉，此时直插到了野猪的脸上。我用余光看到他被吊在鱼叉的末端，甩出了船。我再次开火，这次它倒下了，塔拉达被它撞得一侧进水。塔希尔从头到脚都是泥水，嘴里噗噗吐着水站了起来。

"你为什么从船上跳下去？"亚辛故作天真地问，"坐在船上很安全，没看到我们的朋友马上就要开枪了吗？"但塔希尔没笑出来。

"再近一英尺，它就会把塔拉达撞成两半，"阿马拉解释道，"就像那天我们看见的被野猪攻击的船。"

这头野猪长了一身乱蓬蓬的深褐色长毛，是我有史以来打到的最大的一头。有些野猪的皮毛几乎是黑色的，有些略带红色，还有一次我们看到一头通体灰白的野猪，起初我还以为那是只山羊。然而，它们的表皮通常裸露着，只长着稀疏的鬃毛。小猪通常在三月到五月之间出生，那些小东西身上带着斑纹，很招人喜爱。我发现很难在顺风情况下成功跟踪野猪。它们的视觉灵敏，但睡觉时听觉很差。一次我骑马在柽柳丛中打猎，巴尼拉姆人骑马喊我来到一片灌木丛，原

第二十一章 1954：洪水之年

来一头公猪正在其中睡觉，离我们那十几匹不住踏蹄的马还不到一码远。马丹人认为野猪吃腐肉。在奥艾希吉，我确实看到一头几天前被我打死的野猪已经被啃食了一部分，但那也可能是被为数不少的豺吃掉的。没有被水淹没的陆地所剩无几了，水位还会在接下来的一两个月继续增长，我很担心豺会在那一年全部淹死。

在我们经常过夜的小村庄，人们通常会在房子外面匆忙搭建起一面单薄的泥墙，用于挡水。但是墙会在我们睡觉时坍塌，涌进来几英尺高的水。大部分夜晚都雷雨交加，雨从房顶漏下来，我们很快就被淋透了。如果早上天气好，衣服能很快干燥，否则的话，我们只能忍受着寒冷，在阴沉沉的天气里继续在广阔的浑浊水域中赶路。

我们赶到沙赫拉河河口的村庄时，村民已基本撤离。其中一个村子的泥墙都被前一晚的洪水冲垮，家家户户都在水里摸索着自己的物品。整条沙赫拉河已决堤，河水涌进尚未收割的麦田里。终于渡过底格里斯河，我们无须寻找能让我们穿过主路的桥梁，因为河水已经与堤岸持平了。我们踏过泥泞的土路，把塔拉达也拽了过去。

至此，塔希尔说必须离开我们去帮助家里了。"今年水太深了，水牛很难觅食。我们需要给它们找足够的哈希什。"现在，塔希尔已经成为我们中的一员了。他带领我们沿波斯边界穿行于广袤的芦苇区，那些路线鲜有人知。而且即使在最困难的环境中，他也能保持平和、热心的态度，愿意与我的同行者共同承担劳动，即使他们都够做他的儿子了。他答应我以后还会找我，可我第二年向人问起他时，那人惊讶地说："你没听说吗？塔希尔已经死了。他的侄子上个月杀死了他。"显然塔希尔和他的弟弟因为一些琐事发了脾气，还动了手。于是我们去年见过的那个十二岁男孩立刻站在了他父亲一边，抓起一柄鱼叉就插进了塔希尔的后背。鱼叉上有倒刺，刺穿了塔希尔的肾脏，几个小时后，他痛苦地死去了。"他的弟弟悲痛欲绝，几乎快疯了，"那人接着说，"他诅咒自己的儿子。那孩子其实一直把塔希尔当爸爸一样爱着。真是悲剧。"

在沼泽区，我们完全不知外面世界的状况，也不知道灾难正在降临。伊拉克大部分地区遭遇洪灾，巴格达也陷入险境。但通往巴士拉的路尚未被洪水封住，我们在四月迅速往返了一次。我将塔拉达留在欧宰尔，然后租了一辆车。在来伊拉克以前，我不想带战前里格比公司为我定做的 0.275 口径步枪，于是买了一把二手的。但在 1954 年，我把我最喜欢的枪也带上了，把原来那把留在了巴士拉。我把它送给了阿马拉，并给了萨拜提、亚辛和哈桑每人一把猎枪。两个月后，我们再次回到巴士拉，乘塔拉达一直旅行到古尔奈，又从古尔奈租了艘汽艇送我们沿河而下。

我们在四月回到加巴卜，河水距萨达姆的穆迪夫只有一英尺的距离。而我第一次拜访时，那一年干旱异常，落差足有六英尺。很快他就在四周建起了一圈墙。显著的水位上涨必定给马丹人带来了不便，可生活一如往常。居民们只是铺了更多芦苇到地面上，以保持干燥。我们从加巴卜出发，去幼发拉底河下游拜访蒙提费克部落，然后再向北沿盖拉夫河

第二十一章 1954：洪水之年

行驶，途中在贾西姆·法里斯家住了两天。每年的这个时节，西边的法图斯村庄总是遭遇洪水。实际上，我们在前一年从阿瓦迪亚到哈马尔的路上差点被淹死。于是贾西姆坚持让我们乘坐巴拉姆，由他的儿子法利赫和另外两个法图斯人护送。离开阿瓦迪亚村时是 4 月 29 日，西北风呼啸，四处是海一般广阔的水域。阿马拉、萨拜提和我带着行李转移到了巴拉姆上，亚辛和哈桑留在塔拉达上。减轻了承重的塔拉达随波起舞，忽而俯冲，忽而扬头。

水位已经超过任何正常年份，并还将持续走高一个月，但直到我们发现哈马尔的大部分村庄被淹没，才意识到事态的严重性。只要坐上塔拉达和大巴拉姆，我们哪里都能去。我们驶过尚未收割的田野，穿梭在数不清的棕榈树干之间。一座座村庄被遗弃，所到之处，丧家之犬站在房顶上绝望地嚎叫着。偶尔会出现一头奶牛，站在没过腹部的水里，吃掉周围每一片够得到的棕榈叶。但少部分建在高地上或有堤坝保护的穆迪夫和房子里仍有居民。每次和他们打招呼，他们就高声邀请我们停下来做客。如果我们停下来，他们就为我们端茶倒水，宰鸡烧饭，闲话家常，好像什么都没发生一样。有些人是老相识，所有人都知道有个住在马丹人中间的英国人。可即使他们不认识我，也会同样欢迎我，只因为我们是客人。

重返纳西里耶，我们进入了幼发拉底河的主河道，在湍急的河流中一路奔去。在其中一个地方，水坝的残垣形成暗礁，急流在此汇集成一处巨大的漩涡。巴拉姆上仍然载着我重重的箱子，塔拉达则轻装上阵。即使如此，我仍然一度认为船就要侧翻沉没了，但亚辛清楚他在做什么，敏捷地掌握着方向，其他人则尽力划着桨。我们还经过了苏格舒尤赫，那里有一半淹没在水中。

在朱艾巴部落待了两天后，我们向哈马尔返航，不久就看到富胡德的集市正在疏散。店家们刚爬上船，身后的泥墙就倒塌了。我们接着从盖拉夫河逆流行驶到几英里以外的舍特拉。一些地方河岸决堤，其他地方的人们不分昼夜地抢救着庄稼。在萨利赫部落时，我们住在穆赫辛那宽敞的客用大帐篷里。作为巴德尔的儿子，即使在这样的情况下，他仍慷慨地敞开大门。我们有时住在蒙提费克的酋长那里，更多时候与牧羊人或农民们住在黑色的帐篷、芦苇棚屋或小泥房里。所有住处都孤零零地困在汪洋大海之中。

到了阿瓦迪亚后，我们与法利赫及另外两个送行者告别，启程拜访巴尊部落。五年前我和道格尔·斯图尔特从那里的营地离开，骑马向南穿越尘土飞扬的沙漠，抵达伊萨人的帐篷。如今，我们又穿越了同一片沙漠——坐在一条塔拉达里。

第二十二章
1955：干旱之年

但是，1955年却是干旱的一年。北部山脉几乎没有积雪，到了四月，底格里斯河的水位也并不比冬季水位高出多少。1954年异乎寻常的洪水破坏了盖拉夫河、幼发拉底河等地的麦田，也淹没了塞加尔和阿迪尔河河口之间的富饶土地，导致那里的居民无法耕种水稻。然而像阿宰里杰人那样将水稻种在沼泽区以外的部落却可以在洪水退去后，大面积地种植庄稼并取得丰收，因为洪水规模不同于往年，给他们带来了厚厚的淤泥。现在，极低的水位又给沼地居民带来了比往年大很多的耕地，轮到阿宰里杰人受到冲击。

阿宰里杰部落定居在布泰拉河下游部分，约有四万人口，以种植水稻为生。布泰拉河是底格里斯河的一条支流，在分岔处沿主河道行十英里就是阿马拉。布泰拉河先分成三条主要支溪，然后注入塞加尔以北的沼泽区。我们在四月中旬穿过了这片地区。沿岸村村相连，景象繁荣。当地一大特色是

T形的拉巴，一侧家用，一侧客用。首领的房子周围有很多席子制成的大容器，上面盖着干水牛粪，里面装的是酋长前一年收到的稻子。从容器的数量就可以判断去年的收成。

然而村子已经空了一半。我知道很多阿宰里杰人会在春天迁到盖拉夫河帮助收割大麦和小麦。起初我以为他们预计今年的水稻收成不好，所以去的人比较多。可是进村后，我发现许多较大、较好的房子也空着。它们的主人应该不会亲自去盖拉夫河收麦子的，那都是穷人的活。很快我发现，实际上去盖拉夫河的人比往年还要少。我们询问原因，被告知无论穷人还是富人都搬到巴格达和巴士拉去了。这是阿马拉省人口流动的开始，就像旧时的淘金热一样，留下半空或全空的村庄。所有农民都受其影响，不仅包括阿宰里杰部落，还有穆罕默德部落和苏艾德部落，以及苏丹部落的残余部分。只有马丹人和伊萨人那样的游牧部落未受影响。

1950年我第一次到伊拉克时，巴士拉油田还未被开采。但到了1955年，油田全部运作起来，源源不断的金钱涌入这一地区。在巴格达，整个地区都被推倒重建，到处在兴建桥梁和道路。临时工需求巨大，夸张的报酬在部落中流传，数以万计的阿马拉农民背井离乡。如果是去盖拉夫河等地方收割麦子，他们会带上牲口和财物。可如今除了能带上汽车或火车的东西，船只、水牛、粮食等都被变卖了，因为他们不再打算回来了。

他们并不是被贫穷赶出这块土地的。特别是在阿宰里杰这个离乡人口最多的部落，十一月的水稻收成比往年都好。

第二十二章 1955：干旱之年

诚然，他们第二年的收成很差，但余粮足够他们渡过难关，而且那些留下来的人也完全没有遭受困难。1951年的水位也很低，但我没有在阿宰里杰和穆罕默德部落中看到任何贫困的迹象。实际上，1955年的干旱造成了人口大规模迁移到城镇，但这并不是根源。

近年来，阿宰里杰和穆罕默德部落已经有部分人搬到了巴格达和巴士拉。他们聚居在同一片区域，与同村的亲戚仍保持往来。有些人设法开起了商店或做起了小买卖，收益都还不错。成功的故事总是事无巨细地在民间流传。而且，人们都知道，只要身强力壮，就能在巴格达找到一天五先令的活。这在村民眼里已经是赚大钱了。

大规模迁徙更深层也更重要的原因，在于教育导致人们无法安于现状。那些农民中最具进取心的年轻人都接受过教育，进而对乡村生活的公认价值产生了不满。他们对酋长的专制也不满，会公开抱怨横征暴敛的现象。他们梦想逃往巴格达，进入机遇更多、回报更大的世界，体验丰富多彩和激动人心的生活。父母们尊重他们自身缺乏的书本知识，也受到儿子们的影响，却往往成了迁移的阻碍。1955年，一个年轻人看着仅存的一小块耕地，再次对父母施压道："我们为什么留在这里辛辛苦苦地为酋长们种庄稼？我们到底为什么给他们干活？我们是自由人，不是奴隶，他们却像对待狗一样对待我们。他们有什么权利占有土地？一个合法的政府会从他们手中把地拿走，然后交给我们。今年不会有人种田了，反正也没有水。如果我们留下就会饿死。如果我们去巴格达，我们能找到工作，用不了几个月就会有钱。看看瓦威，他去了两年，走时除了衬衫一无所有，现在有车有房。阿里、阿巴斯和扎伊尔·查希卜都走了。加尼姆也正在卖水牛，准备离开。行行好，爸爸，很快我们就会成为这里仅剩的居民，酋长会让我们干所有的活。趁他们还没让我们去阿布法赫勒建大坝，赶快走吧。"

酋长们本身也很担忧。迁徙会导致他们土地上的劳动力所剩无几。对于留下来的那些人，他们的权威减弱了，甚至消失在即。一伙阿宰里杰村民在前往巴格达以前组织了一次游行，他们来到那不得人心的酋长的穆迪夫前喊着这样的口号——"hammal wa la and Inkal"（在城里做牛做马也不在这里为因卡勒干活）。

在很多情况下，酋长只能责怪自己，因为他们太狂妄自大，令人忍无可忍。1953 年，马吉德的一个奴隶在阿加尔打了沙干巴部落加利特的兄弟。那个奴隶被愤怒的村民打了个半死，因为加利特及其家人非常受人尊重。马吉德派了一个代表来鞭打村里的几个老人，结果沙干巴的大部分居民从此离开阿加尔，投奔了塞加尔。马吉德听说此事后生气地公开表示："那群狗走了，我还能找其他狗来代替。"但到了 1955 年 7 月，他才发现这没那么容易。当我问他，是不是有一半农民都走了，他想了片刻，听天由命地说："不，我觉得还没有那么多。"我又问，如果有更多农民离开，他打算怎么办。他说那样的话就放弃水稻种植，改用机械专门种麦子。对他来说，最重要的一直是土地，而不是部落。我想起了他在儿子葬礼上的痛苦哀号："我的土地！现在，等我死了，我的土地该怎么办？"他把土地置于部落之上，这让我感到悲哀。

在穆罕默德和阿宰里杰部落中，酋长和成员间的旧有关系已经消失，取而代之的是更恶劣的关系。但在游牧部落中，关系仍在延续。伊萨部落的玛兹亚德多年来一直鼓励部落成员耕种大麦，但条件并不适宜，时而沥涝，时而干旱。这是整个部落的风险投资，然而是玛兹亚德本人不断向政府借贷，背上越来越沉重的债务。在他需要帮助的时候，整个部落会集资帮他还贷。还有一次，萨利赫部落的穆赫辛·本·巴德尔有一天早上要我马上用塔拉达送他到盖拉夫河上游两小时路程以外的区总部。上岸后，他径直走进办公室。里面的穆迪尔正在审理案子，穆赫辛问候了一声，便严厉地对犯人说："离开这里，坐到外面的塔拉达上去。"接着他对穆迪尔说："这件事不用劳您大驾。那是我部落的人，我会处置他的。"他又坐下来恭恭敬敬地说了会儿话，才告辞离开。

直到1956年春天，大规模人口流动才算告终。虽然仍有家庭迁往巴格达和巴士拉，但不再有那么激动人心的传说，还有一些幻想破灭的家庭搬了回来。最初，四分之一第纳尔听起来很有吸引力。可到了那里他们才发现，不管怎样省吃俭用，这点钱根本不够养活一个男人和他的家人。此外，坏天气还可能导致一个星期没有收入。所有东西都要花钱，哪怕是水，有人说。

这种迁徙意义何在？如果一个人留下来种植水稻，他收获的粮食不光够缴纳地租以及提供全家一年的口粮，余粮还能换三十五第纳尔。这就相当于他一年内每天赚两先令，但只需劳动半年。农闲时间，他可以和家人一起帮人收割，赚取谷物形式的收入，增加可变卖的余粮。他还可以养牛供奶，养鸡供肉。燃料、建筑材料和动物饲料，一切都能无偿获取。湖泽里水草丰美，鱼鸟成群。

此外，在这些村庄里，穷人和富人的差别也不大。酋长和部落成员的生活方式一样，只是更好一些。但在巴格达和巴士拉则对比惊人。在豪宅别墅的旁边就是草席搭建的贫民窟，里面到处是破瓶烂罐、碎纸烂布。因为附近没有空旷区域，这类地方比任何村庄都要脏得多。

由乡村到城市容易，由城市回到乡村就很难了。1936年，我在摩洛哥时，去了一次卡萨布兰卡郊区一个巨大的贫民窟（法语叫"Bidonville"）。在那里，贫穷的柏柏尔人住在压扁的汽油罐搭成的窝棚里。一战后的繁荣让卡萨布兰卡需要大量劳动力，柏柏尔人便离开自己位于山区的村庄来到这里。到了三十年代，大萧条出现了。我在那里的时候，许多人从阴沟里寻找残羹剩饭以填饱肚子，大批人死于饥饿。

在伊拉克，许多移民为逃离酋长的暴政离开村庄。但在巴格达或巴士拉，他们又遇到了警察。他们靠在城市废弃空地集中搭建芦苇席窝棚找回熟悉的感觉，但警察会一次次来把他们清走。

"我们该去哪里？"

"随便，只要不在这里。不喜欢这里就回你们村子去吧。快，拆了那间屋子。快点！我们很忙的。"

第二十二章 1955：干旱之年

于是，他们费力地搬到另一个地方，直到又有警察来赶走他们。如果他们在郊区定居，又很难负担每天工作的往返路费。当权者受移民大潮的威胁，迫切希望阻止这一切，于是鼓励那些总是在乡下人面前高高在上的警察驱赶他们。"给我看看你的退伍证书。没有？跟我到警察局走一趟。"

在伊拉克，每个男性都必须服两年军役，但很少有乡下打工者履行。有一次我拜访法利赫时，遇到一个矮胖的中年上校来到穆迪夫，随行的还有一个中士和两个拿着厚厚一沓档案的二等兵。法利赫已经得知了上校到访的消息，并按要求准备好了应征者。时值七月，天气炎热。上校和他的部下愉快地接过汽水和柠檬茶。上校的制服很紧，并不适合坐在地上。他起身走到在房子一端为他准备好的桌椅旁。应征者进来了，一共十六个男孩，除了两个全都不到青春期。他们在桌前站成一排。他们的家长和其他人则坐在屋子四周。上校查阅了下档案，擦了擦脸上的汗，戴上眼镜后念道："阿勒万·本·辛塔？"没人回答。他又重复了一遍。一个坐在墙边的人回答道："他去年跟他家人去巴士拉了。"上校笨手笨脚地放好名单，做了记录，然后又念道："希莱卜·本·哈桑？"

"他去年死了。"有人迅速回答。

"玛兹亚德·本·阿里？"一个十二岁男孩被推到前面。

"你是玛兹亚德·本·阿里？"

"不，"那孩子立刻回答，但明显被人从后面戳了一下后又说，"是。"

"你是玛兹亚德·本·阿里？"上校怀疑地重复了一遍，

又看了下名单。

"是的,我是玛兹亚德·本·阿里。"男孩说得更肯定了一些。

"但你看着比名单上写的十八岁要小。掀起你的衬衫,小伙子。"

上校用前所未有的力道擦了擦脸,转头对法利赫说:"肯定哪里搞错了。这**不可能**是玛兹亚德·本·阿里。"

法利赫平静地回答:"这些人生活困苦,男孩子发育得晚一些。"

于是上校又在名单上记了一笔,然后说:"叫他明年再来。"一顿丰盛的午餐后,上校和他的人马终于带着两个早就为他们准备好的牺牲者离开了。显然那名单上其他三十二人不是死了,就是搬走了,要么就是太小了。

有酋长撑腰,讯问是温和的。但当一个人在巴格达的警察局被问起证件时,情形就完全不同了。警察的目的就是恐吓,并随时准备用暴力勒索钱财。

第二十三章
伯贝拉人和穆迪夫

四月的最后一周,我们离开阿宰里杰部落的村庄前往塞加尔,远远地在湖对岸就看到了阿卜杜拉的穆迪夫。那天早上我们惊起了几只云石斑鸭,它们都是春天飞到这里繁育后代的。红头潜鸭的数量惊人,我本以为它们都飞走了。亚辛担心暴雨突至,坚持让我们沿着芦苇丛边缘前进。就在几天前我们待过的一个村庄里,一场飓风掀飞了不少屋顶。前一年的这个时节,我们更是被暴雨困在同一片芦苇地中长达两个多小时,被诡异的暗红浓雾包围。

远处的湖面上,伯贝拉人正在船上打鱼。我们能听到锡罐碰撞的声音,还有船桨赶鱼进网的拍水声。马丹人向来瞧不起伯贝拉人,除了并不排斥与他们同桌吃饭,其鄙视程度不亚于面对社会最底层的萨巴人。但并没有人向我说起伯贝拉人的血统有何不同,马丹人的偏见仅仅针对他们的谋生手段。乍看起来这其中没什么逻辑,因为马丹人自己也捕鱼。

但伯贝拉人靠网鱼赚钱，而马丹人只是叉鱼自足。虽然近些年马丹人也开始卖鱼，但这是有悖传统的。在过去，马丹人卖鱼的规模绝不会超过卖牛奶。如今受形势所迫，一些人两门生意都做。例如，当游牧的费莱贾特人扎营在萨利赫堡和马加尔等城镇附近时，部落妇女就会到城里去卖牛奶和黄油。人们最初对伯贝拉人卖鱼的偏见如今已经与捕鱼的方式联结起来了。就好比说"喂，老兄，绅士也许不得不卖野鸡，但也不会在它们没有飞起来的时候打啊"[1]。

法图斯、沙干巴和费莱贾特部落中没有伯贝拉人，但穆罕默德部落中有许多，阿宰里杰部落中更多。在巴尼阿萨德部落的库拜士，还有一些伯贝拉人会在贾西姆·法里斯的村庄附近临时住上几个月，沿西部沼泽边缘捕鱼。被称作萨法特的买家买回他们的鱼，用盐腌制后运往巴士拉。伯贝拉人通常用大围网捕鱼，但我也见过有人在河上使用流网，或在沼泽区外的洪水泛滥地区将长长的定置网拴在加萨卜的茎上捕鱼。

偶尔会有大迈杰尔的孩子用投网在小镇附近的河岸上捕鱼，但除了巴士拉，我没在其他地方见过。东部沼泽的苏艾德农民有时会在水流湍急的水渠中设网，还有一次，我见过两个人在齐股深的溪流中用形状与大小都和担架相似的捞网捕鱼。河边的居民经常在房子下面用席子挡住水流，然后在附近下游立起芦苇。只要有鱼受困，芦苇就会晃动，等着它

---

[1] 射杀静止状态的鸟类被认为不符合体育精神。

第二十三章　伯贝拉人和穆迪夫

的就是渔夫的叉子。

每到春天，趁水位上涨之前，马丹人就聚集起四五十条独木舟，以相隔四五码的距离一字排开来回行于湖上。遇到企图逃跑的鱼就毫不客气地叉上去。在夏季，他们借助芦苇火把的光亮在夜晚捕鱼。但最有效的还是用曼陀罗毒鱼。

驶往阿卜杜拉的穆迪夫时，我和同伴说我曾见过一条长达五英尺的鱼，是在底格里斯河靠近基尔库克处捕到的，并问沼泽区的卡坦和宾尼可以长多大。

"像我手臂这么长，"亚辛说，"你看到的可能是沙步特，它们生活在流水中，有的能达到十英尺。还有一种更大的鱼叫革桑，长得就像巨型卡坦，喜欢藏在浮岛下。我们会游到浮岛下徒手去抓。先用绳子一端拴住一条腿，再把另一端给船上的人。有一次，有人误叉了一个游到下面的人。好不容易把他弄上来，我们必须用匕首把鱼叉尖挑出来，但很困难，那人总是在动。"

沙步特是一种鲃鱼，而既然卡坦和沙步特很像，就很可能属于同类。

"愿主保佑今年就像那个宾尼之年吧。"亚辛说，"今年比那一年的水还少。那年我用两天时间就捕到了四第纳尔的鱼。真主啊，要是马吉德没有干涉，我已经发财了。"

哈桑表示赞同。"没错。在马吉德封闭乌姆宾尼湖，只对伯贝拉人开放前，我和叔叔去了那里，还看见你和法图斯人也在那儿。"他对我说，"你当时和伯贝拉人一起露营，我还不认识你，但你送了些胃药给我的同伴。"

我清楚地记得那段时期。那是1951年，我第一次来到沼泽区。我在十一月的最后一周和三个法图斯人抵达阿加尔，发现那里的村庄几乎空无一人。当年的水位奇低，但由于北方下雨，河水已持续上涨几天，眼看就要威胁到正待收割的稻田。绝大部分村民都赶去抢救庄稼，其他所有人则前往乌姆宾尼湖，我们听说人们在那里捕到了很多鱼。我们也去了那里。众多船只和独木舟赶往沼泽中部，水道都因此而拓宽了。淤泥里的一些加萨卜茎有我的手腕那么粗。水很浅，我们有时甚至无法让独木舟前行。然而我们却见到两条满载着鱼的巴拉姆，由六个船夫费力地拖拽前进。后来我听说，对于从事这项繁重工作的人，商人们愿意给出的报酬高达一第纳尔一天。

离开阿加尔三个小时后，我们来到了一小块清理过的空地，一个商人在那里扎营，住在一座简陋的芦苇棚里。他叫穆拉·贾巴，和另外两个人一起收购鱼类，销往巴格达市场。他已经在那儿待了六天了，看我们无望在天黑前赶到乌姆宾尼湖，他建议我们留宿在他那里。他以每一百条鱼三第纳尔的价格收鱼，不论大小，并且一买就是几千条，但最近数量骤减。他们用巴拉姆将鱼运到大陆，装上等在那里的货车，并用冰块降温。他的棚子旁边有一堆芦苇，我们睡在上面以保持干燥。蚊子很凶猛，但天气很冷，所以我可以用毯子将自己裹起。其他赶往乌姆宾尼湖的人也来到我们附近露宿。他们坐在篝火旁，一直唱歌到深夜。三条巴拉姆在黑暗中经过，

第二十三章 伯贝拉人和穆迪夫

商人借芦苇火把的光线检查了他们的货物。

第二天,我们又花了三个小时才赶到乌姆宾尼湖。湖面长约两英里,宽约一英里半,周围环绕着密密丛丛的芦苇,鲜有人至。湖面入口处的芦苇被人踏平,伯贝拉人扎营在此。太阳下晾着很多渔网,每个营地上都留着一两个男孩看守。约有十五条船正在捕鱼,我们划到附近观看。他们一会儿下水一会儿上船,基本上都裸着身子劳动。直径约四十码的围网里满满都是鲃鱼,绝大部分是重约四磅的宾尼。一个头发花白的老人告诉我,他的船是第一个赶到这里的,他说:"我打了一辈子鱼,从没见过这样的景象。我们第一网就捕了九百条。说实话,我都没想到我们的船能装下那么多。现在鱼开始变少了。"

几百条分别属于法图斯、沙干巴、费莱贾特和穆罕默德部落的独木舟在湖边起了冲突。每条独木舟上都有两个人,一个负责划桨,一个站在船头不停地将鱼叉刺向水草。通常情况下,除非是毒鱼,一天捕到十几条鱼就会让马丹人欢天喜地了。然而在这里,每刺三到四下就能扎到一条。这些鱼大部分是卡坦,是另一种鲃鱼。

我们来到一群法图斯人中间。每刺到一条鱼甩进船里,他们就欣喜若狂。"你绝不会失手,"他们喊着,"它们一条叠一条地躺在那里。"他们会在一个地方集中捕一会儿,决定换个更好的地方后就争先恐后地划过去,拿鱼叉的催促着划桨的。当伯贝拉人靠近的时候,法图斯人就离开湖泊边缘,迅速划到伯贝拉人那边,边嚷嚷边把独木舟划到他们的围网上方叉鱼。伯贝拉人朝他们高声叫骂，法图斯人则报以嘲笑和奚落。后来肯定有人向马吉德告了状，于是两天后，马吉德禁止马丹人再到湖边，只允许伯贝拉人进去捕鱼。

从塞加尔出来，我们乘塔拉达继续出发，在阿瓦迪亚的贾西姆处住了几天。通常在这个季节，西部沼泽到盖拉夫河的地区都会淹没在四英尺深的水下。但在1955年，由于干旱，我们不得不向南驶到接近幼发拉底河，以在沼泽区外寻找能够让塔拉达漂浮起来的水域。

我们住在盖拉夫河南部棕榈林中的哈马尔——沙马部落的一个村庄。该部落的其他成员居住在沼泽区，是游牧的马丹人。我们曾遇到其中一群，当时他们正迁往新收割的玉米田以便牧牛。在盖拉夫河流域，我们还拜访了阿迈拉部落。他们一部分居民住在马布拉德，其他人住在马丹村落，以售卖成船的干芦苇到苏格舒尤赫谋生。邻近的法图斯人也做这类生意，但更多时候他们船上装的是芦苇席。

五月照例阳光灿烂，但有时也会持续阴沉，暴风雨也光顾了三四次。很多时候，西北方会吹来劲风，卷起沙尘充斥天地。有风的时候凉爽宜人，无风的日子潮湿炎热。我们在幼发拉底河畔旅行了一个月，拜访了朱艾巴部落、哈桑部落和其他蒙提费克部落联盟的部落。我们终日在杨柳成荫的支流上行进，经常在抵达沼地边缘时受邀入住穆迪夫。这片地区棕榈丛生，只要是不会常年发洪水的地方，就成排地生着棕榈，即使在香蒲包围的小岛上也是如此。棕榈林覆盖着南

第二十三章 伯贝拉人和穆迪夫

部的群岛,在波光潋滟的萨纳夫湖上显得乌沉沉的。唯一能显现前一年洪灾迹象的就是棕榈树干和部落穆迪夫墙上清晰可见的水位印记。

底格里斯河附近的枣园里总是乱枝纠缠,要想捕猎野猪,我们必须披荆斩棘。可这里的树却被人精心照料,每一棵表皮剥落的树都被移除,以便耕作。我们游历了哈马尔湖边缘的岛屿,这些岛屿与北边的沼泽被大片水域隔离。再过一段时间,湖面就会铺满荇菜或称凯巴(学名 *Nymphoides peltata* 和 *indica*)的叶子,以及无数黄白相间的小花。九月的时候,我曾见过水牛半没入水中,把头扎进水里连根拔起那些蔓生的植物。远远望去,它们就像在长满毛茛的草原上食草。到了秋天,沼泽区会生长另一种睡莲(学名 *Nymphaea caerulea*),有些是白的,有些是紫的。

蒙提费克人并不以村庄为单位聚集生活,而是分别住在自己的土地上。他们生性热情好客,棕榈滩上的穆迪夫和民宅一样多。许多人家还在房子旁边垒着泥堡,因为好战和世仇也是他们血液中的一部分。所有男性都别着匕首,其中大部分配有步枪和充足的弹药。只要有婚礼——似乎每晚都有,枪声就一直持续到黎明。

有时在进入穆迪夫前,我们的行李会被安放在萨里法中。萨里法是一种矩形的小型建筑,有花架墙,它的斜屋顶由两根芦苇柱子支撑,上面铺着席子。在蒙提费克部落联盟中,房梁通常是小棕榈树的树干。但在沼泽中,这类商人比较喜欢用作商店的建筑物一般用芦苇束做梁。房屋的入口在侧面,我很喜欢时不时从穆迪夫的群体生活中撤出来，到萨里法中清静一会儿。即使与阿拉伯人一起生活了这么多年，我也会因缺少私人空间而疲惫。每当用一个漫长的上午处理完吵吵闹闹的病人后，我总是身心俱疲，特别是天气还愈来愈热。进入穆迪夫之后，我的同伴们如果感到劳累，就会在按礼数喝完咖啡后马上起身来到屋子另一端，用斗篷把自己裹紧并入睡。主人会在开饭时叫醒他们。这样做再寻常不过，我却感到尴尬。独处是我几乎不敢奢望的事情，最好的情况就是我的同伴和其他两三个人随我进入萨里法，在那儿我可以找个角落读书或者打瞌睡。

底格里斯河流域的穆迪夫通常有九或十一根拱，幼发拉底河流域的更多。我见过最大的一个虽然只有十五根拱，但足有八十四英尺长、十五英尺宽、十五英尺高。许多穆迪夫有十七根拱，我甚至见过一个十九拱的，量起来有六十九英尺长、十五英尺宽，但高度降低了，只有十二英尺。底格里斯河流域的穆迪夫通常有十八英尺宽、十八英尺高，而在幼发拉底河流域宽度和高度通常是十五英尺。如果一座穆迪夫有倒塌的迹象，主人和他的朋友就会用这样的方式减掉它的高度：首先，在拱基处挖一条沟，将拱暴露出两英尺，用绳子将根基部分拽入旁边挖的沟。然后清理孔洞，从底部切掉两英尺芦苇束，再将芦苇束重新埋入孔洞，填平地沟。以此方式处理每一根拱，一侧处理完后处理另一侧。

在幼发拉底河，一座穆迪夫可以减高两次。但底格里斯河流域没有这种做法，因为他们更容易找到合适的芦苇原料，常常直接重建。穆迪夫通常每十年重建一次，但也要看当地的土地情况，条件良好时可以维持十五年。建一座大型穆迪夫需要一百个人劳动二十天。但只有工头有薪水，工人的报酬是每天中午的一顿大餐，因此主人要每天宰一头牲口以确保有肉。构成屋拱的芦苇束的中心部分是经过使用的芦苇，这样可以使之更易弯曲。外面再固定一圈细芦苇，以保持表面光滑。蒙提费克地区的芦苇过短，必须接起来才够使用。因此拱的形状更尖一些，而非马蹄形状，承受张力的能力也不及穆罕默德部落不经拼接的拱。有一项传统是，每当穆迪夫建成后，人们就用手蘸着红色染剂在柱子上留下印记，节日的时候再留下新的印记。在新年（他们称"奈鲁兹"），人们会用一束束绿色的芦苇装饰柱子。

在底格里斯河流域的穆罕默德、阿宰里杰等部落中，穆迪夫的形式大体一致。房顶用多层席子铺成——最底层是能覆盖整个屋顶的一整张。底下的墙面是悬挂至地面的单层芦苇席，位于房拱外侧，夏天可以支起，冬天可以放下。穆迪夫的西南端面向麦加，两根巨大的柱子中间有三个出入口，有时上面再割开席子形成窗子。东南端则是一面实墙。

幼发拉底河流域的部落的穆迪夫则更精致、更多变。底墙是固定在房拱外侧的细格栅，并通过一张席子连接到屋顶。格栅内侧是一道不足一英尺高的护栏，供客人倚靠。西南端是一成不变的尖顶拱门，四周是格栅窗子。东北端的样式基本一样，但没有门。格子窗户的花式会根据主人的爱好有不同变化。入口上方通常有一个与门的形状和大小相同的格栅，两翼是小一些的尖头窗。在一座穆迪夫中，上半面墙只开了一扇圆形窗子。在这种情况下，底下的墙要水平分成三层，上下两层是格栅，中间一层是席子，由两根柱子垂直支撑。

　　坐在幼发拉底河流域的穆迪夫中，肋形屋顶和从格栅窗投射进的道道光线总让我感觉像置身罗马式或哥特式大教堂。两河流域的穆迪夫用最简单的材料体现了最杰出的建筑造诣。这种用芦苇的形式体现出的丰富效果，完全来自建筑的实用性追求。穆迪夫的历史意义也非比寻常。就像希腊人后来在石头上延续了他们的木艺技术，精通穆迪夫建造的能工巧匠也会将相似的拱形结构带入泥瓦建筑中。在南伊拉克，类似于穆迪夫的建筑已经是延续了五千多年的风景。但也许再过二十年，反正肯定不超过五十年，穆迪夫将永远消失。

第二十四章
阿马拉的世仇

我每年六月或七月都会在阿马拉上游的底格里斯河流域部落旅行,有两次甚至沿河旅行到库特。只有 1954 年是例外。那一年我只有阿马拉和萨拜提陪同,从塞加尔出发,乘塔拉达穿越被洪水覆盖的沙漠。我们经常骑马旅行,主人会把马借给我们骑到下一站村庄或营地。阿马拉和萨拜提都没骑过马,第一次上马就往相反的方向奔去。但通过练习,他们都有了进步。由于马需要驮我的药品,我们大部分时间是步行的,但因为我对驾驭独木舟一窍不通,有机会炫耀一下骑术还是很让我开心的。正午时分酷热难耐,但六月的夜晚还有些寒冷,盖两条毯子才能暖和。西北强风有时会吹一个月。如果遇到沙尘暴,休想看到几码之外的物体。大风会在七月平息,可是湿热天气又出现了,即使是在夜里也没有减轻,阴影下的温度高达一百二十六华氏度[1]。

---

1 约合 52 摄氏度。

在我的四个同行者中，阿马拉和萨拜提最得我心。离开他们的部落和熟悉的沼泽之后，我们三个也常常一起探险。到 1956 年，我发现我越来越介入到他们的个人事务中。亚辛和哈桑在 1955 年结婚了。阿马拉和萨拜提现在也订婚了。他们说会等我离开再结婚，因为他们希望一直和我旅行。因为答应一家出版社写一本关于南阿拉伯半岛的书，我无法在第二年重返沼泽。

阿马拉与萨拜提的妹妹订了婚。此前五个月，我和沙汗代表他去见了萨拜提的父亲拉齐姆。我们还要征求拉齐姆的兄弟的意见，因为他的儿子有优先与堂妹订婚的权利，我们很费了一番口舌，他才同意阿马拉的婚约。我们把彩礼定在了七十五第纳尔。阿马拉和萨拜提都很高兴，当晚，在布穆盖法特，我们唱歌跳舞，向天空鸣枪，来庆祝这件喜事。

那年像往年一样，我们的旅行没有明确目的。我们知道，我们在北行的途中会受到任何一个小村庄的欢迎。我们想走就走，说停就停。沿河定居的达拉杰部落以种植水稻为生，他们非常友好，款待了我们一阵子。从他们那里，我们借来了独木舟，乘舟拜访了游牧的卡乌拉巴和阿盖尔部落。这两个部落养殖水牛，以矮加萨卜和被水淹没的荆棘灌丛为牧草。之后我们继续骑马，经过了阿里部落的稻田。阿里部落是穆罕默德部落的一部分，在与马吉德的斗争结束后跟随哈吉·苏莱曼来到北方。之后，我们抵达巴尼拉姆部落。

浑浊的河流在尘烟漫漫的大地上流淌，橙色的太阳在旷野遥远的地平线上起落。只有黎明时分，我才能偶尔在西阿

第二十四章 阿马拉的世仇

里的陵墓附近看见普什特库特模糊的轮廓。我们有时睡在牧羊人的黑色小帐篷里，伴着苍蝇从早到晚的嗡鸣，与成群的绵羊和山羊挨挤在一起。但我喜欢和游牧部落在一起。每到夜幕降临，牧羊男孩围着跳跃的篝火吹起牧笛，四周仿佛有魔力浮动。另一些时候，我们会在河岸上散布的村落卸鞍歇脚，那里有许多热情好客的酋长，待人和善。正午时分的太阳毒辣，但待在小小的泥巴房子中却十分凉爽，因为窗户上总是盖着一层浸满水的荆棘。

就像曾经在沙漠中一样，这荒凉的土地也让我体验到极大的自由。这里有同样无边无际的荒野，少得可怜的房子里只配备着最低限度的生活必需品。这里有很多富有挑战性的医疗工作需要做，常常让我收获成就感。我也很喜欢巴尼拉姆部落，在几次拜访之后，他们中的许多人成了我的朋友。

我们遇到过几次狼，有个人跟我们说他曾骑马成功追杀过一条鬣狗。二十年前在苏丹时，我听说要想捕到鬣狗，必须要有一匹好马。还有人告诉我他曾和朋友挖出过一条蜜獾。当时蜜獾狠狠地攻击了他们，并咬伤了其中两个人。它似乎对攻击无动于衷，除非被人打中口鼻处。我们偶尔也会看到野猫，有一只是姜黄色的，与其他的完全不同。羚羊在这边是没有的，在东边的波斯边境有很多，但不幸地被一拨拨乘着汽车的人大批捕杀。这种屠杀是违法的，可实际上犯法的正是政府官员。从库尔德斯坦骑马前行，一路上我看到很多群羚羊，每群都有五十多只。但很快，它们就会在伊拉克消失，就像曾经的中亚野驴和狮子一样。

我们只猎野猪。在水道边的柽柳灌丛中，以及底格里斯河边高达三英尺、占地几英亩的滨藜丛中，野猪到处都是。这里简直是猎猪运动的天堂，但我没有长矛，只有步枪。骑马的时候，我单手持枪，像使用手枪一样开火。我喜欢令人振奋的驰骋，若非如此，比如当我们步行捕猎时，我就让阿马拉开枪。他几乎从不失手，已经为自己赢得了神枪手的荣誉，并且很快给他带来了好处。

我们在六月底回到马加尔，迎接我们的是这样的消息——阿马拉的表亲巴达伊杀死了拉德哈维的一个儿子，就是垂涎巴达伊妻子并企图破坏他们婚姻的哈桑的兄弟。我想起三年前在奥艾希吉住在巴达伊家的情形，还想起阿马拉曾试图找拉德哈维解决这个问题。现在有人付出了血的代价。

阿马拉之前已经告诉我，今年早些时候，巴达伊的妻子离开他回到了父亲身边。如果男人想离婚，他只需说一句"我要和你离婚"，但这样他通常不能收回他的彩礼。另一方面，妻子不能主动与丈夫离婚，但她可以离家出走，寻找父亲或兄弟的庇护。如果她执意离开，妻子娘家就会以归还部分或全部彩礼为条件说服丈夫离婚。在巴达伊的这件事里，为了不让妻子嫁给哈桑，他不同意离婚，并把全部问题归咎于哈桑。

现在我们得知，巴达伊住在瓦迪耶河河畔的营地时，哈桑、哈桑的弟弟哈拉夫以及哈桑的一个表兄弟前往那里试图杀了巴达伊。他们在自己的营地搭了一片常见的芦苇棚，离瓦迪耶河有一段距离，靠近萨利赫堡。恰巧巴达伊外出寻找被窃的水牛，三人就暂不行动，等待巴达伊归来。到了第三天，

第二十四章 阿马拉的世仇

巴达伊回来了。三人在夜晚朝巴达伊的棚屋靠近，但被附近的邻居发现了。邻居质问道："你们为什么每天晚上来这儿寻找巴达伊？他并没有杀害你们家族的任何人。"邻居朝他们开了枪。那三人迅速逃跑，巴达伊的狗追了出去，紧接着是巴达伊自己。在犬吠的引导下，巴达伊追上了正歇脚抽烟的三人，听到哈桑说："管他呢，先开枪打死他的狗。"巴达伊即刻开枪，但没有射中目标。那几人四散而逃，巴达伊又开了一枪，有人倒下了。靠近后，他认出那是哈拉夫，子弹伤了他的大腿，骨头被打碎。"你想见到血？成全你！"巴达伊说完，射穿了他的脑袋。

彼时，哈桑与表兄弟会合，发现哈拉夫不见了。他们回头寻找哈拉夫，找到的却是他的尸体。他们决意立刻复仇，返回了巴达伊的营地。隔着水渠，哈桑发出了挑战，巴达伊接受了。此时月亮已经西沉，一片漆黑。两人都想先发制人，于是开始了隔岸交火。黎明之前，邻近的费莱贾特人劝哈桑撤回，说如果他再继续，酋长就会在天亮后把他抓起来，政府一定会把他关进监狱，直到他那因两起谋杀案受到通缉的父亲投案自首。于是哈桑和表兄弟把哈拉夫的尸体带走了。巴达伊受了轻伤，天刚微微亮就毁掉房子，把所有家当都装上船，带着家人，赶着牲口，朝沼泽方向消失了。没人知道他去了哪儿。

听到这里，阿马拉的神情沉重起来。我本不想理会这件事，以为它不过是法网不及的游牧部落的又一起凶杀事件，直到萨拜提说："你没有意识到吗？阿马拉是巴达伊最近的亲戚，拉德哈维和他的家人有可能会杀了阿马拉。"

我当时还有十天就要去阿富汗了，计划在吉德拉尔边境鲜有人知的努里斯坦山区待上三个月。走之前，我必须确保阿马拉的安全。我们直接来到了路法亚的阿马拉家。我问苏格卜，他和雷希克是否也有危险。他说："不。但如果拉德哈维杀不了巴达伊，他就肯定会杀阿马拉。"他建议我请马吉德为阿马拉促成一项阿特瓦，即休战协定。"只要能达成六个月的阿特瓦，拉德哈维就有可能冷静下来。到时候他就有可能接受抚恤金。"我同意第二天早上去找马吉德，看看我能做些什么。

就我所知，不论多么有权力的酋长，也不论多么受人尊敬的赛义德，都不能平息血仇。只有加利特能通过将捆绑在芦苇上的头巾递给仇恨双方的方式促成协定。加利特的身份是世袭的，不管他是不是年老体衰、心智不全。只有当加利特是小孩子时，才能由最近的男性亲属代他行使权力。我问苏格卜，如果我们能联系到拉德哈维，是否有必要让沙汗——费莱贾特部落的加利特——与我们一同前往，以便促成休战协定。但他向我保证，酋长或任何人都可以在没有加利特在场的情况下达成阿特瓦。

我把手枪借给了阿马拉，并建议他找一条好的看门狗，而且每晚睡觉都要换一个位置。他还有一把我在两年前送他的 0.275 口径步枪，以及足够多的弹药。最近他为雷希克也买了支步枪，虽然是旧的，但性能毫不逊色。夜晚就寝前，苏格卜说："我来守夜。我老了，睡眠很少，可以等到白天再

第二十四章　阿马拉的世仇

休息。"雷希克笑着说："给我们打一匹狼吧，朋友，然后把它的一只眼睛送给我们。我会把那眼睛缝到便帽上，只要戴上，就不会打瞌睡。"

当晚我们丝毫不敢大意。我躺在小哈桑和阿马拉中间，阿马拉的另一边是雷希克。我和阿马拉身旁都放着已经装了子弹的步枪。老父亲守在门口，膝盖上放着雷希克的步枪。在屋子另一头，玛塔拉边自顾自哼着曲子边拾掇东西。最小的孩子闹了起来，他的妈妈娜嘉抱起他到炉边喂奶。从我所在的地方能看到被绳子拴住的水牛，数量可观，都在月光下咀嚼着希莱卜从沼泽中割来的嫩茎。哈桑按了按我的手，表示很高兴看到我回来。不久前他还取来我送给他的书包，向我展示他的书。到目前为止，阿马拉家的一切都进展顺利。雷希克的田地规模比往年都大，虽然去年雨水稀缺，但收成良好。可是现在，也许有人正持枪潜行在屋外的阴影里伺机行动，而过失并不是阿马拉家造成的。除非我能促成阿特瓦，否则他们再也别想睡个踏实觉。即使是今晚，每当村子里有狗叫，阿马拉都要抬起头来看一看。

第二十五章
我在沼地的最后一年

第二天一大早我就赶到了马吉德建在马加尔附近的新家。拉德哈维目前在萨利赫堡附近扎营,马吉德写了一封信给营地所在地的酋长,并派了一个个人代表开车将我送过去。我请求那个酋长为苏格卜和他的家人确保为期一年的休战协定。

"拉德哈维恼羞成怒。我认为他肯定不会答应阿特瓦。如果协定包括巴达伊,他就更不会同意了。"酋长说。

"巴达伊必须为自己负责,他与我无关。我只想要关于苏格卜家的阿特瓦。"

"我会尽力,但不保证一定成功。等在这间穆迪夫里,我和马吉德的代表去找他。"

我派萨拜提代表我一同前往。他们去了几个小时,我开始担心他们是否已经失败了。咖啡师不太乐观。"拉德哈维从不同意阿特瓦。他曾发誓要血债血偿。真主在上,他们家一个好人都没有。"

第二十五章 我在沼地的最后一年

但经过无尽的争吵,他们最终带回的结果是,他们成功说服了拉德哈维同意和阿马拉及阿马拉的父亲、兄弟达成六个月的休战。

三个月之后,1956 年 9 月,我从努里斯坦回来,在沼泽区待了两个星期,并在路法亚住了几天。阿马拉与萨拜提的妹妹结婚了,但仍像以往一样与父母住在一起。他的妻子是个苗条、温柔的姑娘,有着一双黑黑的大眼睛。她已经赢得了阿马拉家人的认可,而且每天和玛塔拉形影不离。一天,我们看着她去溪边取水时,老苏格卜对我说:"感谢主,我的儿子娶到了个好妻子。要不是你的好意,他这么穷,再过几年也娶不上妻子。谢谢你为我们做的一切。"

后来,一直到 1958 年初,我才再次有时间回到伊拉克。飞机飞到伊拉克境内时,我能看到下面的沼泽,热切盼望着接下来的六个月。阿马拉和萨拜提来巴士拉机场接我,我刚一走出海关,他们就跑过来拥抱了我。我问他们的家人和朋友是否都好,对每一个问题,他们都郑重地回答道:"他让我代他向你问好。"萨拜提也已经结婚了,看起来还是老样子,但我立刻感觉出了阿马拉的变化。他更加成熟了,并且不知为什么,心事重重的。

直到抵达领事馆,萨拜提才把我拉到一旁告诉我,阿马拉的父亲和妻子都死了。我立刻问是不是拉德哈维杀了苏格卜,但萨拜提说,苏格卜是在夏天死于胃病的,死前遭受了很长时间的痛苦。通过阿马拉后来的描述,我有一些怀疑他父亲是死于胃癌。"朋友,如果你和我们在一起,就能给他药减轻他的疼痛了。他是我的父亲，可我什么都做不了。"苏格卜死后两个星期，阿马拉的妻子按风俗回娘家准备生产。可孩子出生没几分钟，她就死了。男婴活了下来，但是不太健康。阿马拉说他的母亲两年前又生了一个孩子，于是他的孩子现在吃他母亲的奶。"可她的奶很少，我们的水牛最近也不产奶了。"

我在巴士拉咨询了很多人，然后买了菲锐西[1]和其他婴儿食品带回去。抵达路法亚后，却在说服娜嘉时遇到了问题。"也许酋长的儿子可以吃这些东西，但我们的孩子更适合吃米糊。而且，就算没有奶，河水兑一点淤泥也是可以的。"我们争取到了玛塔拉的支持，她后来按照我们的指导喂养了孩子。有了这些食品，孩子不出意料地胖了起来。我们第一次见到他时他饿得半死，但今后再也不会了。有一次，他着实吓着我们了。我们乘塔拉达离开了两个月，回来时发现那孩子严重腹泻和呕吐。阿马拉认为他儿子肯定活不了了，但我给他注射了一针青霉素，第二天早上他就没事了。

我们在布穆盖法特接到了哈桑。因为亚辛和家人定居在一起，哈桑带来了他的表兄卡希尔。我们几乎重新拜访了所有村庄，看到人们见到我如此高兴，我被深深感动。很多人说："我们以为我们的医生离开我们回自己的国家去了。真主保佑你，朋友，你回来了，我们就不会有事。"虽然他们也给我带来了烦恼、沮丧和疲惫，但一切都值得。政府官员也许仍把

---

[1] 菲锐西，婴儿米粉品牌。

第二十五章　我在沼地的最后一年

我当作间谍,虽然我很难想象从沼泽区能挖掘到什么军事秘密。但信赖我的村民知道我只是在享受这里的时光,并尽量帮助他们。

血仇仍然悬而未决。我多次得到警告,说拉德哈维已放弃寻找巴达伊,决意杀死阿马拉。我们的武装做得很到位,枪法也盛名在外,不怕拉德哈维和他的家人来攻击。但我害怕的是他们会在我离开时动手。在西边的法图斯部落,拉德哈维会被人一眼认出是个异族,所以巴达伊在那里很安全。但路法亚离拉德哈维的营地只有一两个小时路程,阿马拉随时处在危险当中,我确信拉德哈维迟早会行动。我建议阿马拉搬到塞加尔去,但不出所料,他拒绝了。"我不想东躲西藏。巴达伊喜欢藏在法图斯人中间是巴达伊的事,我只待在这里。我的朋友都在这里,雷希克的土地也在这里。我有步枪,也有你借给我的手枪。我不想惹麻烦,苏格卜的家人只想平平安安地活着。但如果拉德哈维找我麻烦,我就杀了他。"

赛义德·萨尔瓦特亲自去劝拉德哈维接受赔偿也无功而返,还被拉德哈维气到用手杖打了他。我决心自己去找拉德哈维,强迫他再接受一年休战,不去骚扰阿马拉和他的兄弟。这样就能在我下次回来前确保他们的安全。

但找到拉德哈维并不容易。我们两次找他,两次信息有误,扑了个空。后来,在五月末的一天,我们听说他在欧宰尔附近,当地酋长属于穆罕默德部落,名叫辛塔。我们在下午抵达那里,找到了辛塔。辛塔年事已高,坐在自己的穆迪夫里。常规礼节过后,我说:"我是来为阿马拉和拉德哈维达成阿特瓦的。我希望拉德哈维现在就到穆迪夫里来。"

"他在哪儿？"辛塔装傻道。

"就在那片干燥陆地上的某座房子里。"

辛塔叫来他的一个人说："去告诉拉德哈维我找他。让他跟你回来。"

天气很热，我们坐在穆迪夫外的阴凉草地上等待。半小时过去后，随从独自回来了。

"拉德哈维不肯过来。"

我看着辛塔，他耸耸肩膀说："他不想来，我能怎么办？明天我会把他赶出我的地盘。"他明显无意帮助我们。

"赶走他对我们有什么好处？"我生气地说，"萨拜提、哈桑、卡希尔，走！我们自己去把他找出来。"我拿起我的步枪。

辛塔立刻站了起来。"别去，朋友，拉德哈维可不好惹。"

"你不把他带来，我就把他带来。"

"你不用去，我和我的儿子去。你和你的同伴在这里等着。"

辛塔带着一队人马朝远处的房屋走去。一个小时，两个小时，天开始黑下来了。终于，他们回来了。他们走近后，阿马拉平静地说："拉德哈维和他的儿子在人群里面。"

我们站起来互相问候，然后，拉德哈维和他的人在我们对面坐了下来。他骨瘦如柴，留着一撮小胡子，眼神残酷无情。他的儿子哈桑大概二十岁，体格粗壮，神情乖戾。另外还有八个费莱贾特人和他们在一起。他们除了匕首，并没带其他武器，但我不想冒任何风险，将手枪放在了身旁的席子上。

"朋友，这是拉德哈维，"辛塔开始了，"他听说你想和他

第二十五章 我在沼地的最后一年

说话,所以就来了。"

"我想为阿马拉和他的兄弟们争取两年的阿特瓦。我不在乎巴达伊。"我说。

"不可能。我不会再给阿特瓦。"拉德哈维面无表情地说。

"两年。"我重复道,眼睛一刻不曾离开他。

"休想!"

然后,我们静静地看着对方,谁都没有开口。

"我们只为苏格卜的家人争取阿特瓦。"萨拜提最后说。

"不可能,现在不可能,将来也不可能。"

我们再次陷入沉默。在我旁边,阿马拉玩着他的串珠。一群水牛从沼泽回到村庄,从我们附近经过。太阳正在西沉,天空绚丽起来。蚊子在我们身边嗡嗡作响。

"休想!"拉德哈维重复道。

我倾身向前,说:"听着,拉德哈维,听仔细了。要么你现在同意阿特瓦,要么我明早去政府。你已经背着两桩人命官司了。如果你被捕,后半生就等着在监狱里度过吧。你的儿子哈桑在最后一次谋杀中做了帮凶,他也会被抓起来。"

我顿了顿,又继续说:"我会悬赏一百第纳尔捉拿你。大家都会寻找你俩的下落,包括省里的每一个警察。想清楚吧,真主在上,拉德哈维,我说到做到。我以我的生命担保。另外,如果你在我离开的时候杀了阿马拉,我一定会不惜一切代价杀了你。"

我重新坐正。过了一会儿,一个灰白胡子的费莱贾特人对拉德哈维说:"我们到一旁商量一下吧。"

所有人都退到一百码外的地方坐下。我能听到他们的低语，拉德哈维还生气地提高了嗓门。夜幕降临，仆人送来了灯，辛塔叫他去取咖啡。大概一个小时后，费莱贾特人回来了。灰白胡子男人说道：

"拉德哈维是个好人。他和他的儿子同意给予苏格卜一家一年的阿特瓦。但按照传统，阿特瓦是不能延长的。至于巴达伊，拉德哈维不会同意阿特瓦，永远都不会。"

辛塔催我说："接受吧，朋友。在部落传统里，一次阿特瓦是不会超过一年的，这是真的。等时间到了，你可以再续。接受吧，朋友。"

"谁来担保呢？我想要四个来自不同部落的人担保。"

"我来安排。"辛塔说。

我和其他人商量了一下，然后说："好，我们接受。"

手续完毕后，费莱贾特人离开了，辛塔叫人开饭。我很快就要回伦敦了，然后等完成六个月的写书任务，才能再次回来。现在，至少我能放心回去了。虽然我当时并不知道，我将再也见不到阿马拉，再也听不到他的消息了。

阿马拉和萨拜提到巴士拉为我送行。我们在机场宾馆等待我订的午夜航班。对面墙上，一张破旧的海报描绘着一个充满异国风情的空姐为一个活力四射的年轻人提供服务，底下写着："坐在扶手椅上看世界。"飞机抵达机场，正在补充燃料，一群疲惫的旅客被带进房间，无可奈何地入住。一个服务员给他们送去了可口可乐。他们可能是在当天早晨或前一天晚上从曼谷或悉尼启程到达这里的。现在，我也将成为这群旅客中的一员,在八小时后抵达伦敦。八小时,足够从加巴卜旅行到古尔奈,并在旅途中与巴希特人吃饭了。

扩音器突然响了起来。我能捕捉到零星词语:"乘客……英国海外航空公司,航班号……罗马……伦敦……护照……入境检查。"我的心里一阵翻腾。"我必须走了。"我起身拿起行李,告诉我的伙伴。

阿马拉和萨拜提与我行了吻别礼,阿马拉说:"早点回来。"

"愿主保佑,明年就回。"我答道,然后加入了队伍。

三个星期后,我正在爱尔兰与朋友喝茶时,有人进入房间,说:"听到四点钟的新闻了吗?巴格达发生了革命,皇室人员都被杀害了。暴民烧了英国大使馆……"

我意识到,我再也回不去了。我人生的又一篇章结束了。

词汇表

阿法 afa 一种传说中的蛇,沼地居民相信它们生活在沼泽中。

阿拉格 araq 一种蒸馏酒。

阿特瓦 atwa 双方在血仇中达成的临时休战协定。

安菲什 anfish 另一种传说中栖息在沼泽中的蛇。

巴拉姆 balam 一种用平铺法打造的平底船,一般三十五英尺长,通常由撑杆推进,也有时靠帆。

伯贝拉人 Berbera 用渔网捕鱼的专业渔民,被部落民族鄙视。

迪宾 dibin 覆盖着一层或多层淤泥的基巴沙。

迪瓦尼亚 diwaniya 招待欧洲人和伊拉克官员的砖砌客房。

第纳尔 dinar 相当于一英镑的伊拉克货币。

法谛哈 Fatha 《古兰经》的开篇,也是葬礼后的哀悼仪式。

法拉赫 fallah 耕种者。

法萨勒 fasal 赔偿或抚恤金。

菲吉里亚 fijiria 除塔拉维外的那个为解决血仇而被移交的女人。

费尔 fils 千分之一第纳尔。

哈萨拉 khasara 由结石引起的剧痛。

词汇表

哈希什 hashish 为水牛或其他动物新割的青饲料。

豪萨 Hausa 一种部落战舞。

胡费兹 Hufaidh 一座位于沼地的传说中的岛屿。

基巴沙 kibasha 用芦苇和淤泥做成的,在沼泽里用作房屋地基的浸水平台。

加利特 qalit 一种世袭首领。有些部落(如沙干巴部落)只有一个加利特,有些部落(如费莱贾特部落)每个区域都有一个加利特。

加萨卜 qasab 学名 *Phragmites communis*,一种可生长至二十五英尺高的大芦苇。

贾拉巴 Jallaba 游走于各个村落之间收购水牛的商人。

卡巴卜 kabab 烤肉串。

考兰 kaulan 一种莎草(学名 *Scirpus brachyceras*),是临时淹没区的主要植被。

库法 quffa 一种在底格里斯河上使用的圆形小舟。

拉巴 raba 一种两端有入口的住宅,其中一部分用作普通客房。

马丹人 Madan 沼地居民。

马海比斯 mahaibis "找戒指",晚上最受欢迎的游戏。

马舒夫 mashuf 除塔拉达外所有其他类型独木舟的总称。

马陶尔 mataur 一种用于捕猎野禽的单人独木舟。

穆迪尔 Mudir 管理那西亚的政府官员,那西亚是一个省的最小行政单位。

穆迪夫 mudhif 用芦苇和席子搭建的筒形拱顶客房。

萨里法 sarifa 用芦苇和席子搭建的建筑,屋顶由房梁支撑。

赛义德 Sayid 先知的后代。

塔拉达 tarada 酋长的独木舟,通常有三十五英尺长。其特点是内板上有一排装饰性的平顶钉。

塔拉维 talawi 为了解决血仇而被移交的适婚年龄处女。

图胡勒 tuhul 植被浮岛。

西特拉 sitra　芦苇搭建的房屋扩建部分，游牧马丹人冬季用来庇护水牛。

扎伊尔 Zair　曾前往位于波斯马什哈德的第八任伊玛目陵墓朝圣的男性。完成此朝圣的女性被称为扎伊拉。

扎伊马 zaima　由加萨卜制成，外面涂有沥青的小舟。

斋月 Ramadhan　穆斯林的斋戒月。

译名对照表

A

阿巴斯 Abbas	阿杰拉姆 Ajram
阿拔斯 Abbas	阿拉伯河 Shatt al Arab
阿比德（人名） Abid	《阿拉伯之沙》 *Arabian Sands*
阿比德（蛇名） arbid	阿拉格 araq
阿比西尼亚 Abyssinia	阿拉米语 Aramaic
阿卜杜拉 Abdullah	阿勒万·本·辛塔 Alwan bin Shint
阿卜杜勒·纳比 Abd al Nabi	阿里 Ali
阿布·贝克尔 Abu Bakr	阿里·里达 Ali ar Ridha
阿布德 Abud	阿里·伊本·穆罕默德 Ali ibn Muhammad
阿布德 Al bu Abud	阿利娅 Alia
阿布德·里达 Abd ar Ridha	阿马拉 Amara
阿布德·瓦希德 Abd al Wahid	阿迈拉部落 Amaira
阿布法赫勒 Abu Fahl	阿姆拉 Amla
阿布莱拉 Abu Laila	阿齐扎 Azizah
阿丹 Adan	阿特瓦 atwa
阿迪尔河 Adil	阿瓦迪亚 Awaidiya
阿法 afa	阿瓦士 Ahwaz
阿法拉 Afara	阿西勒 asil
阿弗里特 Afrit	阿宰里杰部落 Azairij
阿盖尔部落 Aqail	埃德蒙兹 Edmonds
阿加尔 Al Aggar	埃兰人 Elam

艾德哈伊姆　Adhaim
艾哈迈德　Ahmed
安德森，乔恩·李　Jon Lee Anderson
安菲什　anfish
安纳托利亚　Anatolia
奥艾希吉　Auaisij
奥达　Auda
奥克苏斯河　Oxus
奥鲁米耶　Urmia（Orūmīyeh）
奥马尔　Omar
奥斯曼　Othman

B

巴达伊　Badai
巴德尔　Badr
巴德尔旅　Badr Brigade
巴格达　Baghdad
巴克尔　Bakur
巴拉姆　balam
巴罗吉尔山口　Broghil Pass
巴尼阿萨德部落　Bani Assad
巴尼拉姆部落　Bani Lam
巴尼马利克部落　Bani Malik
巴尼乌麦尔部落　Bani Umair
巴如尔　Barur
巴莎　Basha
巴士拉　Basra
巴希特部落　Al bu Bakhit
巴尊部落　Bazun
柏柏尔人　Berber
拜德哈特-努阿费尔　Baidhat al Nuafil
拜伦，罗伯特　Robert Byron
拜特·麦肯兹　Bait Makenzie
贝都人（贝都因人）　Bedu(Bedouin)
贝尔，格特鲁德　Gertrude Bell
比尔迪　birdi

宾尼　binni
伯贝拉人　Berbera
布莱克，瓦尔·弗伦奇　Val Ffrench Blake
布穆盖法特　Bu Mughaifat
布泰拉河　Butaira

D

达尔富尔　Darfur
达拉杰部落　Al bu Daraj
达乌卜　Daub
达乌德　Daud
达希勒　Dakhil
达伊尔　Dair
大流士　Darius
大迈杰尔（迈杰尔）　Majar al Kabir（Majar）
迪宾　dibin
迪马　Dima
迪奇伯恩　Ditchburn
迪什达沙　dishdasha
迪瓦尼亚　diwaniya
底格里斯河　Tigris
第纳尔　dinar
蒂里奇米尔峰　Tirich Mir
杜阿里杰河　Duarij
杜海纳特　Dukhainat

F

法谛哈　Fatha
法拉赫　fallah
法来吉　Falaij
法利赫·本·马吉德　Falih bin Majid
法萨勒　fasal
法图斯部落　Fartus
凡城　Van
非性病性梅毒　bajal（bejel）

菲吉里亚　fijiria
菲锐西　Farex
费尔　fils
费莱贾特部落　Feraigat
费萨尔二世　Faisal II
弗拉南（S. E. 赫奇科克）　Fulanain（S. E. Hedgecock）
弗尼，约翰　John Verney
弗瓦达　Fuwada
福尔肯，N. L.　N. L. Falcon
复兴党　Baath Party
富胡德　Fuhud

G

盖拉夫河　Shatt al Gharraf
革桑　gessan
格兰西，乔纳森　Jonathan Glancey
格里姆利　Grimley
古尔奈　Qurna（Al Qurnah）
古提人　Gutti

H

哈比沙人　Habesha
哈德拉毛　Hadhramaut
哈法德　Hafadh
哈怀扎　Hawaiza
哈吉　Haji
哈吉·哈迈德　Haji Hamaid
《哈吉·里肯：沼地阿拉伯人》　*Haji Rikkan: Marsh Arab*
哈吉·苏莱曼　Haji Sulaiman
哈卡宾塔　dhakar binta
哈拉夫　Khalaf
哈里基　Haliki
哈伦·拉希德　Harun ar Rashid
哈马尔　Hamar
哈马尔湖　Haur al Harnar
哈米希亚　Khamisiya

哈穆德　Hamud
哈萨拉　khasara
哈桑　Hasan
哈桑部落　Al Hasan
哈塔卜　Hatab
哈希姆　Hashim
哈希姆王朝　Hashemite monarchy
哈希什　hashish
哈雅　Khayal
哈扎拉人　Hazara
哈扎勒　Khazal
汉济拉　Khanzir
汉志　Hejaz
豪巴　Dhauba
豪尔萨巴德　Khorsabad
豪萨　Hausa
赫梯人　Hittite
侯鲁　Helu
侯赛因　Husain
呼罗珊省　Khurasan
胡费兹　Hufaidh
胡瓦尔　Huwair
花衣魔笛手　Pied Piper

J

基巴沙　kibasha
基尔库克　Kirkuk
基里姆　kilim
吉德拉尔　Chitral
吉德拉尔河　Chitral River
加巴卜　Qabab
加比巴　Qabiba
加尔马特阿里　Qarmat Ali
加拉部落　Jara
加拉孜　Jaraizi
加利特　qalit
加南部落　Al bu Ghanam
加尼姆　Ghanim

加萨卜　qasab
加特　qat
迦勒底人　Chaldean
贾哈伊士　Jahaish
贾拉巴　Jallaba
贾西姆·本·穆罕默德·阿拉比
　　Jasim bin Muhammad al Araibi
贾西姆·法里斯　Jasim al Faris
金达拉　Jindala
居鲁士大帝　Cyrus

K
喀西特人　Cassite
卡阿布部落　Kaab
卡巴卜　kabab
卡巴拉　qabala
卡德哈　Qadha
卡尔巴拉　Karbala
卡尔巴拉威　Karbalawi
卡菲尔　Kafir
卡菲耶　kaffiyeh
卡拉伊姆　Karaim
卡莱比德　Kharaibid
卡坦　qatan
卡乌拉巴部落　Kaulaba
卡乌沙　Kausha
卡希尔　Kathir
凯巴　kaiba
凯马卡姆　Qaimaqam
凯瑟琳　Kathleen
考班　kauban
考兰　kaulan
考萨杰　Kausaj
空白之地　Empty Quarter
库拜士　Kubaish
库布尔　Qubur
库尔德人　Kurd
库尔德斯坦　Kurdistan
库法　quffa
库费　Kufa
库鲁巴湖　lake of Korombar
库特　Kut

L
拉巴　raba
拉比亚部落　Rabia
拉德哈维　Radhawi
拉德西　Radhi
拉姆　Lam
拉姆拉　Ramla
拉齐姆　Lazim
拉沙什　Rashash
辣椒凡士林　capsicum vaseline
莱昂　Lion
莱斯　rais
赖万杜兹　Rowunduz（Rawāndūz）
劳伦斯，T. E.　T. E. Lawrence
雷希克　Reshiq
里桑托尔　lisan al thaur
利斯，G. M.　G. M. Lees
利瓦　Liwa
路法亚　Rufaiya

M
马布拉德　Mabrad
马丹人　Madan
马海比斯　mahaibis
马罕尼亚　Mahaniya
马吉德·哈利法　Majid al Khalifa
马那提　Manati
马沙里亚河　Masharia
马什哈德　Meshed（Mashhad）
马舒夫　mashuf
马陶尔　mataur
马赞　Mazan
玛德希　Madhi

译名对照表

玛塔拉　Matara
玛兹亚德·本·阿里　Maziad bin Ali
玛兹亚德·本·哈姆丹　Maziad bin Hamdan
迈杰尔河　Majar river
麦地那　Al Madina
麦克斯韦尔，加文　Gavin Maxwell
麦瓦利　Mawalis
毛拉纳　Maulana
梅特兰，亚历山大　Alexander Maitland
蒙提费克部落联盟　Muntifiq
米底人　Mede
米卡埃尔　Mikael
米坦尼人　Mittanian
摩苏尔　Mosul
穆阿维叶　Muaiya（Muawiyah）
穆迪尔　Mudir
穆迪夫　mudhif
穆哈兰月　Muharram
穆罕默德·阿拉比　Muhammad al Araibi
穆罕默德·礼萨·巴列维　Mohammad Reza Pahlavi
穆罕默德·马赫迪　Muhammad al Mahdi
穆罕默德部落　Al bu Muhammad
穆赫辛·本·巴德尔　Mahsin bin Badr
穆卡巴拉　Mukhabarat
穆拉·贾巴　Mullah Jabar
穆斯塔吉　mustarji
穆塔沙里夫　Mutasarrif

N

那西亚　Nahiya
纳杰夫　Najaf

纳西里耶　Nasiriya（Nāṣirīyah）
娜嘉　Naga
奈鲁兹　Nai Ruz
尼布甲尼撒二世　Nebuchadnezzar
尼格斯　Negus
尼萨　nithar
尼塞夫　Nisaif
努里·赛义德　Nuri Said
努里斯坦　Nuristan

O

欧宰尔　Azair（Al 'Uzayr）

P

帕提亚人　Parthian
普什特库特　Pusht-i-Kut

Q

齐克里　Zikri
齐亚拉特阿舒拉　Ziyarat Ashura
乔丹，K. C.　K. C. Jordan

S

萨阿德　Saad
萨阿德部落　Sheikh Saad
萨巴人　Sabaean
萨拜提　Sabaiti
萨达　Sada
萨达姆　Sadam
萨达姆·侯赛因　Saddam Hussein
萨尔贡二世　Sargon
萨法特　saffat
萨里法　sarifa
萨利赫堡　Qalat Salih
萨利赫部落　Al bu Salih
萨马拉　Samarra
萨纳夫湖　Haur as Sanaf
塞加尔　Saigal

塞琉西人　Seleucid
塞西杰，威尔弗雷德　Wilfred Thesiger
赛义德　Sayid
赛义德·阿里　Sayid Ali
赛义德·萨尔瓦特　Sayid Sarwat
沙步特　shabut
沙达　Shadda
沙干巴部落　Shaghanba
沙汗　Sahain
沙赫拉河　Chahla
沙加尔（阿布沙加尔）　Shajar（Abu Shaja）
沙雷　shara
沙马部落　Al bu Shama
舍特拉　Shatra（Ash Shaṭrah）
什叶派　Shia
圣约翰（施洗约翰）　St John（John the Baptist）
使徒统绪　apostolic succession
斯蒂尔，弗兰克　Frank Steele
斯普利特　Split
斯塔克，弗蕾娅　Freya Stark
斯图尔特，杜格尔　Dugald Stewart
苏艾德部落　Suaid
苏巴人　Subba
苏丹部落　Sudan
苏格卜　Thuqub
苏格舒尤赫　Suq ash Shuyukh
苏格塔维勒　Suq at Tawil
苏莱曼·本·蒙特罗格　Sulaiman bin Motlog
苏美尔人　Sumerian
苏瓦伊卡　suwaika

T
塔拉达　tarada
塔拉维　talawi

塔希尔　Tahir
塔希尔·本·乌拜德　Tahir bin Ubaid
提卜河　Tib（Nahr aṭ Ṭib）
帖木儿　Timur-leng
突拉巴　Turaba
图胡勒　tuhul
图库曼人　Turkoman

W
瓦迪　Wadi
瓦迪耶河　Wadiya
瓦坎德　Wakand
瓦瓦伊　Wawai
瓦威　Wawi
《威尔弗雷德·塞西杰：伟大探险家的一生》　Wilfred Thesiger: The Life of the Great Explorer
韦布，乔治　George Webb
倭马亚帝国　Omaiyad Caliphate
沃森，格雷厄姆　Graham Watson
乌尔　Ur
乌姆宾尼湖　Umm al Binni
伍莱，莱纳德　Leonard Woolley

X
西阿里　Ali al Gharbi
西加　sijal
西特拉　sitra
希尔干河　Khirr（Wādī al Khirr）
希莱卜　Chilaib
希莱卜·本·哈桑　Chilaib bin Hasan
希塔勒　shital
希特　Hit
辛吉　Zanji
辛克莱，詹姆斯　James Sinclair
辛塔　Shinta

兴都库什山脉　Hindu Kush
旭烈兀　Hulagu
薛西斯　Xerxes
逊尼派　Sunni

Y

雅司病　yaws
亚的斯亚贝巴　Addis Ababa
亚摩利人　Amorite
亚辛　Yasin
耶齐德　Yezid
伊玛目　Imam
伊萨部落　Al Essa
伊尚瓦奇夫　Ishan Waqif
以斯拉　Ezra
因卡勒　Inkal

尤尼斯　Yunis
有经人　People of the Book
幼发拉底河　Euphrates

Z

扎伊尔　Zair
扎伊尔·阿里　Zair Ali
扎伊尔·查希卜　Zair Chasib
扎伊尔·马海辛　Zair Mahaisin
扎伊拉　Zaira
扎伊马　zaima
斋月　Ramadhan
镇尼　Jinn
朱艾巴部落　Al Juaibar
祖拜德·阿扎　Zubaid Aza

明室
Lucida

照亮阅读的人

主　　编　　陈希颖
副 主 编　　赵　磊
策划编辑　　赵　磊
特约编辑　　李佳晟
营销编辑　　崔晓敏　张晓恒　刘鼎钰
设计总监　　山　川
装帧设计　　里　易
责任印制　　耿云龙
内文制作　　丝　工

版权咨询、商务合作：contact@lucidabooks.com

上海光之室文化传播有限公司　　　　　　Shanghai Lucidabooks Co., Ltd.

图书在版编目（CIP）数据

沼地阿拉伯人 /（英）威尔弗雷德·塞西杰著 ; 蔡飞译 . -- 北京 : 北京联合出版公司 , 2025.6. -- ISBN 978-7-5596-8279-6

Ⅰ . I561.65

中国国家版本馆 CIP 数据核字第 2025RW8104 号

北京市版权局著作权合同登记号 图字：01-2025-0895 号

沼地阿拉伯人

作　　者：[英] 威尔弗雷德·塞西杰
译　　者：蔡　飞
出 品 人：赵红仕
策划机构：明　室
策划编辑：赵　磊
特约编辑：李佳晟
责任编辑：龚　将
装帧设计：里　易

北京联合出版公司出版
（北京市西城区德外大街 83 号楼 9 层　100088）
北京联合天畅文化传播公司发行
北京市十月印刷有限公司印刷　新华书店经销
字数 178 千字　880 毫米 ×1230 毫米　1/32　9 印张
2025 年 6 月第 1 版　2025 年 6 月第 1 次印刷
ISBN 978-7-5596-8279-6
定价：69.80 元

版权所有，侵权必究
未经书面许可，不得以任何方式转载、复制、翻印本书部分或全部内容。
本书若有质量问题，请与本公司图书销售中心联系调换。
电话：(010) 64258472-800

THE MARSH ARABS
Copyright © 1959, 1984, 1991 BY WILFRED THESIGER
Simplified Chinese edition copyright
© 2025 by Shanghai Lucidabooks Co., Ltd.
All rights reserved